प्रेम कबूतर

(कहानी-संग्रह)

प्रेम कबूतर

मानव कौल

हिन्द युग्म

ISBN: 978-93-92820-45-8

प्रकाशक :
हिंद युग्म
सी-31, सेक्टर-20, नोएडा (उ.प्र.)-201301
फोन- 0120-4374046

मुद्रक : थॉमसन प्रेस, नई दिल्ली
आवरण-चित्र : सुगंधा
शीर्षक डिज़ाइन : अमृता बागची

पहला संस्करण 'हिंद युग्म वेस्टलैंड' द्वारा साल 2017 में प्रकाशित
दूसरा संस्करण : अप्रैल 2022
पाँचवाँ संस्करण : नवंबर 2025
मूल्य : ₹199

Prem Kabootar
A collection of short stories by *Manav Kaul*

Published By
Hind Yugm
C-31, Sector-20, Noida (UP)-201301
Phone- 0120-4374046
Email- sampadak@hindyugm.com
Website- www.hindyugm.com

Second Edition: Apr 2022
Fifth Edition: Nov 2025
Price: ₹199

तुम्हारे लिए

मैं तो बहुत पहले गुज़र चुका था

मुझे वे चंद खिड़कियाँ और कुछ बालकनियाँ याद हैं जिनसे बाहर देखते ही एक संसार खुलता था। मेरे पास लंबा ख़ाली समय हमेशा से था, गहरा एकांत लिए। मुझे इस एकांत में किसान जैसा महसूस होता था। अपनी सारी मेहनत के बाद मैं इंतज़ार करता- बारिश का, बीज के फूटने का, फ़सल के लहलहाने का। मैं बहुत भाग्यशाली कभी नहीं रहा। इन एकांतों में जितना भी थोड़ा-बहुत बुना गया था उससे कहीं ज़्यादा शेष-सा पूरे घर में बिखरा पड़ा रहता था। जब बिखरा पड़ा बहुत हो जाता, इतना कि घर में चला भी न जा सके तो मैं अपना घर बदल लेता। यह कहानियाँ जाने कितने घरों की याद दिलाती हैं! उन सारे घरों से मुझे वह व्यक्ति झाँकता हुआ दिखता जो लिखा करता था, वह अभी भी वहीं है जबकि मैं गुज़र चुका-सा हूँ। मैं वह नहीं हूँ... क़तई नहीं। मैंने तो बस हर अलग-अलग समय में उसे सहा है, या अगर उससे पूछें तो वह मेरे बारे में भी कुछ इसी तरह के विचार रखता मिलेगा। उससे मिलना समर्पण करना है। बिना समर्पण किए किसी भी तरह के संवाद संभव नहीं हैं।

वह जो बहुत सारा शेष बिखरा पड़ा रह गया था, उसने संभालकर रखा है जो लिखता है। उस शेष की वजह से ही मैं बार-बार उससे मिलने को उत्सुक रहता हूँ। आज जब लोग मेरे लेखन की वजह से मुझे जानते हैं, या सवाल करते हैं तो मुझे जवाब देते वक़्त अजीब से दोगलेपन का एहसास होता है। क्योंकि मैं वह नहीं हूँ जिसने यह कहानियाँ लिखी हैं। मैं तो बहुत पहले गुज़र चुका था।

क़रीब सत्ताईस साल बाद मैं वापिस बारामुला, ख़्वाजबाग़ गया था, जहाँ मेरा जन्म हुआ है, मेरा बचपन बीता है। वह कॉलोनी खंडहर हो चुकी थी। अपने घर का दरवाज़ा तोड़कर भीतर घुसना पड़ा। वह घर, अंतिम साँसें लेता हुआ कोई जर्जर बूढ़ा था, जो ढह जाने के पहले किसी अपने का इंतज़ार कर रहा था। तभी मेरी निगाह उस छोटे छेद पर गई जहाँ मैं अपनी टॉफ़ी छुपाया करता था। मैं ख़ुद को संभाल नहीं पाया। बहुत देर तक कॉलोनी में भटकता रहा। हर उस गली में गया जहाँ हम खेला करते थे। कॉलोनी से निकलते वक़्त एक औरत ने पूछा कि कौन हो तुम, और यहाँ क्या कर रहे हो? मैंने उससे कहाँ कि वह जो गली का आख़िरी मकान है, मैं वहाँ रहा करता था, मैं यहीं पैदा हुआ हूँ। वह औरत मुस्कुराने लगी और मुझे मेरे कहे पर क़तई विश्वास नहीं हुआ। यह दोनों वाक्य इतने झूठे लग रहे थे कि मैं वहाँ से चल दिया। अभी अपनी कहानियों को वापिस पढ़ते हुए बिल्कुल कुछ इसी तरह का एहसास हुआ। मैं अपने भीतर अपनी हर कहानी का होना पूरी शिद्दत से महसूस करता हूँ पर इसे कहते ही सारा कुछ ढह जाता है। कहना, होने की तुलना में बहुत छोटा सुनाई देता है।

मैं नास्तिक हूँ। कठिन वक़्त में ये मेरी कहानियाँ ही थीं जिन्होंने मुझे सहारा दिया है। मैं बचा रह गया अपने लिखने के कारण। मैं हर बार तेज़ धूप में भागकर इस बरगद की छाँव लेते अपना आसरा पा लेता। इसे भगोड़ापन भी कह सकते हैं, पर यह एक अजीब दुनिया है जो मुझे बेहद आकर्षित करती रही है। इस दुनिया में मुझे अधिकतर हारे हुए पात्र बहुत आकर्षित करते रहे हैं। हारे हुए पात्रों के भीतर एक नाटकीय संसार छिपा हुआ होता जबकि जीत की कहानियाँ मुझे हमेशा बहुत उबा देने वाली लगती हैं। जब भी मैंने अपना कोई लिखा पूरा किया है उसकी मस्ती मेरी चाल में बहुत समय तक बनी रही है।

अगर हम प्रेम पर बात करें तो मैंने उसे पाया अपने जीवन में है पर उसे समझा अपने लिखे में है।

मानव कौल

कहानी-क्रम

प्रेम कबूतर

मैं हमेशा से सलीम को देखकर रश्क करता था। सुबह-सुबह वह रोज़ मैदान में हमें बुला लेता। मैं राजू को अपने साथ घसीट लेता। राजू की चाय की दुकान थी जिसपर मेरी दोपहरें बीतती थीं। सलीम कपड़े सिलता था पर हमेशा लगता था कि वह कुछ और करेगा। उसमें कुछ बात थी। जब तक सलीम आ नहीं जाता हम मैदान की सीढ़ियों पर बैठे बतियाते रहते। मुझे अब आश्चर्य होता है कि कितनी बातें थी हमारे पास, और सारी बातों में देर तक की हँसी छिपी होती थी! मैं और राजू घंटों बतिया सकते थे। फिर सलीम फ़ुटबाल लेकर आता और हम दोनों को घंटों नचाता रहता। राजू बहुत बोलने पर भी चप्पल पहनकर मैदान में आता था। मेरे पास गोल्ड स्टार के डेढ़ सौ रुपये वाले जूते थे जिन्हें बहुत मनौवल के बाद मेरे बाप ने दिलाए थे। उन जूतों पर एक भी खरोच मैं बर्दाश्त नहीं कर सकता था इसलिए शायद मैं कभी बहुत फ़ुटबाल नहीं खेल पाया। सलीम के पास फ़ुटबाल के जूते थे। नुकीले वाले। उसका क़द छोटा था। घुँघराले बाल

थे, जिन्हें वह हर कुछ महीने में अलग-अलग अंदाज़ में कटवाता था। मैं चाहता था कि मेरे बाल भी घुँघराले हो जाएँ, पर मेरे बाल झाड़ू की तरह थे। सारे-के-सारे मेरी आँखों में घुसना चाहते थे। मेरा क़द भी मुझे ज़्यादा लगता था। सलीम अपने सारे हुनर दिखाने के बाद हमें चाय पिलाता था। राजू की चाय-दुकान बाज़ार में थी। हम मैदान के पास मदन की चाय पीते थे। वह सलीम से पैसे नहीं लेता था या शायद सलीम का खाता चलता था। या वह सलीम को उतना ही पसंद करता था जितना मैं। मैंने कभी सलीम को पैसे देते हुए नहीं देखा। चाय के वक़्त सलीम बोलता था। मैं और राजू चुपचाप आँखें फाड़-फाड़कर उसे देखते रहते थे। चाय के बाद वह मज़ार की तरफ़ हमें घुमाने ले जाता। वहाँ साइकिल पर कुछ लड़कियाँ निकला करती थीं, जिनमें से एक को सलीम पसंद करता था। यह एक तरह का ख़ुफ़िया काम था जिसमें मुझे बहुत मज़ा आता था। सलीम हमें मज़ार की दीवार के पीछे रुका देता। फिर साइकिल से दो लड़कियाँ स्कूल जाती हुई निकलतीं। सलीम रोड पर कुछ इस तरह चलने लगता मानो वह किसी काम से वहाँ से गुज़र रहा हो। पहली लड़की तेज़ पैडल मारती हुई आगे निकलकर पुलिया के पास खड़ी हो जाती और दूसरी लड़की सलीम से कुछ आगे जाकर किनारे पर साइकिल खड़ी कर देती। दोनों कुछ देर मुँह-ही-मुँह में बुदबुदाते। कुछ देर चुप्पी। ख़ुफ़िया तरीक़े से इधर-उधर देखना कि कहीं कोई आ तो नहीं रहा। उसके बाद वह होता। प्रेम की पराकाष्ठा। प्रेमपत्र का आदान-प्रदान। वह पूरा होते ही सलीम हमारी तरफ़ चला आता। दोनों लड़कियाँ साइकिल पर बरगद और पीपल के पेड़ों में खो जातीं।

सलीम जिस लड़की को पसंद करता था मैं भी उसी लड़की को पसंद करने लगा। नहीं, महज़ पसंद नहीं करने लगा वह मेरे सपनो में आने लगी थी। मैं उससे अपने सपनों में घंटों बातें करता था पर मैं उसे इतना ज़्यादा पसंद क्यों करता था, इसका कारण मुझे नहीं पता। शायद इसलिए कि वह सलीम की थी और मैं सलीम को बहुत पसंद करता था। पता नहीं। दूसरी लड़की मुझे देखती थी पर राजू को लगता था कि वह उसे देखती है। अभी तक हम दोनों तय नहीं कर पाए थे कि वह देखती किसे है। फिर हमारा काम होता उस प्रेमपत्र को पढ़ना। पुलिया पर सलीम खड़ा हो जाता। हम नीचे

खड़े रहते और सलीम ज़ोर-ज़ोर से उस लैटर को पढ़ता।

"सलीम, (फिर एक दिल का निशान)

तुम ठीक होगे। मैं भी ठीक हूँ।

अच्छा सुनो, तुम घर के सामने मत रुका करो। भाई को शक है। वह दो बार तुम्हारे बारे में पूछ चुका है। वह नारंगी वाली शर्ट मत पहना करो लफंगे लगते हो। वह लाल शर्ट क्यों नहीं पहनते, अच्छी तो लगती है वह? कल मुझे गट्टू ने रोक लिया था। कहता था फ्रेंडशिप कर लो। मैंने कहा, "पहले मुँह धोकर आ।" वह बहुत पीछे रहता है। अगली बार मिलो तो लाल शर्ट पहनकर आना।

बाक़ी सब ठीक है। मेरी दोस्त तुम्हारे दोस्त को पसंद करती है। लैटर देने को कह रही थी। मैंने कहा कि रुक जा पहले सलीम से पूछती हूँ। बोल दूँ? दे दे लैटर?

बाक़ी बाद में।

मीनाक्षी।"

राजू मोटी मूँछ रखता था। बालों में मेंहदी लगाता था। क़द में हम दोनों से लंबा और अखाड़ा जाने की वजह से उसका शरीर बहुत सख़्त हो गया था। प्रेमपत्र को सुनते वक़्त उसका मुँह खुला रहता। आँखों में चमक रहती। उसे विश्वास नहीं था कि कभी कोई लड़की उसे प्रेमपत्र लिख सकती है। उसे लगता था यह सिर्फ़ फ़िल्मों में होता है या सलीम के साथ। लड़कियों को लेकर सलीम सबसे ज़्यादा अनुभवी था। मीनाक्षी जिस स्कूल में पढ़ती थी उस स्कूल की एक टीचर से भी वह प्रेमपत्र का आदान-प्रदान करता था।

पर इस बार राजू और मेरा उत्साह बहुत ज़्यादा था। मीनाक्षी की दोस्त किसको पत्र देना चाहती है? राजू ने जिस तरह मुझे देखा था उसकी आँखों में हार थी। मुझे अच्छा नहीं लगा। यह उस समय की बात है जब दोस्ती की फ़िल्में बहुत आती थीं। हम सब भी दोस्ती पर क़ुर्बान हो जाने के बहुत से कारण ढूँढ़ते रहते थे। मुझे एक कारण मिल गया था। मैंने राजू से कहा, "मुझे नहीं अच्छी लगती वह लड़की।"

"तो तू क्यों उचक-उचककर झाँकता है जब वह निकलती है? तुझे पीछे छुपा रहना चाहिए। तो आज यह समस्या ही नहीं होती। वह अभी तक मुझे लैटर दे चुकी होती।" राजू ने यह बात हँसते हुए कही पर मैं शब्दों के पीछे की उसकी पीड़ा समझ सकता था। वह हम दोनों से उम्र में बड़ा था। हम दोनों अभी भी स्कूल में थे जबकि राजू स्कूल छोड़ चुका था। इस बात का समाधान सलीम ने किया। उसने कहा, "इससे पहले लड़की चुने, तू चुन ले।" राजू और मेरी कुछ समझ में नहीं आया। सलीम का सुझाव था कि राजू पहल करे। वह लैटर लिखकर उसे दे दे। उसी वक़्त सलीम ने अगले दिन का समय तय कर दिया। राजू कल सुबह उस लड़की को प्रेमपत्र देगा। राजू की हड़बड़ाहट मैं देख सकता था। वह बौखला गया। उसने कहा, "सुनो, मुझे आज जल्दी दुकान खोलना है, मैं चलता हूँ। सुबह मैदान में मिलेंगे।" और राजू भाग लिया। मैं और सलीम एक-दूसरे को देखकर हँस दिए।

दोस्ती पर क़ुर्बान हो जाने वाली बात अपनी जगह सही है पर पता नहीं क्यों मुझे दिन भर अजीब-सी जलन होती रही। मैंने कई बार ख़ुद प्रेमपत्र लिखने के बारे में सोचा। पर हर बार शुरुआत 'प्रिय मीनाक्षी' से हुई। सलीम इन सबमें माहिर था पर राजू और मैं एक ही नाव में सवार थे। अभी लग रहा था कि कल सुबह राजू उचककर सलीम की नाव में चला जाएगा और मैं हमेशा-हमेशा के लिए अकेला रह जाऊँगा। एक अजीब-सा भय मेरे भीतर पल रहा था। मुझे लगने लगा जैसे कोई इतिहास लिख रहा है। कोई आदमी। इन छोटी बेमतलब की चीज़ों का इतिहास। कई साल बाद यह कहा जाएगा कि सलीम प्रथम था। राजू दूसरा और सुनील, जिसे चांस तो मिला पर दोस्ती पर क़ुर्बान हो जाने वाली फ़िल्मों के चक्कर में वह तृतीय रहा। अब अकेला और हमेशा के लिए तृतीय। मैंने सोचा कल इन दोनों के पहले, उन लड़कियों के मज़ार पहुँचने से पहले, मैं उस दूसरी लड़की को एक प्रेमपत्र पकड़ा दूँ। पर मैं तो प्रेमपत्र मीनाक्षी को देना चाहता था।

पिताजी बाहर के कमरे में अपने पत्रकारिता के काम में व्यस्त थे। मैं धीरे से जाकर उनके टेबल से एक कोरा काग़ज़ उठा लाया। जब मैं अपने कमरे में आ गया तो पीछे से आवाज़ आई,

"अब यह उमर जहाज़ बनाने की नहीं है, कुछ पढ़ लो।"

पिताजी की पत्रकारिता वैसे ही चलती थी जैसे गाँव में बाक़ी चीज़ें चलती हैं। राजू की चाय की दुकान। सलीम की टेलर शॉप। वह इसका दोष मेरी माँ को देते हैं, "मैं तो दिल्ली जा रहा था पर उस मनहूस के कारण यहीं टिका रहा।"

मेरी माँ को मरे सालों गुज़र गए हैं। पिताजी कहते हैं कि उनका भविष्य माँ की बीमारी खा गई। मुझे माँ की बहुत भीनी-सी याद रह गई है, और धीरे-धीरे वह याद मेरे लिए ब्लैक ऐंड व्हाइट तस्वीर में बदलती जा रही थी, जो बाहर कमरे में लगी है। जिसपर साल में एक बार नई फूलों की माला टँगती है। हर साल नई माला लाने के टंटे से बचने के लिए एक दिन पिताजी प्लास्टिक की माला ले आए। मैंने सोचा मैं ख़ुद फूलों की नई माला लाकर यह प्लास्टिक की माला एक दिन फेंक दूँगा। पर वह दिन हमेशा कल पर टलता रहा और मुझे भी अब प्लास्टिक की माला ठीक लगने लगी।

कोरे पेपर पर मुझसे मीनाक्षी नाम नहीं लिखा गया। सो, मैंने मीनाक्षी मन में कहा और अपनी छोटी-सी बात उसमें लिखने लगा।

"प्रिय, (मन में मीनाक्षी) मुझे साइकिल अच्छी लगती है। पिताजी से कई बार कह चुका हूँ। वह अगले साल पर बात टाल देते हैं। तुम अच्छी साइकिल चला लेती हो। मुझे साइकिल चलानी नहीं आती। एक दिन मैंने पप्पू की साइकिल की चेन चढ़ाई थी। पूरे हाथ काले हो गए थे। पर मैं चेन चढ़ाना सीख गया। कभी-कभी पप्पू के साथ साइकिल पर हवा डलाने भी जाता हूँ। तब वह मुझे पीछे बिठा लेता है। पर मुझे साइकिल पर आगे बैठना अच्छा लगता है। आगे मैं राठौर अंकल के साथ बैठा हूँ। बहुत पहले। साइकिल जब बारीक बजरी पर चलती है तो मुझे उसकी करच-करच आवाज़ बहुत अच्छी लगती है। मैं साइकिल सीखूँगा। कैंची चलाना एक बार शुरू किया था पप्पू के साथ, पर पप्पू साइकिल नहीं देता है। तुमसे अगर फ्रेंडशिप हो गई तो तुम्हारी साइकिल पर सीख सकता हूँ। लेडीज़ साइकिल आसान होती है, अगर साइकिल चलाना सीखना हो तो, ऐसा पप्पू कहता है।

बाक़ी सब अच्छा है।"

अपना नाम भी आख़िरी में नहीं लिखा। उस पन्ने को तह करके मैंने अपनी जेब में संभालकर रख लिया। मुझे डर लगा कि मैंने इसमें पप्पू का और राठौर अंकल का नाम लिख दिया है। कहीं मैं फँस न जाऊँ। पर मुझे पूरा यक़ीन था कि मैं कभी इतनी हिम्मत नहीं जुटा पाऊँगा कि मैं यह पत्र मीनाक्षी को दे दूँ।

अगली सुबह मैदान में राजू चुप था। हम दोनों पहली बार चुप रहकर सलीम का इंतज़ार कर रहे थे। मुझे पता था कि उसकी जेब में प्रेमपत्र है। उसका पहला प्रेमपत्र। इस बार मेरी जेब में भी मेरा पहला प्रेमपत्र था। इतिहास लिखने वाला आदमी अभी तक मुझे तीसरे स्थान पर नहीं डाल सकता था।

"क्या राजू, तो सब ठीक?" मैंने पूछा।

"हाँ।"

"तो क्या चल रहा है?" मैंने फिर पूछा।

"क्या चलेगा?"

चुप्पी। पहली बार राजू दोस्त नहीं था। वह अपनी बात कहने के लिए सलीम का इंतज़ार कर रहा था। वह मुझसे कुछ दूर बैठा था। पता नहीं क्यों, मुझे यह बात बहुत असहनीय लग रही थी। मैं मैदान में दौड़ने लगा। सलीम आया तो राजू ने फ़ुटबाल खेलने से भी इनकार कर दिया। मैं और सलीम कुछ देर तक खेलते रहे फिर हमारा मज़ार की तरफ़ जाने का वक़्त हो गया। राजू सिर्फ़ सलीम से बात कर रहा था।

"सलीम, मुझसे नहीं लिखते बना।"

"क्या?"

"लैटर।"

"अरे यार, कुछ भी लिख देता।"

"नहीं हुआ।"

"तो अब क्या करेंगे?" सलीम ने चिंता ज़ाहिर की और मेरी तरफ़ देखा।

राजू हमसे उम्र में बड़ा था पर इस वक़्त बहुत दयनीय लग रहा था।

बस यहीं मैं फ़िल्मी चक्कर में फँस गया। क्यों मैंने दोस्ती की इतनी फ़िल्में देखीं थी, अब पछताने लगा! कुछ भी कह लो मौक़ा तो यही है दोस्ती पर क़ुर्बान हो जाने का। सो, मैंने अपनी जेब से अपना लैटर निकाला और सलीम को दे दिया।

"यह क्या है?"

"लैटर।"

"अच्छा, बच्चू कंपटीशन। हें!"

"नहीं। मुझे पता था, राजू नहीं लिख पाएगा। सो, मैं लिख लाया उसके लिए।"

बलिदान। सच्चा दोस्त। त्याग। मेरे भीतर पता नहीं यह कहते ही क्या-क्या हो गया। मेरी आँखें छलक आईं। राजू ने मुझे गले लगा लिया। हम सब पुलिया पर पहुँचे और लैटर पढ़ा।

"यह पप्पू कौन है बे?" सलीम ने जल्दी में लैटर पढ़ते हुए पूछा।

"पप्पू मेरे मोहल्ले में रहता है।"

"अच्छा।"

"तूने सच में यह राजू के लिए लिखा है?"

जब तक राजू अपना नाम लिख रहा था तब तक सलीम ने मुझसे पूछा। मैंने हामी में सिर हिलाया।

"अबे, लड़की का नाम क्या है?" राजू ने पूछा।

लड़की का नाम किसी को नहीं पता था। सो, तय हुआ कि राजू पेन लेकर जाएगा। उससे फ्रेंडशिप की बात कहेगा। अगर वह हाँ कर देगी तो वहीं उससे उसका नाम पूछकर वहीं लैटर में लिखेगा और उसे लैटर दे देगा।

लड़कियाँ साइकिल पर आईं। इस बार मीनाक्षी को देखकर भीतर अजीब-सी टीस उठी। सिर्फ़ मैं जानता था कि लैटर मैंने मीनाक्षी के लिए लिखा था। दूसरी लड़की आगे जाकर रुक गई। मैं दीवार के पीछे छुपा रहा। इस बार राजू और सलीम दोनों निकले। दोनों की जेब में एक-एक लैटर था। इतिहास लिखने वाला अब हँस रहा होगा। मैं तीसरा था। तीसरे

पायदान पर मेरा दर्द भरा गाना चल रहा था। राजू बहुत डरा हुआ था। राजू जैसे ही उस लड़की के पास पहुँचा। बस... बस... मुझसे फिर कुछ नहीं देखा गया। मैंने सीधे घर की तरफ़ दौड़ लगाना शुरू कर दिया। भाड़ में जाए दोस्ती! दोस्ती की क़समें! उसपर बनी सारी की सारी झूठ फ़िल्में! सब झूठ है। साला, एक तो ज़ख़्म खाओ और ऊपर से उसपर नमक भी ख़ुद ही छिड़को! बस.. बस.. बस.. सलीम को जो समझना हो समझे। राजू अपनी मूँछों के साथ जाए भाड़ में। मैं अब नहीं रुकता। मैं दौड़ता रहा। दौड़ता रहा। बस दौड़ता रहा।

दोपहरें बहुत अजनबी-सी लगती हैं कभी। जैसे आज की दोपहर, लगता ही नहीं कि यह मेरी जी हुई ज़िंदगी का हिस्सा है। मैं किचन और बाहर के कमरे में भीतर-बाहर करता रहा। पिताजी अपनी डेस्क पर बैठे कुछ पन्ने काले कर रहे थे। तभी उन्होंने कहा, "आकर्षण हमेशा उसका है जो हमारी हद से परे है। हद में आते ही वह दूध में पानी की तरह घुल जाती है।" मैं हतप्रभ-सा बाप के सामने खड़ा रहा। कुछ देर बाद मैं घर से निकल लिया। मेरे दिमाग़ में राजू का लैटर देना चल रहा था। क्या हुआ होगा। क्या उसने राजू को पसंद कर लिया होगा? क्या मीनाक्षी भी राजू को पसंद करने लगी होगी? मैं राजू की चाय की दुकान पर कब पहुँच गया पता ही नहीं चला। सलीम चाय सुड़क रहा था और राजू बहुत ख़ुश था। उसके जीवन में पहली बार ऐसा कुछ चमत्कार हुआ था। कल उस लड़की ने लैटर देने का वादा भी किया था। इस बीच मैं बार-बार ख़ुद से पूछ रहा था कि मैं ख़ुश क्यों नहीं हूँ? मीनाक्षी ने सलीम को लैटर नहीं दिया। उसने पहली बार सलीम के मुसलमान होने का ज़िक्र किया जिसपर सलीम बहुत हँस रहा था। मैं भी हँस रहा था पर राजू ने कहा कि इसमें वह ग़लत थोड़ी कह रही है। वह पंडित है और तू मुसलमान। सही थोड़ी है यह। हम तीनों में इस क़िस्म की बातें नहीं होती थी। इस बात पर सलीम और मैं हँस दिए। बात वहीं ख़त्म हो गई।

मेरे भीतर कुछ बदल रहा था। मैं अपने कमरे में ज़्यादा वक़्त बिताने लगा। कहानियाँ पढ़ना मुझे बहुत अच्छा लगने लगा था। 'धर्मयुग' हमारे घर

लगातार आती थी। उसमें कहानियाँ, कविताएँ मुझे बड़ी दिलचस्प लगतीं। हर कहानी को पढ़ने के बाद लगता कि लगभग सारी कहानियाँ हमारे गाँव के बारे में ही हैं। मैं इन सारे पात्रों को जानता हूँ। इन बातों को लेकर जब भी मैं राजू या सलीम से मिलता तो वह चुपचाप ताकते हुए मेरी बातें सुनते। शायद यही एक समय था जब दोनों मेरी बातें सुनते थे। मैं जान-बूझकर विदेशी लेखकों की कहानियों के बारे में उन्हें बताता था। वह हतप्रभ रह जाते। रेणु के सामने मायाकोवस्की का ज़ोर ज़्यादा पड़ता था। मैं उनके चेहरे देखकर ख़ुश हो जाता था, यह एक तरीक़े का बदला था, जो मैं टुच्ची बातों के इतिहासकार से ले रहा था। वहाँ उसने मुझे तीसरा स्थान दिया था पर कहीं एक ऐसी जगह थी जहाँ मैं प्रथम हो सकता था। वह थी यह कहानियों की बातें करना। यहाँ मैं प्रथम था और दूसरे और तीसरे नंबर के लिए अब राजू और सलीम लड़ें मुझे क्या करना है। उनकी वह जाने।

एक दिन राजू भागता हुआ मेरे घर आया।

"यह पप्पू कौन है?" राजू ने सीधे पूछा।

"पप्पू कौन है? राजू, क्या पूछ रहा है!"

"अरे, मैं तुझसे पूछ रहा हूँ और तू मुझसे पूछ रहा है?"

"तू क्या पूछ रहा है?"

"यह पप्पू कौन है जिसका ज़िक्र तूने लैटर में किया था?"

"ओ... अरे वह कोई नहीं। वह मेरे मोहल्ले में रहता है।"

"उसका ज़िक्र करने की ज़रूरत क्या थी?"

"अरे, मुझे क्या पता। मैंने एक तो तेरी मदद की!"

राजू पसीने-पसीने था। उसके हाथ में लैटर था। उसने अपनी जेब से सफ़ेद रुमाल निकाला जिसमें पॉन्डस पाउडर लगा हुआ था। उसने उसे अपने पूरे चेहरे पर घिसा और मुझे वह लैटर पकड़ा दिया।

मैंने लैटर पढ़ा।

"मैंने मीनाक्षी को तुम्हारा लैटर पढ़ाया था। तुम्हें बुरा तो नहीं लगा ना कि मैंने उसे तुम्हारा लैटर पढ़ाया? वह मेरी पक्की सहेली है, वह मुझे सलीम के सारे लैटर पढ़ाती है। हम एक-दूसरे से कुछ भी नहीं छुपाते।

तुम जैसे बात करते हो उससे तुम्हारा लैटर बहुत अलग है। लैटर अच्छा है। मीनाक्षी को भी अच्छा लगा। पप्पू तुम्हें साइकिल चलाने क्यों नहीं देता? क्या पप्पू तुम्हारा दोस्त है? जब वह सिर्फ़ हवा डलाने साथ ले जाता है तो तुम साइकिल चला लिया करो। उसे पीछे बिठाओ। मैं अपनी साइकिल किसी को नहीं देती। अपनी बहन को भी नहीं। तुम अगर नदी पर शाम को जाओगे तो बताना। मैं रोज़ काले महादेव के दर्शन को छः बजे जाती हूँ पर वहाँ बहुत भीड़ होती है। तुम दूर रहना।

तुम अपनी पैंट में बेल्ट क्यों नहीं बाँधते हो?

नीना।''

मैंने देखा राजू ने अपनी पैंट में बेल्ट बाँधी हुई है। प्यार आदमी को कबूतर बना देता है। मेरा बाप ऐसा कहता है। मैं बहुत ख़ुश था कि मीनाक्षी को लैटर बहुत पसंद आया। मैंने राजू से कहा कि रुक मुझे समय दे मैं लैटर लिखता हूँ। मैं फिर पिताजी के टेबल पर से एक सफ़ेद काग़ज़ उठा लाया। राजू को कहा कि तू जा, मैं शाम को तेरे को लैटर दे दूँगा।

''अबे यहीं लिखकर दे दे?''

''ना, मैं किसी के सामने नहीं लिख सकता। मैं अकेले में लिखता हूँ।''

''और सुन, मेरी तारीफ़ करना लैटर में।''

''यह मैं नहीं तू लिख रहा है। तू अपनी तारीफ़ क्यों करेगा?''

''अरे हाँ, अच्छा लिखना लैटर।''

''कोशिश करता हूँ।''

''शाम को दुकान पर दे देना। चलता हूँ।''

राजू चला गया। पिताजी इस वक़्त चौक पर होंगे। लोहिया जी के साथ पान और चाय पर दुनिया बदलने की बहस चल रही होगी। यह सही समय है प्रेमपत्र लिखने का। मैंने पिताजी की टेबल से एक काग़ज़ उठाया और भीतर कई बार मीनाक्षी का नाम लिया और ख़त लिखने लगा। प्यार सच में कबूतर बना देता है। कबूतर कौन था मैं या राजू? उफ! लिख.. लिख.. लिख... शब्द साथ नहीं दे रहे थे। कैसे भी मैंने कुछ लिखा और वह फाड़ा।

फिर लिखा। फिर फाड़ा। क्या लिखूँ ? पप्पू के बारे में क्या जवाब दूँ ? कुछ काग़ज़ों के फटने के बाद मुझे एक छोटी कहानी सूझी। मैंने मन में प्रिय मीनाक्षी कहा और लिखा,

"मैंने पप्पू से साइकिल माँगी थी। तब उसने मुझसे कहा कि वह एक लड़की से बहुत प्रेम करता था। गहरा प्रेम। जिसमें आदमी कबूतर हो जाता है। वह प्रेम में अपनी साइकिल उस लड़की को दे दिया करता था ट्यूशन जाने के लिए। बहुत समय बाद उसे पता लगा कि वह उस साइकिल पर, ट्यूशन जाने से ठीक पहले प्रो.फ़ेसर कालोनी में किसी लड़के से मिलने जाया करती थी। अब तुम पूछोगी कि पप्पू को यह बात कैसे पता चली ? तो हुआ यूँ कि पप्पू के हाथ ग़लती से उस लड़के का प्रेमपत्र लग गया। तब से वह साइकिल किसी को नहीं देता है। वह तो मेरा दोस्त है इसलिए मुझे पीछे बिठा लेता है वर्ना वह साइकिल पर पीछे भी नहीं बिठाता है।

तुम्हारा लैटर पढ़कर अच्छा लगा। मीनाक्षी को लैटर पढ़ाओ मुझे कोई भी समस्या नहीं है। आज मैं काले महादेव पर आऊँगा तुमसे मिलने। दूर से तुम्हें देखने। कभी दुकान पर आओ चाय पीने।

बाक़ी अगले ख़त में।

राजू।"

लैटर शाम को राजू ने जल्दबाज़ी में लिया उसे काले महादेव जाना था। मैंने देखा उसकी चाल कुछ बदल गई है। उसका पिछवाड़ा चलते वक़्त ठुमक रहा है। मुझे फिर अपने पिताजी की बात याद आई। राजू कबूतर होता जा रहा था।

काल्पनिक कहानियाँ इन्हें ही तो कहते हैं, जो असल में झूठ होती हैं। मैंने पप्पू की झूठी कहानी लिखी थी। पप्पू मुझे साइकिल नहीं देता था क्योंकि मैं उसको ठीक से जानता तक नहीं था। मुझे लगा एक टूटे हुए प्रेमी की कहानी में भला किसको इंटरेस्ट हो सकता है! पर मैं एकदम ग़लत था। ज़्यादातर कहानियाँ जो प्रसिद्ध हुई हैं वह हारे हुए प्रेमियों की ही हैं। उफ!

दो दिन बात राजू झल्लाया हुआ मेरे पास आया।

"अबे, यह क्या चुतियाप मचा रखा है यार ?"

मैंने जवाब पढ़ा। उस पत्र में सिर्फ़ दो लाइनें लिखी थीं। "बेचारा पप्पू! वह लड़की कौन है? फिर क्या हुआ?"

"मैंने कहा था पप्पू को ख़त्म कर। तूने और बढ़ा दिया।"

"अबे ख़त्म ही तो कर दिया। अब क्या करूँ? अब नहीं लिखूँगा पप्पू के बारे में। ला जवाब लिखता हूँ।"

"अबे फँस चुके हैं। उसने यह लैटर देते हुए भी मुझसे कहा था मुझे पप्पू के बारे में सारा कुछ जानना है।"

"और मीनाक्षी। वह?"

"अरे भइया, वह तो और तेज़ निकली। उसने पूछा कि उस लड़की का नाम क्या है?"

"कौन-सी लड़की?"

"अरे वही पप्पू की लड़की, जिसने उसे चूतिया बनाया।"

मैं लिख सकता था। थोड़ा बहुत टूटा-फूटा पर पप्पू के बारे में मैं ख़ुद कुछ नहीं जानता हूँ और वह लड़की? मीनाक्षी की दिलचस्पी लड़की में है यह जानकर मुझे बहुत अच्छा लगा। पर वह है कौन? अरे उसकी छोड़ो, यह पप्पू कौन है? कहानियों के मामले में मेरा नंबर प्रथम था। सो, इस बात को मैंने चैलेंज के रूप में लिया।

राजू अभी तक वहीं खड़ा था। उसने अपनी जेब से एक पर्ची निकाली।

"यह चाय के दस गुणों की लिस्ट है। जवाब में यह लिख। नीना की दिलचस्पी चाय में जगा।"

यह कहकर राजू चला गया। अगले लैटर में मैंने पप्पू का ज़िक्र भी नहीं किया और सिर्फ़ बात चाय पर ही रखी। दस गुण चाय के, कहकर नीना को चौक पर आने को भी कहा। राजू को अपने चाय के हुनर पर नाज़ था पर इससे लड़की इंप्रेस होती है इसके बारे में मुझे थोड़ा संदेह था। पर इस बार जो भी राजू ने कहा मैंने कर दिया। मैंने लेखकों के बारे में पढ़ा है। वह बहुत गहरे सोचकर लिखते हैं और अपने लिखने के बीच किसी तीसरे को नहीं आने देते। मैंने राजू को आने दिया जिसका नतीजा वही हुआ जिसका

मुझे डर था। जवाब बहुत ख़राब आया। नीना चाय नहीं पीती है। उसने जवाब में यह तक कह दिया कि अगर ऐसा लैटर लिखना है तो अगली बार से लैटर देने की कोई ज़रूरत नहीं है। राजू का पहला प्रेम उसका आख़िरी प्रेम होने वाला था। टूटे हुए क़िले की बग़ल में एक पीपल का घना पेड़ था वहीं हमारा अड्डा था, मैं सलीम को सारी दास्तान सुना चुका था। राजू कुछ देर में वहाँ पहुँचा।

"सुन, तू पप्पू के बारे में ही लिख, पर यह क्या चुतियापा है?" राजू झल्ला गया।

"अबे प्यार की शुरुआत में ही खीज गए?" सलीम ने कहा।

"अबे, मुझे तो लग रहा है कि मैं पोस्टमैन हूँ। यह सुनील पप्पू की ख़बर नीना तक पहुँचारिया है और मैं बीच का बंदर!"

"सुनील, पप्पू है कौन बे? मीनाक्षी मुझसे पूछ रही थी और कोई लड़की है जिसने उसकी बजा दी। क्या है बे यह सब?" सलीम ने मुझसे पूछा।

मुझे लगने लगा कि ये सब आलोचक हैं और बतौर लेखक मेरे ऊपर काफ़ी सवाल उठा रहे हैं। मैं कम-से-कम इन दोनों के सामने अपने लेख़न को लेकर बहुत संजीदा था। मैंने संवाद कुछ गहरे से शुरू किए।

"मुझे अब पप्पू के बारे में सब कुछ जानना होगा। रिसर्च! वह क्या करता है, किससे मिलता है। उसका उठना-बैठना। वगैरा-वगैरा।"

"क्यों?" राजू ने पूछा।

"क्योंकि अगर पप्पू की कहानी ख़त्म करनी है तो पहले उसके बारे में सब कुछ पता करना होगा। झूठी कहानी लिखना ख़ुद को धोखा देना है।"

मेरी बातों पर फिर सलीम और राजू की आँखें फटी-की-फटी रह गईं। कुछ देर शांति छाई रही। फिर सलीम बोला,

"सुन भाई, जो भी है बस ख़त्म कर और राजू की सेटिंग अच्छे से करा दे।"

"हाँ यार, एकदम सीधी तो बात है।" राजू ने ज़ोर दिया।

मैंने जवाब में चुप्पी ही रखी। क्योंकि बात मेरी भी समझ के बाहर थी।

किस तरह इसे घुमाया जाए?

शाम को मैं मिश्रा टेंट हाऊस के सामने खड़ा था। घर से सामने बड़ा-सा बोर्ड लगा हुआ था। दरवाज़ा खुला हुआ था मैंने आवाज़ लगाई,

"पप्पू भाई, पप्पू भाई।"

पप्पू बनियान में बाहर आया। बनियान छोटी थी। उसके दुबले शरीर पर अजीब से पेट की वजह से नाभी दिख रही थी। पप्पू की उम्र सत्ताईस के आस-पास लटक रही थी। उसका टेंट का धंधा बहुत ज़ोरों से चलता था। हम सबके बीच में सामाजिक रूप से सबसे सफल आदमी था।

"अरे सुनील, कैसे आना हुआ?"

"वह आपकी साइकिल चाहिए थी।"

"साईकल?"

"हाँ, वह थी ना आपके पास एटलस गोल्डलाइन वाली!"

"अरे वह पीछे पंचर पड़ी है। मैंने बजाज चेतक ले लिया है। लेकिन उसे गोडाउन के पास रखता हूँ। साला इधर महल्ले वालों की गंदी नज़र लग जाती है।"

"मुझे तो बहुत दिनों से साइकिल नहीं दिखी सो, मैंने सोचा..."

उसके बाद चुप्पी थी। क्या पूछूँ इससे। नाभी के अगल-बग़ल के बाल। पीले दाँत। पतली टाँगें। कैसे इसके बारे में कुछ भी मैं लिख सकता हूँ। मैंने अचानक पूछा,

"तो आपकी शादी की भी बात चल रही होगी! किससे कर रहे हैं?"

मैंने यह चुहल में पूछा। पप्पू उम्र में बड़ा था। मेरा दोस्त भी नहीं था। अचानक उसके चेहरे की माँसपेशियाँ सख़्त हो गईं।

"मेरे मज़े लेने लाया है। क्यों बे हें, मज़े लेने आया है?"

"नहीं पप्पू भाई मैं तो... सुनो.. मैं जाता हूँ।"

मैं वहाँ से भाग लिया।

मैं सपनों के बारे में सोचता हूँ कभी-कभी। कैसे हम अपने सपने

बटोरते हैं! अपने किसी दोस्त को किसी दूसरे के साथ बहुत ख़ुश देखते हैं तो हम तुरंत एक सपना बटोर लेते हैं कि मैं भी एक दिन किसी के साथ इतना ही ख़ुश रहूँगा। इस सपने के साथ ही एक ख़ाली जगह हमारी बग़ल में बन जाती है। जब तक वह जगह ख़ाली रहती है, कुछ खलता रहता है। किसी ख़ास चेहरे को देखकर टीस उठती है। लगता है यही तो है वह जिसके साथ मेरी बग़ल में पड़ी यह ख़ाली जगह भर जाएगी। हम दूसरों के जीवन से बटोरे चित्रों को एक ख़ाली कमरे में भरते रहते हैं। फिर धीरे-धीरे उस कमरे से उन चित्रों को निकालकर मिलाते हैं अपने जिए हुए से कि क्या यह जी लिया? मेरे सपनों में मीनाक्षी के चित्र भरे हुए हैं। एक उसके हाथ लिखा ख़त मिल जाए। एक अपने हाथ से लिखा 'प्रिय मीनाक्षी' वाला ख़त उसे दे दूँ। कितनी बार मैंने लिखा और फाड़ दिया। कितनी सारी ख़ाली जगह में कितना सारा मीनाक्षी का नाम फैला पड़ा है।

मैंने सोचा सलीम से मिलता हूँ। उसके पास हमेशा कोई-न-कोई हल होता है। उसे सब पता है। बाज़ार से गुज़रा तो पान के टप पर बाप दिख गया। लोहिया जी के साथ बतियाते हुए। मुझे हमेशा पता है कि वह मुझे बुलाते हैं, सबके सामने अपना रोब दिखाने के लिए।

"ओए इधर आ। ओए।"

मैंने पहले नहीं सुनने का अभिनय किया फिर सुन लिया।

"अरे आप यहाँ!"

इस पूरे गाँव को पता है कि इस वक़्त मेरा बाप यहीं मिलता है। पर यह बात मेरे पिताजी कभी मानते नहीं हैं इसलिए मुझे हमेशा आश्चर्य में उनसे कहना पड़ता है कि अरे आप यहाँ!

"हाँ, आज इस तरफ़ चला आया। अच्छा यह बता सोनाक्षी नाम कैसा है?"

"अच्छा है मैंने कहा।"

"ठीक है।"

उन्होंने जेब से एक डायरी निकाली और उसपर सोनाक्षी नाम लिख लिया। अब मेरी उन्हें ज़रूरत नहीं थी। उनके पास से जाते हुए मुझे कुछ

चमका। नाम सोनाक्षी। सोनाक्षी कितना मीनाक्षी से मिलता है।

मैं सलीम की दुकान पर बैठा था। उसके पिताजी नेपाली लगते थे। एक छोटा भाई था जो पीछे बैठे हुए शर्ट के कपड़े में नीले रंग से निशान लगा रहा था। सलीम सामने खड़े होकर पैंट काट रहा था। सलीम और मैं उसके पिताजी के सामने चुप रहते थे। सलीम का हाथ कपड़ों पर बहुत तेज़ चलता था। उसके पिताजी जितनी देर में एक पैंट सिलते थे, सलीम तीन सिल लेता था। सलीम की दो पैंट और एक शर्ट की ज़िम्मेदारी थी रोज़। बाक़ी दिन वह जो करे कोई उसे रोकता-टोकता नहीं था। मैंने फिर एक सपना देखा। दो पैंट एक शर्ट का। बाक़ी बचा पूरा जीवन मेरा। तभी सलीम ने कहा चल और मेरा सपना टूट गया। हम सीधे क़िले की तरफ़ गए। पीपल के पेड़ के नीचे बैठते ही सलीम ने पूछा,

"क्या पता चला पप्पू के बारे में?"

"वह एक लड़का है। बहुत शर्मीला-सा। घर से नहीं निकलता है। अपने घर के पीछे वाले आँगन में बैठे रहता है। सिर्फ़ मुझसे थोड़ी-बहुत बात करता है।"

"वह लड़की कौन है जिसने उसे धोखा दिया था।"

"सोनाक्षी नाम था उसका। बहुत सुंदर लड़की थी।"

"तूने देखा है उस लड़की को?"

"हाँ, गज़ब है वह। तेरी मीनाक्षी से भी सुंदर।"

"रहती कहाँ है?"

"वह पेरु गाँव की है। कभी-कभी पप्पू जाता है उसे देखने अपनी साइकिल पर। कह रहा था कि एक दिन तुझे भी साथ ले जाऊँगा।"

"पेरु गाँव तो बहुत दूर हुआ यार। पप्पू साइकिल पर चल देता है।"

"हाँ। अरे सलीम, प्यार आदमी को कबूतर बना देता है क्या करें!"

कहानी सलीम से बातचीत में साफ़ हो गई। सारा झूठ सलीम को इंप्रेस करने के लिए बोला और मुझे सोनाक्षी में मीनाक्षी दिखने लगी। सोनाक्षी नाम अचानक कैसे मुँह से निकल पड़ा? मैंने सलीम से मीनाक्षी के बारे में पूछा तो उसने कहा,

"अबे वह बहुत अमीर घर की लड़की है। उसके पिताजी डॉक्टर हैं। प्रभात नर्सिंग होम उसी का है।"

"तू प्यार करता है उससे?"

सलीम मेरी बात पर हँस दिया। सलीम के साथ प्यार जैसा शब्द जाता नहीं है। मैंने क्यों पूछा।

"वह जितना मुझे प्यार करती है मैं भी उससे उतना ही प्यार करता हूँ। कल तीन बजे उसे मैंने नेहरु पार्क में बुलाया है। अगर आ गई तो मज़ा आ जाएगा।"

"नेहरु पार्क में?"

"हाँ, उस वक़्त कोई नहीं होता वहाँ। बच्चों के झूलों के पीछे वाली बेंच पर उसे बुलाया है। किसी को बताना मत।"

जलन शब्द नहीं है, वह हमारे शरीर की नसों में ज़ख़्म पे नमक-सा दौड़ता फिरता है। मैं नहीं चाहता था कि मीनाक्षी सलीम से पार्क में मिले। कुछ देर में मुझे साँस लेने में तकलीफ़ होने लगी। मैंने सलीम से कहा कि मैं घर जाता हूँ।

"अरे, राजू आने वाला है रुक जा।"

"ना, मैं कल सुबह ग्राउंड पर मिलूँगा।"

मैं अगले दिन ग्राउंड पर भी नहीं गया। घर में दुबका बैठा रहा। बाहर पिताजी की अंग्रेज़ी की ट्यूशन चल रही थी। घर में दो ही कमरे थे। एक किचन दूसरा बाहर का कमरा। ट्यूशन के समय मुझे किचन में रहना पड़ता था अगर बाहर रहा तो पिताजी अपनी अंग्रेज़ी में मुझे भी लपेट लेते थे। सो, मैं होमवर्क के बहाने से भीतर ही बैठा रहता था। घड़ी का काँटा एक पर था और कुछ ही देर में दो पर पहुँच गया था। मीनाक्षी नेहरु पार्क के लिए चल दी होगी। कैसे पहुँचेगी? क्या करेंगे वह दोनों नेहरु पार्क में? मैं किचन में चक्कर लगा रहा था। बाहर पिताजी की आवाज़ आई,

"ओए, सुन चाय बना दे एक।"

मैंने चाय रख दी। चाय उबलने के साथ-साथ मेरी बेचैनी भी बढ़ती जा रही थी। मेरे भीतर कुछ ऐब है। मेरे भीतर कोई भी बात लगातार बढ़ती

जाती है। मुझे चित्र दिखने लगते हैं। मैं इस वक़्त मीनाक्षी को देख सकता हूँ नेहरु पार्क में घुसते हुए। सलीम से मिलते हुए और... चाय गिर गई। पिताजी ने बाहर से डाँट लगा दी। मेरे हाथ से कप भी छूट गया। कप स्टील का था इसलिए फूटा नहीं पर उसने जो आवाज़ की उससे पिताजी किचन में आ पहुँचे।

"क्या पंछी, कहाँ उड़ रहे हो?"

जब मेरे बाप को बहुत ग़ुस्सा आता था तो वह मुझे पंछी कहने लगते थे। उड़ना बुरा माना जाता है। हाँ, सही है। मनुष्य क्यों उड़े! उड़ते तो पंछी हैं। मैं बेकार में एक चील की तरह नेहरु पार्क के चक्कर काट रहा था। मैं अपने बाप के सामने स्तब्ध-सा खड़ा रहा। ऐसा अक्सर मेरे साथ होता है। जब मेरी कुछ समझ में नहीं आता तो मैं सन्न हो जाता हूँ। मुझे लगता है मेरी एक भी हरकत बात को और बिगाड़ देगी। तो अगर प्रलय भी आ जाए मैं अपनी जगह से नहीं हिलूँगा।

"अबे, देख चाय फिर गिर रही है। गैस बंद कर। बंद कर। अबे बंद कर।"

अंत में पिताजी ने मुझे एक थप्पड़ जमाया और गैस बंद कर दी। बाहर बैठे बच्चे हँस दिए। मैंने चप्पल पहनी और बाहर निकल गया।

बाप अभी भी मार देता था। छोटी बातों पर। विचित्र है। अब मैं बड़ा हो गया था। बाप कभी अपना थप्पड़ ज़ाया नहीं करता था। वह जब भी थप्पड़ मारता कोई-न-कोई हँसने वाला ज़रूर होता। काश! मेरी श्वेत और श्याम माँ होती। कम-से-कम... कम-से-कम कोई तो होता जिससे बाप की शिकायत की जा सकती।

मैं नेहरु पार्क के सामने खड़ा था। घड़ी में तीन बजने वाले थे। मैं तेज़ रफ़्तार से पार्क के अंदर गया और बच्चों के झूलों के सामने एक आम का पेड़ था, उसके पीछे छिपकर खड़ा हो गया। अचानक एक टीस उठी। तीखी। तेज़। लगा किसी ने दिल में गोली मार दी हो। मीनाक्षी को पीले सूट मैं आते हुए देखा। सुफ़ेद चुनरी। लाल सैंडल। पहली बार मैंने मीनाक्षी को बिना साइकिल पर देखा था। वह कितनी ख़ूबसूरत है। कितनी! तभी पीछे सलीम टहलता हुआ नज़र आया। मीनाक्षी अकेले थी। सलीम दूसरी तरफ़ चला

गया मुआयना करने। मीनाक्षी सीधे बेंच पर बैठ गई। मेरी तरफ़ उसकी पीठ थी। वह सलीम को नहीं देख रही थी। वह अपनी सफ़ेद चुनरी से खेल रही थी। काश! मैं जाकर उसकी बग़ल में बैठ जाता। मेरे पास कितना कुछ है उसको बताने को। मेरे बाप की पिटाई से लेकर मेरी श्वेत और श्याम माँ। पप्पू की कहानी और मेरी उसे एक प्रेमपत्र देने की इच्छा।

तभी सलीम आकर उसकी बग़ल में बैठ गया। दोनों की बातें मुझे सुनाई नहीं दे रही थीं। कुछ देर में सलीम उसके पास खिसक आया। वह हँसने लगा। मीनाक्षी भी हँस रही थी। सलीम और क़रीब आ गया। उसने मीनाक्षी का हाथ पकड़ लिया। मैं रोने लगा। मुझे क्यों रोना आ रहा था, मुझे नहीं पता। मैं रोना नहीं चाहता था। मैं बस वहाँ से चले जाना चाहता था। भाग जाना चाहता था। पर मैं वहीं खड़ा रहा। तभी पता नहीं कैसे मेरे भीतर से मीनाक्षी नाम निकला और मीनाक्षी ने पलटकर मुझे देखा। उसकी आँख मुझसे टकराई और मैं स्तब्ध खड़ा रह गया। मैं हिल भी नहीं पाया। मैं पेड़ के पीछे छुपना चाहता था पर मेरे पैर जम गए। आँखें पथरा गईं। वह वापिस सलीम को देखने लगी जैसे कि मैं पीछे खड़ा ही न होऊँ। कुछ देर में मेरी स्तब्धता ख़त्म हुई और मैंने वहाँ से भागने की कोशिश की तो गिर पड़ा। पलटकर पीछे देखने की मेरी हिम्मत नहीं थी। सलीम ने देखा, नहीं देखा मुझे कुछ भी पता नहीं चला। मैं बस भागे जा रहा था।

मैं घर नहीं जाना चाह रहा था। मैं सीधा राजू की चाय दुकान पर गया। राजू मुझे देखकर ख़ुश हो गया। उसने एक कट चाय दी। उसकी दुकान पर ज़्यादा लोग नहीं थे। उसने पूछा,

"क्या हुआ, तू सुबह क्यों नहीं आया?"

"नींद नहीं खुली।"

अचानक ऐसा क्या हो गया है कि मैं इतना झूठ बोलने लगा हूँ! मैं हर बात पर झूठ बोल रहा था और हर झूठ की मेरे पास एक कहानी थी। पता नहीं क्या हुआ कि मेरी आँखें छलकने लगीं। मैं मीनाक्षी के बारे में भी नहीं सोच रहा था। मुझे कुछ नहीं पता क्यों पर मैं रोने लगा। राजू घबरा गया।

"अबे क्या हो गया? सब सही है। बाप ने मार दिया क्या। अबे, क्या हुआ कुछ बोल तो?"

मैं बाहर नल पर अपना मुँह धोने चला गया। अगर मैं मुँह धोने नहीं जाता तो शायद मैं सच कह देता राजू से। पर मुझे वक़्त मिल गया सोचने का। इस बीच मेरे भीतर एक झूठ पैदा हो चुका था। मेरी कहानी।

मैं वापिस राजू के पास आया। राजू इंतज़ार कर रहा था।

''मैं पप्पू से मिलकर आ रहा हूँ।''

''तो?''

''मैं जब पप्पू के घर पर पहुँचा तो उसके पिताजी ने मुझे पीछे आँगन में जाने को कहा। बोले कि वह सुबह से किसी से बात नहीं कर रहा है।''

पता नहीं क्या हुआ कि जब मैं राजू को पप्पू की बात सुना रहा था तो मुझे पप्पू का बाप अपना बाप दिखा पर साफ़-सुथरा। कमज़ोर। दयनीय। क्लर्क किसी सरकारी दफ़्तर में। मोटे काँच वाला चश्मा पहने हुए। सफारी सूट पहने हुए। क्या मैं असल में इस तरीक़े का बाप चाहता हूँ। मुझे कहानियाँ लिखने में भी शायद इसलिए मज़ा आता है कि मैं वहाँ वह सब पा लेता हूँ जो जीवन में पकड़ से बाहर है। मैं वापिस अपनी कहानी पर आया।

''पप्पू का बाप क्लर्क है नगरपालिका में। मैं सीधा आँगन में पहुँचा। पप्पू सफ़ेद शर्ट पहने हुए था। उसके बाल घुँघराले हैं। वह एक बड़ी-सी कुर्सी पर एक मोटी-सी किताब लिए हुए बैठा था। मैं जैसे ही उसके पास पहुँचा उसने कहा,

मुझे अकेला छोड़ दे। मैं किसी से भी बात करना नहीं चाहता।''

''क्या हुआ पप्पू?'' मैंने पूछा। पप्पू कुछ देर चुप रहा फिर उसने कहा कि वह साइकिल से पेरु गाँव गया हुआ था। बहुत दिनों बाद उसे सोनाक्षी को देखने की इच्छा हुई थी। वह साइकिल से जैसे ही पेरु पहुँचा उसने सोनाक्षी को गाँधी पार्क में घुसते हुए देख लिया। वह चुपके से उसके पीछे-पीछे चलने लगा। साइकिल को किनारे खड़ी करके वह भीतर घुस गया। आम का पेड़ था। एक आम के पेड़ के पीछे वह छुप गया। सोनाक्षी सामने की बेंच पर उसकी तरफ़ पीठ करके बैठी थी। नहीं पीठ करके नहीं सामने बैठी थी।''

"तू क्या कह रहा है?" राजू ने झल्लाते हुए कहा।

"अरे, मैं याद कर रहा हूँ कि पप्पू ने क्या बोला था।"

"अरे, तू मुझे सीधे बता कि आख़िर में क्या हुआ?"

"ऐसे थोड़ी होता है। सुनना तो पूरा पड़ेगा। उस बिचारे के साथ इतना बुरा हुआ और तुझे सीधे अंत सुनना है?"

"अरे, तो इतना बिगड़ क्यों रहा है। सुना दे।"

"ट्रेजडी की कोई क़दर ही नहीं है इस गाँव में।"

"रुक चाय देकर आता हूँ।"

"तू चाय देने जा रहा है?"

"अबे, ग्राहक आए हैं। चाय देकर सुनता हूँ। पप्पू मर तो नहीं गया ना!"

मैं अपना ग़ुस्सा दब नहीं पाया।

"सुन बे, अब तुझे मैं कोई लैटर नहीं दूँगा। जा अब जो करना है कर ले।"

"मत दे लैटर भाई, इतना चिल्ला क्यों रहा है। उससे मैं बिना लैटर के मिल लूँगा।"

मैं वहाँ से चला गया। घर पर बाप इस वक़्त पूरे गाँव की सड़ी हुई ख़बरों लेकर बैठा होगा। किसी खेत में दो मुँह वाला साँप निकला। एक बकरी सूअर के बच्चे को दूध पिला रही है। एक आदमी के कान से चींटियाँ निकलती हैं। मेरे बाप को इन ख़बरों को रोचक बनाना होता है। वह इस सबकी झुँझलाहट मुझपर निकालते हैं। सो, मैं सीधा वहाँ से नदी किनारे चला गया। शांत। एकांत में। मैंने ऐसा पहली बार किया था कि मैं एकांत खोज रहा था। लेखक ऐसा करते हैं। बड़े लेखक। मैं क्यों?

मौसम में अजीब-सी नमी थी। तेज़ हवा चल रही थी। नदी का पानी उछालें मार रहा था। मैं एक चबूतरे की बग़ल की छाया में दुबककर बैठ गया। मेरे दो ही दोस्त थे सलीम और राजू। मैं उनसे ही भागकर यहाँ बैठा था। यह क्या हो गया था मुझे! मैं ऐसा नहीं था। मैंने सोचा मैं एक सीधा प्रेमपत्र लिखूँगा और राजू को दे दूँगा पर जितना क़िस्सा राजू को सुनाया

था उसे आगे बढ़ाकर बात ख़त्म कर दूँगा। सोनाक्षी वाली बात अब राजू को भी पता है और सलीम को भी। कुछ ऐसा लिखना पड़ेगा कि दोनों को शक न हो। यह सोचते ही मैंने एक शांति महसूस की। मैं वहीं चबूतरे पर लेट गया और उस प्रेमपत्र के बारे में सोचने लगा जो मैं राजू को दूँगा। फिर क्या होगा?

तो मीनाक्षी, नहीं मीनाक्षी नहीं। सोनाक्षी, पप्पू की तरफ़ मुँह करके बेंच पर बैठी है गाँधी पार्क में। पप्पू आम के पेड़ के पीछे छुपा हुआ है। बहुत देर तक सोनाक्षी अपनी चुनरी से खेलती रहती है। पता नहीं क्या होता है कि पप्पू पेड़ से अलग खड़ा हो जाता है। वह छुपता नहीं है। सोनाक्षी उसे देख लेती है पर इस तरह व्यवहार करती है कि देखा न हो। पप्पू उसके पास जाने के लिए क़दम बढ़ाता है तभी वह प्रोफ़ेसर कॉलोनी वाला लड़का वहाँ चला आता है। पप्पू वापिस पेड़ के पीछे छुप जाता है। वह लड़का आते ही अपनी बातों में सोनाक्षी को उलझा लेता है (मैंने कहानी में उस लड़के का नाम राजू रखा। इस देश में हर मोड़ पर एक राजू होता है। इससे मैं राजू से बदला भी ले रहा था)। सोनाक्षी चुपचाप बैठी रही। तभी उसने राजू के मुँह पर हाथ रख दिया और उसे चुप करा दिया। फिर धीरे से राजू को अपने पास खींचा और उसके गले लग गई। गले लगते हुए सोनाक्षी का चेहरा पप्पू की तरफ़ था और उसने पप्पू को देखा। पप्पू को वहाँ से चले जाना चाहिए था पर वह नहीं गया। उसके बाद सोनाक्षी ने कई बार प्रोफ़ेसर कॉलोनी वाले लड़के को गले लगाया पर पप्पू वहीं खड़ा रहा और रोता रहा।''

मेरी जब आँखें खुली तो मैं चबूतरे पर सो चुका था। मुझे लगा जो मैंने सोचा वह सही में हुआ था। मैं उठ खड़ा हुआ। इससे पहले कि मैं भूल जाऊँ मैं घर की तरफ़ भागा, राजू का प्रेमपत्र पूरा करने के लिए।

अगले दिन सुबह मैं बहुत जल्दी ग्राउंड पर पहुँच चुका था। कुछ देर में राजू आया। मैंने उसे लैटर नहीं दिया। मैंने सोचा उसे माँगने दो, तब दूँगा। हम दोनों चुपचाप खड़े रहे। तभी सलीम ग्राउंड पर पहुँचा। वह फ़ुटबाल लेकर नहीं आया था। न ही उसने फ़ुटबाल वाले जूते पहने हुए थे। वह पहली बार चप्पल पहनकर ही ग्राउंड आया था। वह सीधा मेरे पास चलते हुए आया और कुछ देर मुझे घूरकर देखने लगा। मैं कुछ समझ पाता इससे

पहले उसने एक ज़ोरदार चपत मेरे गाल पर जड़ दिया। राजू की कुछ समझ में नहीं आया। वह चिल्लाता रहा, "यार, क्या हो गया ? क्या हो गया ?" पर हम दोनों चुप रहे। सिर्फ़ सलीम और मुझे पता था कि यह चाँटा किसलिए था। मैंने जेब से लैटर निकाला और राजू को दे दिया और वहाँ से चुपचाप चला गया।

'राजू और सलीम मेरे सबसे अच्छे दोस्त थे।' मैंने यह वाक्य अपनी डायरी में लिखा और 'थे' शब्द को घूरता रहा।

बहुत दिन बीते पर न मैं उन दोनों से मिला न ही उन्होंने मेरी कोई सुध ली। मैं अपनी थकी हुई दिनचर्या में चाहकर भी व्यस्त नहीं हो पा रहा था। कितना कठिन हो जाता है ख़ुद के साथ रहना, मैंने कहीं यह वाक्य लिखा। मैं बहुत बच-बचकर घूमने निकलता था कि कहीं राजू या सलीम न दिख जाएँ। राजू और सलीम मेरे जीवन के बहुत बड़े अंग थे। मैं अपने पूरे दिन का क्या करूँ, समझ नहीं पा रहा था। इस बीच मैं पप्पू भाई से बहुत मिलने लगा। कहानी तो ख़त्म हो चुकी थी। मैंने भी इस असली पप्पू को स्वीकार कर लिया था। एक दिन पप्पू भाई ने अपनी बजाज चेतक पर मुझे बिठाया और पुल तक सैर कराई। जब पुल पर पहुँचे तो उन्होंने जेब से एक विल्स सिगरेट निकाली। माचिस के साथ जेब में पड़ी रहने के कारण सिगरेट कुछ जगह से मुड़ गई थी। मेरी आँखें फटी रह गई। मैंने कहा,

"पप्पू भाई, आप सिगरेट पीते हो ?"

"नहीं कभी-कभी यहाँ आता हूँ तो एक जला लेता हूँ।"

मुझे यह बहुत ही रोमांटिक लगा। मगर पूरा रोमांस ख़त्म हो गया जब पप्पू भाई से सिगरेट जली ही नहीं। हवा बहुत तेज़ थी। स्कूटर के पीछे। मेरी पीठ के पीछे। पीठ के आगे। मेरी शर्ट उतरवाकर भी उन्होंने जलाने की कोशिश की पर नहीं जली। तब मुझे हँसी आ गई। मेरी हँसी देखकर पप्पू भाई रुक गए। उन्होंने फिर स्कूटर स्टार्ट किया और पुल के किनारे एक दुकान के पास स्कूटर रोका। दुकान के भीतर गए। सिगरेट जलाई और बाहर आकर मुझे पकड़ा दी। मैंने अगरबत्ती की तरह पप्पू भाई की सिगरेट को पकड़ा और स्कूटर के पीछे बैठ गया। पप्पू भाई ने बहुत तेज़ स्कूटर चलाई और ठीक बीच पुल पर आकर ब्रेक मारा। जल्दी से किनारे स्कूटर खड़ा

किया। स्कूटर की सीट पर बैठे। पुल की मुंडेर पर पैर रखे। फिर मुझसे सिगरेट माँगी। सिगरेट आधी हो चुकी थी। पर पप्पू भाई को फ़र्क़ नहीं पड़ता था। उन्होंने एक लंबा कश लगाया। अपनी आँखें बंद की और धुआँ बाहर छोड़ा। तेज़ चलती हवा में पप्पू भाई के बाल उड़ रहे थे। आँखें बंद थीं। मुँह से धुआँ निकल रहा था। मेरी कहानी के पप्पू की कमी मुझे दिखने लगी। मुझे लगा कि कहानी के पप्पू को सिगरेट पीनी चाहिए। सिगरेट सोनाक्षी के प्यार में, उसे धुआँ हो जाना चाहिए। मुझे अचानक मीनाक्षी याद आने लगी। उसके बारे में सोचते ही लगता कि मैं उसे जानता हूँ बहुत सालों से। हम बहुत बात कर चुके हैं। वह मेरे सपनों में आती है। वह.. मेरी इच्छा हुई सिगरेट पीने की पर मैंने अपनी इच्छा को मार दिया वहीं तुरंत।

"क्यों बे तूने मेरी शादी की बात क्यों की थी?"

"ऐसे ही भाई। सोचा आप इतने सही हो। अब तक तो.. मतलब ज़रूर आपने ही रोक के रखी होगी.. वर्ना।"

"वर्ना क्या बे?"

मुझे लगा पप्पू भाई मुझे इतनी दूर इसलिए लाए हैं। अभी कुछ ही देर में वह मुझे दौड़ा-दौड़ाकर मारेंगे।

"सही पेचाना तूने। हो चुकी होती पर जिससे करनी थी उसी की शादी में अपना टेंट का सामान लगवाया था।"

"कौन थी वह लड़की?"

"मज़े ले रिया है मेरे तू। हें?"

"नहीं पप्पू भाई, आपने बताया इसलिए पूछा।"

"पेरु गाँव में हुई है उसकी शादी। चल पेरु घूमकर आते हैं।"

सिगरेट ख़त्म करके हम स्कूटर पर पेरु गाँव का एक चक्कर लगाने निकल गए। कहानी क्या है? मैं सोचने लगा। कहाँ सच पेड़ के पीछे छुपता है और कहाँ से कल्पना शुरू होती है? यह बहुत ही बारीक रेखा है। अच्छा हुआ पप्पू भाई ने लड़की का नाम नहीं बताया। अगर नाम सोनाक्षी होता तो मैं पुल से कूदकर अपनी जान दे देता। हम दोनों पेरु गाँव के एक घर के सामने रुके। पीपल का पेड़ सामने था। एक बड़े से गेट के सामने डी. एम.

तिवारी लिखा हुआ था। कुछ देर पप्पू भाई वहीं खड़े रहे। अपने आपको व्यस्त करने के लिए उन्होंने सामने की दुकान से चाय मँगा ली। तभी तिवारी जी का बड़ा-सा दरवाज़ा खुला और एक सफ़ेद गाड़ी वहाँ से निकली। पप्पू भाई ने अपना चेहरा घुमा लिया। मैं उस गाड़ी में झाँक सकता था। सो झाँका। गाड़ी खचाखच भरी हुई थी। औरतों में से एक महिला पप्पू भाई के स्कूटर की तरफ़ देख रही थी। गाड़ी निकल जाने के बाद भी वह पीछे पलटकर हमारी तरफ़ देखती रही पर पप्पू भाई ने अपना चेहरा दूसरी तरफ़ ही रखा। उसके बाल उड़ रहे थे। आँखों में बेचैनी थी। मैंने मेरे मुँह में उसका नाम बुदबुदाया, सोनाक्षी! कुछ ही देर में गाड़ी हमारी आँखों से ओझल हो गई।

मेरे बाप की भाषा में अगर कहूँ तो हर आदमी कबूतर है। किसी से भी बात करो कुछ ही देर में कड़ी कठोर परत के नीचे एक प्रेम कबूतर ग़ुटरगूँ कर रहा होता है। हम स्कूटर से वापिस अपने गाँव की तरफ़ निकल लिए। दोनों ने लड़की की कोई बात नहीं की। पप्पू भाई ने मुझे छोड़ा और बिना कुछ कहे अपने घर की तरफ़ निकल गए। मेरी बड़ी इच्छा थी यह जानने की कि पप्पू भाई क्या सोच रहे होंगे इस वक़्त। उनका सन्नाटा कितनी बड़ी त्रासदी लिख सकता है! सन्नाटा ही तो था अभी मेरे राजू और सलीम के बीच। यही सन्नाटा तो है जो त्रासदी लिखवा रहा है।

कैसे राजू के लिए लिखा एक प्रेमपत्र और उसमें पप्पू की कहानी के चक्कर में मैं लेखक होता गया था। मुझे लोगों के चेहरे पढ़ने में मज़ा आने लगा था। जिस तरह पप्पू की असल प्रेमिका का नाम जानने में मुझे कोई दिलचस्पी नहीं थी ठीक उसी तरह मुझे लोगों की असल कहानी में कोई दिलचस्पी नहीं थी। मैं उनके चेहरे देखता, उनके कपड़े, उनकी चाल और लगने लगता कि एक कहानी कहीं इसी के बीच टँगी हुई है। बतौर लेखक एक ग़लती मैं कर गया। मैं अपनी कहानियों की डायरी लिखने लगा था, जिसमें पप्पू की कहानी भी शामिल थी। मुझे नहीं पता चला कि वह डायरी की गुप्त जगह कब मेरे पिताजी के हाथ लग गई। वह बहुत समय से इसे पढ़ रहे थे। शायद इसलिए उन्होंने मुझे सोनाक्षी नाम सुझाया था। कुछ समय बीता, मैंने कुछ नए दोस्त बनाने की कोशिश की पर उनमें सलीम और

राजू जैसा खुलापन नहीं था। वह नए दोस्त मेरी कहानियाँ सुनकर बोर हो जाते।

मैं एक दिन सुबह ग्राउंड पर चला गया। सलीम और राजू आपस में फ़ुटबाल खेल रहे थे। मेरे जाते ही उन्होंने फ़ुटबाल खेलना बंद कर दिया। कुछ देर तक हम एक-दूसरे को दूर से देखते रहे पर किसी ने कुछ भी नहीं कहा। सलीम ने राजू को इशारा किया चलने का और वह दोनों क़िले की तरफ़ चलने लगे। मैं भी पलटकर अपने घर की तफर चल पड़ा। तभी पीछे से सलीम की आवाज़ आई।

"अबे सुनील!"

मैं पलटा। मेरी ख़ुशी का ठिकाना नहीं था।

"अबे, क्या चलेगा नहीं?" राजू ने चिल्लाकर कहा।

और मैं दौड़कर उन दोनों में शामिल हो गया। आह! ये हैं जिन्हें मैं जानता हूँ, ये हैं मेरे प्यारे अपने दोस्त। हम तीनों क़िले पर बैठे। बहुत देर तक बाक़ी सारी बातों के बाद पता चला कि मीनाक्षी और सलीम अब नहीं मिलते हैं। नीना ने भी मीनाक्षी के कहने पर राजू से दूरी बना ली है। राजू बहुत उचक-उचककर नीना के बारे में बात करता रहा। वह ख़ुश था जितना भी उसे मिला था। फिर हम तीनों ने क़सम खाई कि दोस्ती के बीच कभी लड़की को आने नहीं देंगे। इस क़सम खाने की रस्म में मेरी आवाज़ सबसे बुलंद थी।

घर पहुँचा तो पिताजी की अंग्रेज़ी ट्यूशन चल रही थी। मैं पक्की दोस्ती का गाना गाता हुआ सीधा किचन में गया। मटके से पानी निकाला। इससे पहले कि पानी मेरे हलक़ में जाता मुझे लगा मैंने ट्यूशन की क्लास में किसी नए चेहरे को देखा है। मैंने गिलास वहीं मटके पर वापिस रखा और बाहर आया। कोने में पिताजी की बग़ल में मीनाक्षी बैठी थी। मेरे काटो तो ख़ून नहीं। मीनाक्षी ने मुझे देखा और मुस्कुराकर वापिस अपनी कॉपी में देखने लगी। मीनाक्षी की मुस्कुराहट में हम दोनों के बीच कुछ गुप्त घटा हुआ तैर रहा था। मेरी हृदय गति चरम पर थी। इससे पहले कि मैं वापिस किचन में छुपने जाता पिताजी ने एक सवाल जड़ दिया,

"सुनील, प्रीडिक्टेबल का हिंदी क्या होता है बताओ?"

मैं चुपचाप अपने बाप को देखता रहा फिर मेरी निगाह मेरी माँ की ब्लैक ऐंड व्हाइट तस्वीर पर गई। उसपर लटक रही प्लास्टिक की माला में कई धूल की परतें जमा हो गई थीं। मीनाक्षी की आँखों में चंचलता थी और इन सबके बीच मैं प्रीडिक्टेबल था। मैं कहना चाह रहा था कि प्रीडिक्टेबल का कोई हिंदी नहीं है, मैं हूँ प्रीडिक्टेबल।

"आ जाओ। इधर बैठो।"

पिताजी ने पूरे अधिकार से मुझे बुलाया और मैं मीनाक्षी की बग़ल में बैठ गया। मेरे दिमाग़ में मेरा प्रीडिक्टेबल होना चल रहा था। मुझे पता था कि अब इसके बाद क्या-क्या होने वाला है, जब-जब मीनाक्षी ट्यूशन में आएगी मैं पिंजरे में बंद भूखे शेर-सा किचन में गोल-गोल चक्कर लगाता रहूँगा पर कुछ बोलूँगा नहीं। कुछ नहीं बोलूँगा का कारण मेरे दोस्तों के साथ मेरा क़सम खाना नहीं है। कारण है मेरा डरपोक, कायर और प्रीडिक्टेबल होना। सलीम को यह बात मैं कभी पता नहीं होने दूँगा कि मीनाक्षी मेरे घर आती है। इसका सीधा कारण है जलन जो मेरे भीतर कूट-कूट कर भरी है। मैं बहाने-बहाने से ट्यूशन के बीच पिताजी से बात करूँगा और अंग्रेज़ी के कुछ बड़े शब्द बीच में डालता रहूँगा। इसमें पिताजी मेरा साथ ज़रूर देंगे क्योंकि वह अंत में मेरे ही बाप हैं। पूरा वाक्य नहीं बोलूँगा। उसमें लड़खड़ाने का डर है और फिर एक दिन मीनाक्षी की अंग्रेज़ी में दिलचस्पी ख़त्म हो जाएगी और यह अध्याय यहीं समाप्त हो जाएगा। मैं बरसों-बरस सोचता रहूँगा कि काश! मैंने मीनाक्षी से बात कर ली होती तो कहानी शायद कुछ दूसरी होती वग़ैरह वग़ैरह।

इन सारी बातों की ऊहापोह में, मैं झूठ-मूठ बाप की तरफ़ जानने की इच्छा से देख रहा था, तभी मीनाक्षी का हाथ मेरे हाथ से टकराया। वह एक पर्ची मुझे देना चाह रही थी। बाप की आँखों के नीचे यह हरकत! मैं सोच भी नहीं सकता था। मैंने जल्दी से वह पर्ची अपने पैरों के नीचे दबा ली, कनखियों से मीनाक्षी को देखा तो उसकी आँखों में शरारती हँसी थी। वह मुझे नहीं देख रही थी। पर उसे पता था कि मैं उसे देख रहा हूँ। आह! मेरी दोस्ती। सलीम, राजू उस एक शरारती नज़र के सामने सब धराशाही हो गए थे। प्रेम आदमी को कबूतर बना देता है। मेरी हृदय गति बहुत तीव्र थी।

मुझे लग रहा था कि मेरे पैरों के नीचे बम रखा हुआ है। कहीं यह पर्ची बाप के हाथ लग गई तो फ़ज़ीहत। मैं अगर प्रीडिक्टेबल हूँ तो उसका ठीक उल्टा मीनाक्षी है। वह कहानी को कहीं से खींचकर कहीं और ले जा रही है। मैं जल्दी से यह पर्ची पढ़ना चाह रहा था। पर मैं अंगद-सा उस पर्ची के ऊपर बैठा रहा। कुछ देर में क्लास ख़त्म हुई और पिताजी अपनी चप्पल पहनकर बाथरूम की तरफ़ निकल गए। मीनाक्षी बहुत धीरे-धीरे अपने बैग में सामान डाल रही थी। सबके जाने के बाद अंत में वह निकली। जब कमरे में कोई नहीं था मैंने जल्दी से पर्ची निकाली। उसमें लिखा था, "मैं जानती हूँ तुम पप्पू हो। पर मैं सोनाक्षी नहीं, मीनाक्षी हूँ। तुम्हारे लैटर का इंतज़ार रहेगा।" तभी बाथरूम के दरवाज़े की आहट हुई मैंने पर्ची मुँह में रखी। कुछ देर चबाने के बाद मैं उसे गटक गया। बाहर निकला तो मीनाक्षी गली के मोड़ पर पहुँच चुकी थी। ठीक मुड़ने के पहने उसने पलटकर मेरी तरफ़ देखा और ओझल हो गई। मेरे मुँह से गुटर-गूँ गुटर-गूँ की आवाज़ निकलने लगी और मैं जहाँ खड़ा था वहीं गोल-गोल चक्कर काटने लगा।

इति और उदय

वह फिर वहीं बैठी थी। उसी पार्क की उसी बेंच पर। उसका हाथ उदय के हाथ में था। होंठ कभी तन जाते तो कभी ढीले पड़ जाते। आँखों के निचले हिस्से में पानी भर आया था। बाक़ी आँखें सूखी पड़ी थीं। इस अजीब स्थिति के कारण उसका बार-बार पलक झपकाने का मन करता पर पानी छलकने के डर से वह उन्हें झपका नहीं पा रही थी। सो, पलकों का सारा तनाव उसकी आँखों के नीचे पड़े गहरे, काले गड्ढों से सरकता हुआ होंठों तक आ गया था। सो, होंठ कभी तन जाते कभी ढीले पड़ जाते। चेहरे के इतने तनाव में होने के बावजूद, कान असामान्य रूप से शांत थे क्योंकि वे उदय की गोल-मोल बातों के आदी हो चुके थे। बाक़ी पूरा शरीर छूट के भाग जाने की ज़िद पर अड़ा था। सो, असामान्य रूप से ढीला पड़ा हुआ था।

इति की निगाह अचानक उदय के हाथों पर पड़ी। इन सबमें उदय की एक चीज़ जो इति को शुरू से अच्छी लगती है, वे हैं उदय के हाथ। जो

आज भी वैसे-के-वैसे ही हैं। उसकी वो नर्म-गर्म लंबी उँगलियाँ, मख़मली हथेली। इति के साथ इन सालों की यात्रा में उदय के हाथ वहीं के थे। उन्हीं पुराने सालों के, जिन सालों में इति इस संबंध को जीने के कारणों को बटोरा करती थी। कारण आज भी पूरे नहीं पड़ते। यह संबंध पहले भी अमान्य था, आज भी अमान्य है। अब इतने साल गुज़र जाने के बाद, इसमें संबंध जैसा भी कुछ नहीं रहा है। यह एक बीमारी हो गया है, जिसका इलाज इति उदय की हर मुलाक़ात के बाद ढूँढ़ने में लग जाती है।

उदय के साथ सोए हुए भी इति को अब साल होने को आया है। यहाँ 'उदय अब हम इसी पार्क में मिला करेंगे' इस बात की घोषणा इति ने ही की थी। इति को इस लंबी चली आ रही बीमारी में यह हल्की-सी राहत देती थी।

'मैं लेखक हूँ' यह उदय शुरू से मानता रहा है। वह कभी भी अपना construction का काम छोड़कर सालों से अधूरा पड़ा उपन्यास लिखना शुरू कर देगा। इति ने तो अब उपन्यास का ज़िक्र करना भी बंद कर दिया है। पहले वह उदय को डरपोक, compromising वग़ैरह बोलती थी, पर अब वह बस उदय की तरफ़ एक बार देखती है और उदय बात पलट चुका होता है।

"मिली तुम्हारे बारे में पूछ रही थी। एक दिन घर मिलने आ जाओ।"

अपनी बहुत सारी बातों के बीच में ही कहीं उदय ने अचानक अपनी बेटी का ज़िक्र छेड़ दिया।

"और जिया?"

इति ने सीधे उदय की आँखों में देखते हुए पूछा था। जिया उदय की पत्नी है।

"उसे अपने टी.वी. सीरियल से फ़ुर्सत ही कहाँ मिलती है!"

उदय ने ऐसे कहा जैसे वह मौसम की बात कर रहा हो। इति को ये सब एकदम हास्यास्पद लगने लगा। वह सोचने लगी, अब ये कैसे संवाद हैं! क्या है ये सब! इनसे कोई छुटकारा नहीं है। हर बार क्यों मुझे घूम-फिरकर इन्हीं संवादों का सामना करना पड़ता है! 'जिया कैसी है?', 'मिली तुमसे

मिलने की ज़िद कर रही थी।' ये क्या हैं, जिया उदय की पत्नी है और मैं उदय की कीप जैसी! नहीं कीप जैसी क्यों, कीप कहने में मुझे अब क्या शर्म महसूस हो रही है! मैं कीप हूँ। रखैल।

इति की निगाह उदय के चेहरे पर गई। फिर होंठों पर आकर ठहर गई। उदय के होंठ किसी निरंतरता से बराबर हिल रहे थे। अपना कोई क़िस्सा सुनाने में व्यस्त। उसका एक हाथ, जो इति के हाथ में नहीं था, बीच में थोड़ा बहुत हिल जाता। शब्द कुछ अजीब फुसफुसाहट से मुँह से निकल रहे थे। अगर यहीं इसी पार्क में इति उदय के साथ दो दिन बैठी रहे तो उदय दो दिन तक लगातार बोलने की क्षमता रखता है। पहले इति उदय की फुसफुसाती हुई बातों में पूरी तरह गुम हो जाती थी। ये बातें एक अजीब तरह का घेरा बनाती थीं, जिसमें इति गोल-गोल घूमती रहती थी। अब उदय बोलता रहता है और इति अपनी ही किसी ग़ुफा में, उस इति को तलाश कर रही होती है जो बहुत पहले फिसल कर गुम गई थी।

"हम ख़र्च हो गए, उदय।"

पता नहीं इस बीच कब यह वाक्य इति के मुँह से निकल गया।

"क्या?"

उदय अपनी बातों में शायद बहुत आगे जा चुका था। कुछ देर बाद वापिस आकर उसने पूछा।

"तुमने कुछ कहा?"

"नहीं।"

इति 'नहीं' भी नहीं कहना चाहती थी। वह सिर्फ़ सिर हिलाना चाहती थी पर इस बार भी यह शब्द इति की इजाज़त लिए बग़ैर ही उसके मुँह से निकल गया।

"इति, मैं तुम्हारे घर चलने की सोच रहा था। तुम्हारी माँ से मिले भी बहुत समय हो गया। वहाँ आराम से बैठकर बात करते हैं। यहाँ पार्क में मुझे अजीब-सा परायापन लगता है। मानो मैं तुम्हें जानता ही न होऊँ।"

ये उदय का पुराना गिड़गिड़ाना है, जिसके तय स्वर हैं। घर में मिलो तो सेक्स के लिए, बाहर मिलो तो घर में मिलने के लिए और अगर नहीं

मिलो तो एक बार मिलने के लिए। इति भी पिछले एक साल से एक ही तय स्वर पर टिकी रहती थी- ना कहना। उदय की लगभग हर गिड़गिड़ाहट पर वह यही सुर लगाती थी।

तभी बहुत धीमी गति से डोलता हुआ एक सूखा पत्ता पेड़ से नीचे गिर रहा था। इस पूरी स्थिरता में इति उस पत्ते की आख़िरी उड़ान देख रही थी। वह डोलता हुआ बहुत से पत्तों के बीच गिर गया। वह शायद गिरते ही उस पतझड़ में शामिल हो जाना चाहता था जिसमें बाक़ी सारे पत्ते शामिल थे। वह बाक़ी सारे पत्तों के बीच में था, लगभग उसी पतझड़ में था, फिर भी अलग था। उसे इति ने रोक रखा था। इति की आँखों ने, जो उस पर आकर अटक गई थीं। वह कभी इस तरफ़ उड़ता कभी उस तरफ़, पर इति की निगाह उसका पीछा नहीं छोड़ रही थी।

अचानक इति को लगने लगा कि उदय वो पत्ता है जिसे वह उसकी पतझड़ में शामिल होने से रोके हुए है। इस तरह कभी-कभार उनका मिलना, उदय को अटकाए हुए है।

'फिर मैं क्या हूँ?' इति सोचने लगी, 'शायद मेरा भी कहीं अपना पतझड़ है। यह मेरी सारी छटपटाहट शायद उस पतझड़ में गुम हो जाने का डर है। इसी डर से मैं बार-बार उदय की निगाह ढूँढ़ती हूँ कि वह रोक ले मुझे, इन पतझड़ के पत्तों में पूरी तरह गुम हो जाने से।'

इति ने धीरे से अपना हाथ उदय के हाथ से अलग कर दिया। उदय चुप था। यह शायद उसकी बात ख़त्म होने के बाद की चुप्पी थी या नई बात शुरू करने के पहले की। इति ने उदय के हाथ से अपना हाथ तब हटाया जब उदय शांत था। सो, उदय एक प्रश्नवाचक दृष्टि से इति को देखने लगा। 'हाथ क्यों हटाया?' इसका इति क्या जवाब देती! इति उन सारी बातों से बहुत पहले ही थक गई थी, जिनके जवाब कभी किसी के पास नहीं होते। उसके बदले बहुत सारे बहाने होते। दोनों मिलकर ढेरों बहाने पहले इकट्ठा करते। फिर उन सारे बहानों का एक काग़ज़ का हवाई जहाज़ बनाते। फिर उसे उड़ाने के खेल में दोनों मसरूफ़ हो जाते।

"उदय भूख लगी है। कुछ लाओगे खाने को?"

"चलो कहीं चलकर खाते हैं।"

उदय खड़ा हो गया था।

"एक समोसा बस और हाँ, पानी भी लाना प्लीज़।"

इति के आग्रह में आदेश जैसी कठोरता थी। सो, उदय थोड़े संकोच के बाद 'ठीक है' कहकर चला गया।

उसके जाते ही इति ने एक गहरी साँस ली। उदय का होना उसके लिए इतना भारी था कि उसके जाते ही उसे लगा जैसे वह पहाड़ चढ़ते-चढ़ते अचानक समतल मैदान में चलने लगी है। उसकी इच्छा हुई कि वह इसी बेंच पर थोड़ी देर लेट जाए पर वह इस समतल मैदान में चलना चाहती थी।

इति बेंच से दूर, पार्क के दूसरी तरफ़ चली गई। यहाँ वह पहले कभी नहीं आई थी। उसे बच्चों के झूले दिखे। ये झूले उसे बेंच से नहीं दिखते थे। उस बेंच और झूलों के बीच एक घना पेड़ था, जिसके पत्ते पतझड़ में शामिल हो रहे थे। इति को एक बच्ची की हँसी सुनाई दी, जो झूला झूल रही थी। उसने देखा एक लड़का। जो शायद उसका भाई था, वह उसे झूला झुला रहा था। उसकी हँसी में डर का कंपन था, गिर जाने के डर का कंपन। लड़का अपनी पूरी ताक़त से झूले को धक्का दे रहा था। इति उस लड़के को रोकना चाहती थी। तभी उस लड़की की हँसी में से डर का कंपन ग़ायब हो गया। हर झूले की उछाल पर उस लड़की की हँसी और तेज़ होने लगी। उस लड़के ने अचानक झूला झुलाना बंद कर दिया। झूला धीमा पड़ने लगा और धीमा होते-होते रुक गया। लड़का भागता हुआ दूसरे झूले पर बैठ गया। लड़की उसे मनाने भागी, उसे झूला झूलने में मज़ा आने लगा था। शायद वह और झूलना चाहती थी। लड़के की दिलचस्पी उसे झूला झुलाने में तभी तक थी जब तक वह डर रही थी। पर लड़की उसकी मनौवल में लगी हुई थी। चिढ़कर, डाँटकर, रोकर, पर वह नहीं माना। वह लड़की धीमी चाल से चलती हुई वापिस उस झूले में आकर बैठ गई। और कुछ देर चुपचाप बैठी रही। इति के होंठ फिर तनने लगे, आँखों में जलन-सी शुरू हो गई। उसने तय किया कि वह उसे झूला झुलाएगी। इति आगे बढ़ी पर उसके पैर नहीं उठे। वह वहीं खड़ी रही। उसे यह किसी नाटक का बहुत धीमी गति से चलने वाला एक दृश्य लगा। जिसे वह सिर्फ़ दर्शक बनकर देख सकती

है। वहाँ मंच पर जाकर जी नहीं सकती। तभी उस लड़की ने ज़मीन पर पैर मारना शुरू किया। धीरे-धीरे झूले की रफ़्तार तेज़ होने लगी। लड़की की हँसी इति के कानों में बजने लगी। इस बार भी उस लड़की की हँसी में डर था, पर वह डर हँसी के घर में दरवाज़े जैसा था। जिसे उस लड़की ने खोल रखा था। झूला झूलते हुए उस घर में हँसी एक हवा की तरह प्रवेश करती और डर का दरवाज़ा काँपने लगता।

वह लड़का भी लड़की की हँसी की आवाज़ सुनकर, उसके झूले के पास आकर खड़ा हो गया था। पर उस लड़की को अब किसी की परवाह नहीं थी। हर बार ज़मीन पर पैर मारने से झूले की उछाल और बढ़ती जाती। वह झूले जा रही थी तेज़ और तेज़ और तेज़।

"अरे, तुम यहाँ हो। मैं तुम्हें पूरे पार्क में ढूँढ़ रहा था!'

इति को लगा, जैसे वह झूला झूलते-झूलते गिर पड़ी।

"तुम पानी लाए?"

उदय ने इति को पानी दिया और उसने लगभग एक बार में पूरी बोतल ख़ाली कर दी। दोनों वापिस बेंच की तरफ़ चलने लगे। इति की साँस थोड़ी तेज़ चल रही थी मानो वह कहीं से भागकर वापिस आई हो।

"उदय तुम्हें याद है न मुझे रोस्कोलनिकोव बहुत पसंद था?"(Crime and Punishment- Dostoevsky)

"हाँ"

उदय हाथ में समोसों की थैली लिए था। इति ने पानी की बॉटल कचरे के डिब्बे में फेंक दी, पर वह अभी भी झूले में ही बैठी थी।

"कहाँ जा रही हो, बैठोगी नहीं?"

इति आगे निकल चुकी थी। वो वहाँ नहीं बैठना चाहती थी, जहाँ वो पहले बैठे थे।

"वहाँ आगे वाली बेंच पर बैठते हैं।"

इति कुछ और चाहती थी। घटे हुए से अलग कुछ दूसरा जो उसके भीतर कहीं घट रहा था।

"तुम्हें अचानक दोस्तोवस्की कैसे याद आ गया?"

उदय ने बैठते हुए पूछा। वह समोसा निकालकर इति को देने लगा, इति ने मना कर दिया।

'एक हत्या के बाद, जिसे उस हत्या करने के पहले, बहुत से कारण देकर हम सही सिद्ध कर चुके होते हैं, उस हत्या के बाद हम न जाने और कितनी हत्याएँ और करते हैं। है ना?' ये इति उदय से कहना चाहती थी पर उसने 'ऐसे ही' कहकर बात टाल दी। दोनों बेंच पर बैठ गए थे। यहाँ से इति को बच्चों के झूले साफ़ दिख रहे थे। पर वह लड़की वहाँ नहीं थी। बस ख़ाली झूले लटके पड़े थे।

इति उदय से उस लड़की के बारे में पूछना चाहती थी। 'कहाँ चली गई वह लड़की?', 'क्या वह वहाँ थी भी या मैं ही उसे देख रही थी?' उसने उदय को देखा। उदय अपने किसी क़िस्से में कहीं और ही जा चुका था। इति की निगाह फिर उसके होंठों पर गई, वह अपनी निरंतरता से हिल रहे थे।

एक लंबे समय तक साथ रहने के बाद हमारे किसी भी संबंध में शब्द ख़त्म हो जाते हैं। शब्द संगीत हो जाते हैं। शब्दों का महत्व ख़त्म हो जाता है। शायद यह वह संगीत ही है जो इति को कहीं और ले जाता है। अचानक इति को उस पत्ते की याद हो आई, जो पतझड़ में शामिल नहीं हो पा रहा था। वह उसे कहीं नहीं दिखा, वह शायद अपने पतझड़ में शामिल हो चुका था। इति के चेहरे पर हल्की-सी मुस्कान आ गई। वह अभी भी उस रुके हुए झूले में बैठी थी। वह पूरे पार्क को देखने लगी। इस चारों तरफ़ फैले कंक्रीट के जंगल में एक हरा टापू। उसने पहली बार कब इस पार्क को देखा था उसे ठीक से याद नहीं। हाँ, शायद उसकी नौकरी का पहला दिन था। उस दिन उसने उदय के साथ इसी पार्क के गेट के सामने चाय पी थी। तब तक इति और उदय महज़ अच्छे दोस्त थे। अच्छे दोस्त की सीमाओं को उन्होंने इति की पहली तनख़्वाह मिलने के दिन ही लाँघना शुरू किया था। उस दिन इति उदय को dinner पर ले गई थी। 786 नंबर का एक सौ रुपये का नोट इति को अपनी तनख़्वाह के नोटों के बीच दिखा था। उदय ने वह नोट इति से लिया और उसे चूम लिया। कहा, "यह एक नई शुरुआत की निशानी है। इसे संभालकर रखना।" आज भी इति के पर्स की चोर जेब में वो नोट उसने संभालकर रखा है।

इति ने अपना पर्स खोला और उस नोट को देखा। वह वहीं था। वैसे-का-वैसा।

"उदय, मैं तुम्हें dinner पर ले जाना चाहती हूँ। चलोगे?"

उदय को इति के इन छोटे-छोटे excitements की आदत थी। उसने कभी इन उत्तेजनाओं के पीछे की कहानी नहीं जाननी चाही। पर इस बात से वह ख़ुश था।

"ठीक है। पर मैं तुम्हें लेकर चलूँगा।"

"नहीं, यह मेरी तरफ़ से है। और हम उसी होटल में जाएँगे जहाँ मैंने तुम्हें पहली बार डिनर कराया था। हम वहीं बैठेंगे, उसी टेबिल पर वही सबकुछ ऑर्डर करेंगे जो हमने उस दिन खाया था। मैं वेटर को सौ रुपये टिप देना चाहती हूँ।"

"वेटर को सौ रुपये टिप?"

"जब हमने पहली बार वहाँ डिनर किया था तभी मुझे उसे सौ रुपये की टिप देनी चाहिए थी, नहीं दे पाई। वह मैं उसे अब दे दूँगी।"

इति ने जब-जब इस 786 वाले नोट को याद किया है उसे हमेशा 'हम ख़र्च हो गए' वाली बात याद आई है। उदय शायद उस सौ रुपये को बहुत पहले ही भुला चुका होगा। उसने उस दिन की मोटी-मोटी बातें छेड़ दीं जब वह दोनों पहली बार वहाँ dinner पर गए थे। बातों-ही-बातों में उदय तुरंत दोनों के साथ सोने वाली बात पर पहुँच गया। इति के लिए उदय का संगीत फिर शुरू हो गया। अचानक इति को लगा कि उसने ज़मीन पर एक पैर मारा है। उसका झूला चीं चूँ की आवाज़ करता हुआ हिलने लगा है। उसे उदय का संगीत सुनते हुए लगा जैसे एक तेज़ हवा का झोंका आया और उसने पूरे पत्तों को हवा में उड़ा दिया। यह सब इति के साथ पहली बार हो रहा था। फिर उसने देखा कि वह तेज़ भागती हुई कहीं से आई और उन उड़ते हुए पत्तों के बीच उसने नाचना शुरू कर दिया। धीमी, बहुत धीमी गति से चलने वाला कोई नाच, उसने नाचते-नाचते हँसना शुरू कर दिया। वह ख़ुद को नाचते हुए देख रही थी और झूले में तेज़, बहुत तेज़ झूलती हुई हँसे जा रही थी।

नक़ल नवीस

चलते-चलते पिंडलियों में दर्द होने लगता है। कहीं रुक जाने पर, सो जाने पर भी, जब वह दर्द नहीं गया तो मैंने पैरों को मरोड़ना-तोड़ना शुरू कर दिया। कुछ आह और कराह के बाद दर्द का मीठापन भी फीका लगने लगा। फिर मैंने राह चलते किसी आदमी से सहायता की गुहार लगाई, 'दबा दे इस दर्द को कि ख़त्म हो जाए यह, अभी यहीं इसी वक़्त।' वह दबाता है, मैं कराहता हूँ, 'आह अच्छा लग रहा है' जैसे वाक्य ख़ुद-ब-ख़ुद मुँह से टपकने लगते हैं। वह आदमी थकता है और पैर दबाना बंद कर देता है। मुझे हल्की झपकी आ जाती है, वह चल देता है। कुछ आराम-सा महसूस करने पर मेरे चेहरे पर एक मुस्कान आती है, मेरी अचानक इच्छा होती है कि उस राहगीर को एक कप चाय पिला दी जाए। पर तब तक वह चला गया होता है। मैं उठकर चाय बनाने की कोशिश करता हूँ, कुछ क़दम चलते ही एक आह के साथ मेरे पैर अपनी पुरानी स्थिति में वापिस चले आते हैं। मुझे अचानक लगने लगता है कि दर्द असल में पैरों में नहीं है, वह तो दिमाग़

में है। मैं दिमाग़ी दर्द का शिकार हूँ। मैं यहाँ-वहाँ नज़रें दौड़ाता हूँ पर कोई राहगीर मेरी राह पर चलता नहीं दिखता है। क्या फिर मुझे उसी राहगीर की ही प्रतीक्षा करनी पड़ेगी जो पैर दबाकर चलता बना था? क्या वह इसी राह पर वापिस लौटेगा? मैं जानता हूँ कि इस राह पर लौटना मुश्किल है। अगर वह वापिस आ भी गया तो मैं क्या कहूँगा उससे कि मेरे पैरों में असल में दर्द था ही नहीं। दर्द तो दिमाग़ का है, उसे दबा दो। आश्चर्य नहीं कि वह भड़क जाए और मुझे मारने लगे।

कितना अजीब है कि दर्द दिमाग़ में है पर पीड़ा पिंडलियों में हो रही है! तो क्या जब पिंडलियों में दर्द होगा तो पीड़ा दिमाग़ में महसूस होगी? शरीर आत्मा से बड़ा है। शरीर वह सब है जो मैं हूँ या जैसा मैं सोचता हूँ कि मैं हूँ। मेरे चलने में जितने भी घुमाव हैं, जितने भी उतार-चढ़ाव हैं, मेरा पूरा-का-पूरा शरीर उसी का बना है। मैंने आज तक चलने के अलावा कुछ भी नहीं किया है। दृश्यों को पीछे छोड़ा है कि कुछ नए दृश्य दिखेंगे। नए दृश्य कुछ ही समय में थकान से भर देते हैं। मैं उस थकान से बचने के लिए आगे चलने लगता हूँ। मैं कभी भागा नहीं। ना, भागूँगा नहीं; इसकी समझ मुझमें बहुत पहले आ गई थी। मेरा पूरा जीवन उस दृश्य की तलाश में निहित है जिस दृश्य में पहुँचते ही वह चित्र पूरा हो जाएगा, जिस चित्र को पूरा करने के लिए मैं बना हूँ। यह मैं शुरू से जानता हूँ। सो, भागना मैंने बहुत पहले स्थगित कर दिया था और यूँ भी मैं पर्यटकों से बहुत चिढ़ता हूँ। किसी भी क़िस्म के पर्यटक जो जल्दी-जल्दी सब कुछ देख लेना चाहते हैं और भागकर अपने दड़बों में छिप जाते हैं। कई सालों के चलने की वजह से ही तो कहीं मेरे पैरों में दर्द शुरू नहीं हो गया है? मैं अभी तक उस दृश्य पर नहीं पहुँचा हूँ जिससे मेरा चित्र पूरा हो जाए। तो क्या करूँ? रुक जाऊँ? नहीं। इंतज़ार करता हूँ। या तो वह राहगीर वापिस आएगा या फिर दर्द ख़ुद-ब-ख़ुद ख़त्म हो जाएगा।

मेरी एक दोस्त है, सुमन। बग़ल के एक गाँव में महिला बैंक खुला है, सुमन वहीं काम करती है। बैंक की नौकरी के कारण उसे हमेशा साड़ी पहननी पड़ती है। हरी, नीली, कत्थई। वह साड़ियों में बहुत सुंदर दिखती है। छुट्टी के दिन जब भी मैं उसे सूट पहने देखता हूँ तो लगता है कि

उसकी छोटी बहन मुझसे मिलने आई है। मैं सिर्फ़ पहनावे की बात नहीं कर रहा हूँ, उसके विचारों पर भी इसका असर मैंने देखा है। जैसे वह साड़ी में मुझसे हमेशा बड़ी-बड़ी बातें करती है। देश की, समाज की, मेरे थके हुए जीवन की, क्रांति की। और सूट में वह तुरंत सब्ज़ी-भाजी, किराने की या ज़्यादा-से-ज़्यादा फ़िल्म देखने की बात कहती है। वह मुझसे प्रेम करती है। प्रेम को वह एक अलग व्यक्ति समझती है जो हम दोनों के साथ रहता है। मैं उससे हर बार कहता हूँ कि इस प्रेम की वजह से मैं कभी तुम्हारे साथ अकेला नहीं रह पाता हूँ। वह पहले मेरी ऐसी बातों पर हँस देती थी पर अब वह नाराज़ हो जाती है। एक दिन वह मेरे कमरे में आई और उसने आते ही कहा कि तुम्हारे कमरे में ऑक्सीजन कितनी कम है! तभी उसने कमरे के सारे खिड़की दरवाज़े खोल दिए। अचानक उसकी निगाह मेरे चेहरे पर पड़ी, उसने कहा कि तुम्हारा चेहरा पीला क्यों पड़ता जा रहा है? मैंने कहा शायद इसकी वजह ऑक्सीजन की कमी ही होगा। पर वह नहीं मानी। वह मुझे बाहर घुमाने की ज़िद करने लगी। मैंने मना कर दिया तो वह नाराज़ होकर चली गई। उसके जाते ही मैंने सारे खिड़की और दरवाज़े वापिस बंद कर दिए। वापिस अपने बिस्तर पर बैठकर लंबी-लंबी साँसें लेने लगा। ऑक्सीजन मुझे ठीक लग रही थी। चेहरे के पीलेपन की वजह मेरी समझ में नहीं आई।

मेरे कमरे में तीन खिड़कियाँ हैं। पहली खिड़की के दो पलड़े हैं, एक मेरी माँ और दूसरा मेरे बाप के कमरे में खुलता है। दूसरी खिड़की मेरी बहन के कमरे में खुलती है और तीसरी खिड़की एक घने पेड़ के पत्तों के बीच खुलती है जिसे मैं कभी भी बंद नहीं करता हूँ। पहली खिड़की का एक पलड़ा जो मेरी माँ के कमरे में खुलता है, उसे मैं कभी-कभी खोल देता हूँ। पर बाप वाला पलड़ा और बहन की खिड़की मैं हमेशा बंद रखता हूँ। इसके बाद एक दरवाज़ा बचता है, जिसे बंद किए बिना मेरा काम ही नहीं चलता। उसके खुला रहने से मुझे अजीब-सा नंगापन महसूस होता है जिसे मैं बहुत देर तक बर्दाश्त नहीं कर पाता हूँ। मैं सुबह बहुत जल्दी उठ जाता हूँ। ठीक उस वक़्त जब सूर्योदय होने ही वाला होता है। यही वह वक़्त होता है जब मैं अपने घर का दरवाज़ा पूरी तरह खोल देता हूँ। सूर्योदय होते

ही वह बंद हो जाता है। सामाजिक खट-खट पर ही उसका खुलना मैंने तय किया हुआ है। दरअसल, सूर्योदय मुझे बहुत बोर करता है लेकिन सूर्योदय के ठीक पहले का समय मुझे बहुत सुंदर लगता है। रोज़ अलग। यह किसी नाटक की शुरुआत लगती है। fade in होता है और रोज़ एक नए तरीक़े की शुरुआत होती है। आसमान का रंग रोज़ अलग होता है, कभी धुंध होती है तो कभी सबकुछ एकदम साफ़ होता है। पर सूर्योदय होते ही सबकुछ वैसा-का-वैसा हो जाता है। रोज़ एक जैसा। सपाट।

सामाजिक खट-खट का दिनभर की खट-पट से ज़्यादा ताल्लुक़ नहीं है। बाहर की जितनी भी आवाज़ें हैं, वे मुझे भीतर की ही आवाज़ें लगती हैं। उसमें माँ का चिल्लाना, 'खाना तैयार है' असल में भीतर मेरे साथ रह रही मेरी माँ का धीरे से मुझसे कहना है कि 'खाना तैयार है बेटा'। बाहर केले वाले का आवाज़ लगाते हुए गुज़र जाना मेरे कमरे में भीतर आकर उसका सुस्ताना है। यहाँ इस कमरे में सब कुछ है जो भी बाहर है। ध्वनिशः। इसमें मैं जब भी घर से बाहर जाता हूँ तो भीतर के कमरे को साथ लिए जाता हूँ। यह कमरा अपनी पूरी-की-पूरी, ध्वनियों, सामानों और कोनों के साथ मेरे साथ रहता है। वह मेरे बाहर जाते ही एक झोले-सा हो जाता है जिसमें उसे जो दिखता है उसे अपने अंदर रख लेता है। मानो ख़रीदी करने निकला हो।

आजकल बाहर घूमते हुए मैं आईने तलाशता रहता हूँ। जबसे सुमन ने मेरे चेहरे के पीलेपन की बात कही है मुझे हर आईने में झाँकने की आदत-सी हो गई है। कुछ आईनों में मैं साफ़ दिखता हूँ। परंतु कुछ में मेरा पीलापन मुझे नज़र आने लगता है। यह पीलापन माथे की तरफ़ कुछ ज़्यादा है, चेहरे पर उतना समझ में नहीं आता है। कहीं इसका मेरे दिमाग़ के दर्द से तो कोई ताल्लुक़ नहीं है? या मेरी पिंडलियों की पीड़ा से?

मैं शाम के समय टहलता हुआ गोलगप्पे खाने निकल पड़ा। हफ़्ते में मैं दो बार शाम को गोलगप्पे ज़रूर खाता था, यहीं सरोज के ठेले पर। घंटों उससे बतियाता रहता। वह ठेला शाम पाँच बजे से लगाता था। ठेला सजा लेने के बाद वह अपनी शर्ट उतारता, ठेले के किनारे टाँग देता और बनियान में वह काम करना शुरू कर देता। उसकी बनियान जगह-जगह से फटी हुई

थी। 'आज बड़े दिनों बाद दिखाई दिए?' यह वह हमेशा कहता था, उसके लिए 'बड़े दिन' एक दिन भी हो सकता था और कई दिन भी।

"मेरे दिमाग़ में दर्द है लेकिन पीड़ा पिंडलियों में महसूस हो रही है।"

मैंने सरोज से यह बात कह दी।

"गोलगप्पे खा लो।", उसने जवाब दिया।

"क्या तुम्हें मेरा चेहरा पीला लगता है?"

"आज आलू नहीं है, चना चलेगा?"

"जब तुम कहते हो, 'आज बड़े दिनों बाद दिखाई दिए' तो क्या बड़े दिनों से तुम मेरा इंतज़ार कर रहे थे?"

"इमली ज़्यादा पड़ गई है आज पानी में।", यह कहते ही उसने मेरे हाथ में एक छोटी-सी प्लेट पकड़ा दी।

गोलगप्पे खाते ही मैं घर वापिस आ गया। सरोज क्या सचमुच मेरा इंतज़ार करता होगा? अगर मैं कई दिनों तक, महीनों तक, सालों तक उसके पास नहीं जाऊँ तो क्या वह मेरे घर पर आकर पूछेगा कि क्या भाई, बड़े दिनों से दिखाई नहीं दिए? जिस रास्ते मैं उसके पास गोलगप्पे खाने जाता हूँ वह शायद एक-दो बार उस रास्ते की तरफ़ मुड़कर देख लेगा। शायद।

इंतज़ार। मैं पिछले दस दिनों से काम पर नहीं गया हूँ। दरवाज़े पर सामाजिक खट-खट के होते ही दरवाज़े की तरफ़ मुड़ने के ठीक पहले मेरे भीतर यह इंतज़ार का भाव आता है, किसका पता नहीं पर किसी और का। कोई ऐसा जिसे मैं जानता नहीं या जिसे मैं जानना चाहता हूँ। सामाजिक खट-खट को छोड़कर भी, मैं घर में बैठा हुआ प्रतीक्षा करता हूँ? सुमन आ जाती है तो मैं ख़ुश हो जाता हूँ, पर मैं उसका इंतज़ार नहीं करता हूँ। मैंने सुमन से कभी नहीं कहा कि बड़े दिनों बाद दिखाई दी, चाहे वह बड़े दिनों बाद ही क्यों न आई हो! यह वाक्य मैं किससे कहना चाहता हूँ? मैं जब भी दरवाज़े-खिड़की बंद करके घर में टहलता-फिरता हूँ तो कोई तो होता है जिसकी मैं राह देखता हूँ। कौन? मैं इंतज़ार करता हूँ किसी का, जिसके बारे में मुझे ही नहीं पता। मेरे दिमाग़ में यह बुरी तरह फँस गया था। सोचा

सुमन से पूछूँगा, पर वह क्या बता पाएगी? जब मुझे ही नहीं पता कि मैं किसका इंतज़ार करता हूँ तो उसे कैसे पता होगा?

पिंडलियों में दर्द अचानक बढ़ गया। मुझे आज गोलगप्पे खाने नहीं जाना चाहिए था। मैं अपने बिस्तर पर लेट गया। कल से काम पर भी जाना है।

मैं एक नक़ल करने वाली दुकान में काम करता हूँ। मैं अच्छा नक़ल करने वाला हूँ। किताबों की, चित्रों की, पेंटिंग की, आदमियों की। यूँ ज़्यादा काम मुझे आदमियों की शक्ल बनाने का मिलता है। मैं अच्छे पोर्ट्रेट बना लेता हूँ। लोग अधिकतर अपने बूढ़े माँ-बाप के पासपोर्ट साइज़ चित्र लेकर आते हैं और कहते हैं कि इसे रंगीन बना दो। हू-ब-हू नक़ल के अलावा मैं black and white फ़ोटो का रंगीन पोर्ट्रेट बना देता हूँ। पर जब कोई कहता है कि मेरी माँ फ़ोटो में बहुत ग़ुस्से में है क्या आप इन्हें मुस्कुराता हुआ बना देंगे तो मैं बहुत ग़ुस्सा हो जाता हूँ। क्यों, मैं क्यों ज़बरदस्ती किसी के चेहरे पर मुस्कुराहट चिपका दूँ! नहीं मैं यह नहीं करता हूँ।

पर अभी कुछ दिन पहले एक अजीब घटना हुई जिसकी वजह से मुझे दस दिन की छुट्टी लेनी पड़ी। यह वही समय था जब मेरी पिंडलियों में दर्द बढ़ना शुरू हुआ था। एक लड़की मेरे पास आई कि मेरे पति का पोर्ट्रेट बना दो। मैंने पूछा कि क्या वह मर चुके हैं? तो वह ग़ुस्सा हो गई। अधिकतर लोग उन्हीं लोगों के पोर्ट्रेट बनवाते हैं जो अब इस दुनिया में नहीं रहे, मैंने अपनी सफ़ाई में कहा। अंत में उसने अपने पति की तस्वीर निकालकर दिखाई। एक मुस्कुराता हुआ ख़ुशमिज़ाज आदमी था। मैंने कहा कि आप अगले हफ़्ते पोर्ट्रेट ले जाइएगा। बात 2500 रुपये में तय हुई। जब अगले हफ़्ते वह आई तो पोर्ट्रेट देखकर नाराज़ हो गई। बात मालिक तक पहुँच गई, मालिक को नक़ल पसंद आई। फिर उस औरत ने कहा, "आप इनका चेहरा ध्यान से देखिए, आपको नहीं लगता कि इनकी मुस्कुराहट के पीछे कोई पीड़ा है, दर्द है। इनके माथे की तरफ़ देखिए तो..."। ठीक उसी वक़्त मुझे बुलवाया गया और मालिक ने पूछा कि इस तस्वीर को देखो, इन्हें कहाँ दर्द है? और मेरे मुँह से निकला कि इनकी पिंडलियों में दर्द है। वह औरत पोर्ट्रेट वहीं छोड़ के चली गई। और मुझे कहा गया कि जब तक पिंडलियों

का दर्द ठीक न हो जाए, छुट्टी ले लो। मुझे 1700 रुपये अपने मालिक को लौटाने हैं, सो अलग।

मैं दस दिन की छुट्टी ले चुका हूँ। 900 रुपये अब तक मालिक के पास पहुँचा चुका हूँ। पिंडलियों का दर्द अभी भी जस-का-तस है, यह बात अलग है कि अब मुझे पता लग चुका है कि वह पिंडली का नहीं दिमाग़ का दर्द है।

एक कलाकार की हैसियत से मेरे कुछ प्रश्न बनते थे, इस पोर्ट्रैट की घटना पर। सो, बीच में जब मैं मालिक को पैसे लौटाने गया तो मैंने उनसे कहा, ''मालिक, दर्द मेरी पिंडलियों में था ठीक है, उस आदमी की शक्ल पूरी मुस्कुराहट लिए हुए थी ठीक है, फिर भी कहीं पीड़ा है यह पता चल रहा था, है ना। तो क्या वह पोर्ट्रैट उस तस्वीर से ज़्यादा जीवंत नहीं हुआ?''

''नहीं।'', मालिक ने सीधे जवाब दिया।

''कैसे, तस्वीर ख़ीचने और पोर्ट्रैट बनाने में कुछ तो अंतर होना चाहिए ना?''

''नहीं। अगर तुम अपनी व्यक्तिगत परेशानियों को काम में लाओगे तो अंतर होगा, अपनी व्यक्तिगत परेशानियों को घर रखकर आओ। अंतर नहीं होगा।''

''पर मैं तो....।'

''कला और कलाकार की बात मत करो। तुम्हें 1700 रुपये वापिस देने हैं, पहले वह लौटाओ।''

पैसे पर बात ख़त्म हो गई।

सुमन को जब मैंने यह घटना सुनाई तो वह बिदक गई।

''तुम्हारा मालिक बेवक़ूफ़ है। उसे तुम्हारी क़द्र नहीं है। छोड़ दो यह नौकरी। तुम कलाकार हो। वग़ैरह-वग़ैरह।''

मैं कुछ देर चुप रहा। फिर धीरे से कहा, ''नहीं मैं ऐसा नहीं कर सकता हूँ।''

सुमन चुप हो गई। मैं टहलने लगा।

''मैं अच्छी नक़ल करता हूँ और यह मेरे मालिक भी जानते हैं। इसीलिए

उन्होंने मुझे नौकरी से नहीं निकाला। और... और... मैं क्या करूँ शुरू से मुझे नक़ल करना ही सिखाया गया है। इसकी नक़ल करो, उसकी नक़ल करो। अमिताभ बच्चन कैसे ग़ुस्सा होता है दिखाओ। हाथी बनाओ। शेर बनाओ। और मैं बनाता गया। मैं अभी भी वही करता हूँ।

सुमन नहीं मानी। सुमन हमेशा जो मैं हूँ उससे कुछ अलग मानती आई है। मैं कुछ और नहीं हूँ, मैं कहता रहता हूँ पर वह नहीं सुनती। इसका कारण भी है। एक बार मैंने अपने घर में बैठे-बैठे कुछ चित्र बनाए थे, सुमन के। मैंने सुमन को हमेशा अपने पेड़ के पास वाली खिड़की से जाते-आते देखा है। सो, पत्तियों के बीच मैंने कई साड़ियाँ फँसा दीं। दरअसल, मैंने बहुत-सी, अलग-अलग रंग की साड़ियों के चित्र बनाए थे। पत्तियों के बीच। सुमन उन्हें देखकर बहुत ख़ुश हुई। मैंने उससे कहा कि यह भी असल में नक़ल ही है। नक़ल उन क्षणों की जिन्हें मैंने अपनी खिड़की में खड़े-खड़े जिया था, पर वह नहीं मानी। मैंने वह सारी पेंटिंग्स सुमन को दे दी। तब से उसे लगता है कि मैं असल में कुछ और हूँ, वह नहीं जो मैं असल में हूँ। मतलब नक़ल-नवीस।

एक दिन मैंने गोलगप्पे वाले से कहा था, "सुनो सरोज, मैं एकदम वही आदमी हूँ जैसा मैं दिखता हूँ?" सरोज थोड़ी देर ख़ामोश रहा फिर उसने कहा, "नया मटका लेना पड़ेगा, इसमें पानी बहुत देर तक ठंडा नहीं रहता।"

अपने पिंडलियों के दर्द को छुपाते हुए मैं अपनी नौकरी पर पहुँचा। दस दिन की छुट्टी की वजह से काम काफ़ी था। मैं मालिक से नज़रें चुराता हुआ सीधे गोडाउन में घुस गया। मेरे जैसे मालिक के पास काफ़ी लोग थे, पर कुछ काम थे जो सिर्फ़ मैं ही कर सकता था। सो, मैं अपने काम में जुट गया। पिंडलियों का दर्द जिसे अब मैं दिमाग़ का दर्द समझ चुका था, दिन-रात बढ़ता जा रहा था। क़रीब हफ़्ते भर में सारे पुराने काम मैंने निपटा दिए। इतवार आ चुका था। इतवार सुमन के नाम होता था। हम इतवार को किसी मंदिर में जाकर बैठते थे। मैं किसी भी भगवान में विश्वास नहीं करता था पर मंदिरों की ठंडक मुझे बहुत अच्छी लगती थी। ख़ासकर काले महादेव का मंदिर जो नदी किनारे था। उसके फ़र्श दोपहर में भी ठंडक लिए होते

थे। मैं और सुमन घंटों वहा बैठे रहते थे।

यूँ इतवार को सुमन हमेशा सूट पहनकर आती थी पर आज उसने साड़ी पहने हुई थी, सो उसकी बातचीत में ज़्यादा गंभीरता थी। कुछ देर की चुप्पी के बाद अचानक मेरे मुँह से पिंडलियों के दर्द की बात निकल आई। मैं कहना नहीं चाहता था पर वह अचानक उस क्षण, मेरे मुँह से ख़ुद-ब-ख़ुद निकल आई। सुमन कुछ देर चुप रही फिर उसने पैर दबाने की बात कही। तब मैंने कहा, "पैर नहीं। असल में दर्द दिमाग़ में है पर पीड़ा पिंडलियों में हो रही है।"

"तुम्हें पीलिया तो नहीं हो गया?"

सुमन ने मेरे माथे पर आए हुए बालों को हटाते हुए बोला। मैंने उसे अपने नाख़ून दिखाए। पीलिया नहीं था।

"तुम्हारा चेहरा दिन-ब-दिन पीला पड़ता जा रहा है।", सुमन के वाक्य में चिंता घुली हुई थी।

मैं ख़ुद इसकी वजह अपने दिमाग़ का दर्द समझता था पर सुमन से कह नहीं पाया। कुछ देर में उसने साड़ी से एक नारियल निकाला। क्योंकि लड़कियों का काले महादेव के मंदिर में जाना मना था, सो नारियल मुझे ही चढ़ाना पड़ा। नारियल चढ़ाकर हम काले महादेव के सात चक्कर लगाने लगे। सुमन ने घूँघट ओढ़ रखा था और वह मन-ही-मन कुछ बुदबुदाती हुई चल रही थी। पता नहीं काले महादेव से क्या कह रही है जहाँ इसको जाने की भी इजाज़त नहीं है! फिर हम घाट का एक चक्कर लगाते हुए घर वापिस आ गए।

इतवार की रात सोने के पहले मैं सुमन के बारे में सोचता रहा। जाने कितने रविवार हमने काले महादेव पर बिताए हैं! कभी वह साड़ी पहनकर आती तो कभी सूट। काले महादेव का पुजारी हम दोनों को पहचानने लगा था। उसे लगता था कि हमारी शादी हो चुकी है। वह कभी-कभी हमें चाय दे जाता। एक दिन पुजारी सुमन के पास आया। एकदम पास और उसके सिर पर हाथ रखकर कहा, "बेटा, चिंता की बात नहीं है। तुम्हें बच्चा होगा। बहुत जल्द, काले बाबा सबकी सुनते हैं।" मैं चुप रहा पर सुमन बाबा का हाथ पकड़कर रोने लगी, जैसे वह काले महादेव से यही माँगती आ रही थी।

मैंने बहुत बार सुमन से पूछना चाहा कि तुम रो क्यों दी थी? पर मेरी कभी हिम्मत नहीं हुई। वैसे सुमन को भविष्य की बातें करना बहुत पसंद था। जब वह सूट पहने होती तो भविष्य बहुत हरा-भरा और बहुत-सी संभावना लिए हुए होता। सूट में वह भविष्य की बातें कुछ इस तरह करती थी कि मानो वह किसी bones zone में है और उसके पास बस एक मिनट है वह जितने चाहे उतने points बटोर सकती है। पर जब वह साड़ी में होती तो भविष्य एक पहाड़-सा दिखता। कँटीला पहाड़ जिसपर हर क़दम फूँक-फूँककर रखना पड़ता है। ज़रा-सी लापरवाही से मौत निश्चित है। मैं कभी भी नहीं समझ पाया मौत किसकी? भविष्य के सपने की, हमारे संबंध की, मेरी, उसकी, किसकी? पर मुझे भविष्य की बातें सुनना बहुत अच्छा लगता था।

अगले दिन मैं फिर काम पर पहुँचा तो सीधा मालिक का बुलावा आ गया। कुछ देर बाद पता चला कि मेरी पूरे हफ़्ते की मेहनत बेकार हो गई। मेरे हर चित्र में दर्द मौजूद था। मेरे सारे पोर्ट्रेट लाकर मुझे दिखाए गए। लगभग हर पोर्ट्रेट में दर्द माथे की तरफ़ कहीं था। एक और अजीब बात थी, उस हफ़्ते के लगभग सारे पोर्ट्रेट में पीला रंग हावी था और कुछ चित्रों में तो मैंने सिर्फ़ पीला ही रंग इस्तेमाल किया था। मालिक ने इस बार कोई कारण नहीं पूछा, मुझे 'कलाकार पेंटर' नाम की गाली दी और मुझे चलता किया। जाते-जाते एक पर्ची मेरे हाथ में थमा दी। उसमें वह रक़म लिखी हुई थी जो मुझे अब मालिक को लौटानी थी। सत्रह हज़ार रुपये। पर्ची देखते ही मेरी पिंडलियों का दर्द अचानक बढ़ गया। मैं धीरे-धीरे रेंगता हुआ-सा वहाँ से निकल पड़ा।

नक़ल करने के अलावा मुझे और कुछ भी नहीं आता है। घर पर बैठे हुए मैं और नक़ल करने वाली चीज़ों के बारे में बहुत समय तक सोचता रहा। मैं और क्या कर सकता हूँ। बहुत कम चीज़ें मेरे हाथ लगीं। सत्रह हज़ार रुपये वापिस देना है, यह विचार ही मुझे थका देता है। बात पिंडलियों के दर्द से शुरू हुई थी, दिमाग़ के दर्द पर पहुँच गई थी। फिर यह चेहरे का पीलापन। एक दिन मैं अकेला काले महादेव पर जाकर बैठ गया। नदी अपनी गति में वहीं थी। काले महादेव बहुत से नारियलों के साथ वहीं पड़े हुए थे। पुजारी जी मेरे क़रीब से दो-तीन बार गुज़रे पर चूँकि मैं अकेला

था, सो उन्होंने मुझे पहचानने से भी इनकार कर दिया। मुझे लगा सुमन के बिना मेरा कोई अस्तित्व नहीं है यहाँ।

काले महादेव पर बैठे हुए अचानक मेरी तीव्र इच्छा हुई नक़ल करने की। सबकी नक़ल। काले महादेव की, अपनी खिड़की से जिए हुए अकेले क्षणों की, बंद खिड़कियों की, सुमन की, मालिक की, गोलगप्पे वाले की और सबकी। सभी चीज़ों की। मैं बहुत सारे रंग और कैनवास ख़रीदकर अपने कमरे में पहुँचा और दरवाज़ा भीतर से बंद कर दिया।

मेरा जीवन उस दृश्य की तलाश में नहीं निहित है जिसमें पहुँचकर वह चित्र पूरा हो जाएगा। बल्कि असल में मेरा पूरा चलना एक चित्र का बनना है। जिसका कोई अंत नहीं है। जैसे इस चित्र की कोई शुरुआत नहीं थी। सो, मेरा चित्र जिस दिन ख़त्म होगा, उसे देखने के लिए मैं वहाँ नहीं होऊँगा। यह मुझे बहुत बाद में पता चला।

अबाबील

तुम अगर कहो तो मैं तुम्हें एक बार और
प्यार करने की कोशिश करूँगा
फिर से, शुरू से
तुम्हें वो गाहे–बगाहे आँखों के मिलने की
टीस भी दूँगा
तुम्हारा पीछा करते हुए
तुम्हें गली के किसी कोने में रोकूँगा
और कुछ कह नहीं पाऊँगा
रोज़ मैं तुम्हें अपना एक झूठा सपना सुनाऊँगा
पर इस बार
'सपना सच्चा था' की झूठी क़सम नहीं खाऊँगा
अगर तुम मुझे एक मौक़ा और दो
तो मैं तुमसे

सीधे सच नहीं कहूँगा
और थोड़ी-थोड़ी झूठ की चाशनी
तुम्हें चटाता रहूँगा।

"बस रोक दो मुझे यह नहीं सुनना है।"

उसने कुर्सी पर से उठते हुए कहा। वह कुछ सुनना चाहती थी यह ज़िद उसी की थी। मैं चुप हो गया। वह कमरे में घूमती रही, उसे अपना होना उस कमरे में बहुत ज़्यादा लग रहा था। वह किसी कोने की तलाश कर रही थी जिसमें वह समा जाए। इस घर में रखी वस्तुओं में गुम हो जाए। इस घर का एक हिस्सा बन जाए। जैसे वह कुर्सी, जिसपर से वह अभी-अभी उठ गई थी।

"क्या हुआ?"

मैंने अपनी आवाज़ बदलते हुए कहा। उस आवाज़ में नहीं जिसमें मैं अभी-अभी अपनी कविता सुना रहा था।

"तुम्हारी कविता से मुझे आजकल बदबू आती है। किसकी, मैं यह नहीं जानती।"

उसे शायद मेरे छोटे-से कमरे में एक कोना मिल गया था या कोई चीज़ जिसे पकड़कर वह सहज हो गई थी और उसने यह कह दिया था। पर मेरे लिए वह कुर्सी नहीं हुई थी, वह मुझे अभी भी घर में लाई गई एक नई चीज़ की तरह लगती थी। मेरे घर की हर चीज़ के साथ 'पुराना' या 'फैला हुआ' शब्द जाता है पर वह हमेशा नई लगती है। नई। धुली हुई, साफ़-सी। ऐसा नहीं है कि मेरे घर में कोई नयी चीज़ नहीं है पर वह कुछ ही समय में इस घर का हिस्सा हो जाती है। यहाँ तक कि नई लाई हुई किताब भी, पढ़ते-पढ़ते पुरानी पढ़ी हुई किताबों में शामिल हो जाती है। पर वह पिछले एक साल से यहाँ आते रहने के बाद भी, पढ़े जाने के बाद भी पुरानी नहीं हुई थी। जिसे मैं भी पूरे अपने घर के साथ पुराना करने में लगा हुआ था।

"मेरे लिखे में, तुम्हारे होने की तलाश का मैं कुछ नहीं कर सकता हूँ।"

इस बात को मैं बहुत देर से अपने भीतर दोहरा रहा था, फिर एक लेखक की-सी गंभीरता लिए मैंने इसे बोल दिया।

रात बहुत हो चुकी थी, उसे घर छोड़ने का आलस, उसके होने के सुख को हमेशा कम कर देता था। वह रात में कभी भी मेरे घर में सोती नहीं थी। वह हमेशा चली जाती थी। बहुत पूछने पर उसने कहा था कि उसे सिर्फ़ अपने बिस्तर पर ही नींद आती है। उसने मेरी बात पर चुप्पी साध ली थी। कोने में जल रहे एकमात्र टेबल लैंप की धीमी रोशनी में भी वह साफ़ नज़र आ रही थी। पूरी वह नहीं, बस उसका उजला चहरा, लंबे सफ़ेद हाथ। अचानक मैं अबाबील नाम की एक चिड़िया के बारे में सोचने लगा जिसे मैंने उत्तराखंड में चौकोड़ी नाम के एक गाँव में देखा था। वह उस गाँव की छोटी-छोटी दुकानों में अपना घोंसला बनाती थी, छोटी-सी बहुत ख़ूबसूरत। शुरू-शुरू में मुझे वह उन अँधेरी, ठंडी दुकानों के अंदर बैठी, अजीब-सी लगती थी। मानो किसी बूढ़े, थके, झुर्रीदार चेहरे पर किसी ने रंगबिरंगी चमकदार बिंदी लगा दी हो। पर बाद में मैं उन दुकानों में सिर्फ़ इसलिए जाता था कि उसे देख सकूँ, जो उसी दुकान का एक ख़ूबसूरत हिस्सा लगती थी।

"मुझे पता है यह केवल कल्पना मात्र है। उससे ज़्यादा कुछ नहीं। पर मुझे लगता है कि तुम मुझे धोखा दे रहे हो। नहीं, धोखा नहीं कुछ और। कल रात जब मैं तुम्हारे साथ सो रही थी तो मुझे लगा कि तुम किसी और के बारे में सोच रहे हो। तुम मेरे चेहरे को छू रहे थे पर वहाँ किसी और को देख रहे थे। उस वक़्त मुझे लगा, ये सब मेरी insecurities हैं, और कुछ नहीं। पर अभी यह कविता सुनते हुए मुझे वह बात फिर से याद आ गई। मैं इसका कोई जवाब नहीं चाहती हूँ, मैं बस तुम्हें यह बताना चाहती हूँ।"

रात में उसके सारे शब्द अपनी गति से कुछ धीमे और भारी लग रहे थे। मुझे लगा मैं उन्हें सुन नहीं रहा हूँ, बल्कि पढ़ रहा हूँ।

"ये तुम्हारी insecurities नहीं हैं, अगर तुम इसे धोखा मानती हो तो मैं तुम्हें सच में धोखा दे रहा हूँ। अभी भी जब तुम उस कोने में जाकर खड़ी हो गई थी तो मैं किसी और के बारे में सोच रहा था।"

अब मैं उसे यह नहीं कह पाया कि मैं उस वक़्त असल में, अबाबील

के बारे में सोच रहा था। पता नहीं क्यों पर शायद मुझे कह देना चाहिए था।

"मैं एक बात और पूछना चाहती हूँ कि जब तुम मेरे साथ होते हो तो कितनी देर मेरे साथ रहते हो?"

"पूरे समय।"

"झूठ।"

"सच।"

"झूठ बोल रहे हो तुम।"

"देखो असल में..."

"मुझे कुछ नहीं सुनना। मैं जा रही हूँ।"

"मैं तुम्हें छोड़ने चलता हूँ। रुको।"

"कोई ज़रूरत नहीं है।"

और वह चली गई। ख़ाली कमरे में मैं अपनी आधी सुनाई हुई कविता और अपनी आधी बात कह पाने का ग़ुस्सा लिए बैठा रहा। सोचा कम-से-कम वह आधी कविता अपने घर की पुरानी, बिखरी पड़ी चीज़ों को ही सुना दूँ पर हिम्मत नहीं हुई। उसे आज घर नहीं छोड़ा इसलिए शायद 'वह यहाँ थी' का सुख अभी तक मेरे पास था। मैं क्या सच में कल रात उसके साथ सोते हुए किसी और के बारे में सोच रहा था, किसके बारे में?

हाँ, याद आया। मैं जब उसके चेहरे पर अपनी उँगलियाँ फेर रहा था तो अचानक मुझे वह सुबह याद हो आई, जब मैं अपनी माँ को जलाने के बाद, राख से उनकी अस्थियाँ बटोर रहा था। मैंने जब उसकी नाक को छुआ तो मुझे वह माँ की एकमात्र हड्डी लगी जिसे उस राख में से मैंने ढूँढ़ा था। उसके बाद मैं काफी देर तक राख के एक कोने में यूँ ही हाथ घुमाता रहा, हड्डियाँ ढूँढ़ने का झूठा अभिनय करता हुआ। क्योंकि मैं माँ की और हड्डियों को नहीं छूना चाहता था। उन्हें छूते ही मेरे मन में तुरंत ये ख़्याल दौड़ने लगता कि वह हड्डी उनके शरीर के किस हिस्से की है। ये उनकी मौत से भी ज़्यादा भयानक था। फिर मैं उसके बारे में सोचने लगा कि जब उसे जलाने के बाद मुझे अगर उसकी अस्थियों को ढूँढ़ना पड़ा तो... और

इस विचार से मैं अपना हाथ उसकी पीठ पर ले गया। लगा कि वह जलाई जा चुकी है। उसका शरीर राख है और मैं उस राख में से उसकी हड्डियाँ टटोल रहा हूँ। वह अचानक हँसने लगी थी पर मैं शांत था क्योंकि मैं सच में उसकी हड्डियाँ टटोल रहा था।

वह सच कहती है मैं हर वक़्त लगभग उसे ही देखते हुए कुछ और देखता होता हूँ।

मैंने सोचा टेबल लैंप बंद कर दूँ पर उसके बंद करते ही कमरे में इतना अँधेरा हो गया कि मुझसे सहन ही नहीं हुआ। मैंने उसे तुरंत जला दिया। नींद की आदत उसके कारण ऐसी पड़ गई थी कि रात के कुछ छोटे-छोटे रिचुअल्स बन गए थे, जिन्हें पूरा किए बिना नींद ही नहीं आती थी। जैसे उसे घर छोड़ने के बाद अकेले वापिस आते वक़्त, उसके रहने के सुख का दुख ढूँढ़ना। वापिस घर आते ही उसे काग़ज़ पर उतार लेना।

वैसे यह अजीब है, जब मैं अपने सबसे कठिन दौर से गुज़र रहा था तो जीवन की ख़ूबसूरती के बारे में लिख रहा था और जब भी घर में सुख छलक जाता तब मैं पीड़ा लिखने का दुख बटोर रहा होता। शायद यही कारण है कि जब वह घर में होती है तो मैं उसके बारे में लिखना या सोचना ज़्यादा पसंद करता हूँ, जो उसके बदले यहाँ हो सकती थी। कल उसे छोड़ने के बाद ही मैंने यह कविता लिखी थी जिसे वह पूरा नहीं सुन पाई। बाक़ी रिचुअल्स में वह संगीत तुरंत आकर लगा देना जिसे उसके रहते सुनने की इच्छा थी। घर में घुसते ही शरीर से कपड़े और उसके सामने एक तरह का आदमी बने रहने के सारे कवच और कुंडल उतार फेंकना। नींद के साथ उस सीमा तक खेलना जब तक कि वह एक ही झटके में शह और मात न दे दे और फिर चाय पीना, ब्रश करना या कभी-कभी नहा लेना अलग।

अब न उसे छोड़ने गया और न ही रात का वह पहर शुरू हुआ जहाँ से मैं अपने रिचुअल्स शुरू कर सकूँ। अचानक मैं फिर से अबाबील के बारे में सोचने लगा, उसी गाँव (चौकोड़ी) के एक आदमी ने मुझे बताया था कि इस चिड़िया का ज़िक्र क़ुरान में भी हुआ है और यह उड़ते-उड़ते हवा में अपने मुँह से धूल कण जमा करती है, जिसे थूक-थूककर वह अपना घोसला बनाती है। मैंने कुछ संगीत लगाने का सोचा पर फिर तय किया कि

अभी तो रात जवान है, पहले चाय बना लेता हूँ। मैं अपने किचन में चाय बनाने घुसा ही था कि मुझे door bell सुनाई दी, मैंने तुरंत दरवाज़ा खोल दिया। वह बाहर खड़ी थी। मैं कुछ कहता उससे पहले ही वह तेज़ कदमों से चलती हुई भीतर आ गई।

"तुम मुझे मनाने नहीं आ सकते थे, तुम्हें पता है मैं अकेली घर नहीं जा सकती हूँ! मुझे डर लगता है!"

मुझे सच में यह बात नहीं पता थी। मुझे उसका यह चले जाने वाला रूप भी नहीं पता था सो उसका वापिस आ जाना भी मेरे लिए उतना ही नया था जितना उसका चले जाना। दोनों ही परिस्थिति में कैसे व्यवहार करना चाहिए इसका मुझे कोई अंदाज़ा नहीं था। मैं कुछ देर तक चुपचाप ही बैठा रहा। फिर अपने सामान्य व्यवहार के एकदम विपरीत, मैं उसकी बग़ल में जाकर बैठ गया।

"I am sorry! माफ़ कर दो मुझे।"

इस बात में जितना सत्य था उतनी चतुरता भी थी, पर इसमें मनौवल जैसी कोई गंध नहीं थी। पर उसने शायद इन शब्दों के बीच में कुछ सूँघ लिया और वह मान गई। वह मेरी तरफ़ पलटी और मुस्कुरा दी। उसने अपने हाथ मेरे बालों में फँसा लिए और उनके साथ खेलने लगी।

"मैं जब पहली बार तुमसे मिली थी, याद है तुम्हें! मुझे लगा था कि तुम एक हारे हुए आदमी हो जो सबसे नाराज़ रहता है। क्या उम्र बताई थी तुमने उस वक़्त अपनी, पैंतालीस साल? है ना!"

"वह सिर्फ़ एक साल पुरानी बात है। I was 43 last year."

"ठीक है 44। एक साल इधर-उधर होने से क्या फ़र्क़ पड़ता है।"

वह हँसने लगी थी। मैं जानता था वह मुझे उकसा रही है। कोई और वक़्त होता तो शायद मैं जवाब नहीं देता पर मैं जवाब देना चाहता था क्योंकि मैं उस हारे हुए आदमी वाली बात को टालना चाहता था। उसके हाथ मेरे बालों पर से हट गए थे।

"चालीस के बाद, एक साल का भी इधर-उधर होना बहुत मायने रखता है।"

मैं एक मुस्कान को दबाए बोल गया था।

"हाँ, मुझे महसूस भी होता है।"

यह कहते ही उसकी हँसी का एक ठहाका पूरे कमरे में गूँजने लगा। मैं चुप रहा मानो मुझे यह joke समझ में ही नहीं आया हो। वह थोड़ी देर में शांत हुई। उसके हाथ वापिस मेरे बालों की तलाशी लेने लगे। हाँ, मुझे अब उसका बाल सहलाना, अपने बालों की तलाशी ही लग रहा था।

"मैं जब छोटी थी, उस वक़्त हमारे घर में बहुत महफ़िलें जमा होती थीं।"

उसने अचानक एक दूसरा सुर पकड़ लिया। मैंने इस सुर को बहुत कम ही सुना है, ख़ासकर उसके मुँह से। वह मेरे हाथों को भी टटोल रही थी मानो वह सारा कुछ, जो वो बोल रही है, मेरे ही हाथों में लिखा हो।

"पापा बहुत शौक़ीन थे बातचीत के, बहसों के। मैं हमेशा उस महफ़िल की लाडली लड़की थी पर जब भी मुझे नज़रअंदाज़ किया जाता मैं अजीब-सी हरकतें करने लगती। चाय के कप तोड़ देती, रोने लगती। यहाँ तक कि एक बार तो मैंने अपना हाथ तक काट लिया था। बाद में मैं पछताई भी थी पर आज तक किसी को नहीं पता कि मैंने हाथ जान-बूझकर काटा था। आज भी मैं अकेले बैठकर अक्सर यह सोचती हूँ कि मेरा accident हो गया है, लोग मुझे देखने आ रहे हैं या मैं बहुत बीमार पड़ गई हूँ। जब मेरा आशीष से संबंध टूटा था तो मैंने मरने के बारे में भी सोचा था और यह सोचकर काफ़ी ख़ुश होती थी कि उसको कितना पछतावा होगा, वह रोएगा, अपना सिर पीटेगा पर मैं मर चुकी होऊँगी। तुम मेरी बात समझ रहे हो न?"

"हाँ।"

मैं बस हूँ ही करना चाहता था पर मुँह से हाँ निकला। मुझे उसकी इस तरह की बातें बहुत अच्छी लगती थीं। कहानी जैसी, ऐसी कहानी जिसमें सिर्फ़ नायिका की भूमिका लिखी हो बस और कुछ नहीं। भूमिका ख़त्म कहानी ख़त्म।

"तुम्हें अजीब लगेगा यह सुनकर कि अब मैं उन हर बच्चों से चिढ़ती हूँ जो अपनी तरफ़ ध्यान आकर्षित कराने की कोशिश कर रहे होते हैं। यहाँ तक कि मैं अपने ऑफ़िस में भी काफ़ी भड़क जाती हूँ। मुझे self pity

या self sympathy से बहुत चिढ़ है। शायद मैं ख़ुद को, अपने-आपको डाँट रही होती हूँ।''

''हूँ।''

''तुम क्या हूँ कर रहे हो। मुझे सच में ऐसा लगता है।''

मैं बातचीत में नहीं फँसना चाहता था। सो, मैं चुप रहने का हूँ या हाँ अपने मुँह से निकाल रहा था। थोड़ी चुप्पी के बाद लगभग उसका सुर पकड़ते हुए मैंने कहा-

''मुझे बड़ा आश्चर्य होता है कि कैसे तुम एक सच को बिल्कुल जैसा का तैसा कह देती हो जबकि मैं उस सच को कहने में अपनी कहानियों के पन्ने-के-पन्ने भर रहा होता हूँ! तुम्हें देर तो नहीं हो रही है?''

''क्यों तुम सोना चाहते हो?''

उसने तपाक से जवाब दिया। शायद वह पूछना चाह रही थी कि क्यों तुम बोर हो गए? मैं बोर नहीं हुआ था मैं तो बस अभी भी उस हारे हुए आदमी के संवाद से डरा बैठा था।

''नहीं, बल्कि मैं तो पूछना चाह रहा था कि तुम कुछ लोगी, ड्रिंक?''

''wine चलेगी।''

''wine है नहीं अभी।''

''तो क्यों पूछा?''

''अरे rum है। wisky है और चाय भी है।''

''तो चाय ही चलेगी।''

''पक्का?''

इसे मैं क़रीब एक साल पहले मिला था। मेरे बिना मेरा कुछ लिखा हुआ पढ़े, उसने मुझसे कुछ ऐसे सवाल किए कि मैं पहली ही मुलाक़ात में उससे चिढ़ने लगा। फिर कुछ दिनों में उसका फ़ोन आया, ''आरती बोल रही हूँ''। अपना नाम उसने मुझे पहली बार फ़ोन पर ही बताया था, सो मैंने पहचाना नहीं। उसने कहा, ''मैंने एक कहानी लिखी है। आपको सुनाना चाहती हूँ।''

जब वह घर आई तब मैंने उसे पहचाना और तुरंत मुझे पछतावा होने लगा कि मैंने इसे क्यों बुला लिया। ख़ैर, फँस चुका था। सो मैंने सोचा सीधे कहानी सुनूँगा और इसे चलता करूँगा। जब उसने कहानी सुनाना शुरू किया तो मुझे हँसी आने लगी। कहानी का नाम था 'मैं, एक विचार'। 'दुनिया मुझे समझ न सकी' जैसी ढेरों बातों से पूरी कहानी अटी पड़ी थी। वह हिंदी साफ़ बोल नहीं पाती थी पर पूरी कहानी में ऐसे-ऐसे हिंदी के शब्दों का प्रयोग किया गया था कि मुझे अपनी हिंदी पर शर्म आने लगी। ख़ैर, बहुत मुश्किल से पूरी कहानी ख़त्म हुई, कहानी ख़त्म होते ही वह रोने लगी। मेरी कुछ समझ में नहीं आया। मैं उसे अपनी सीमा में रहकर, बिना उसे छुए, चुप कराने की कोशिश करता रहा पर वह चुप होने का नाम ही नहीं ले रही थी। मैं किन्हीं ऐसी बातों का गवाह कभी भी नहीं होना चाहता हूँ, जिन बातों की बुनियाद ही बचकानी हो। इसलिए मैं उन संवादों से डरा बैठा था जिनमें इसके रोने का कारण छुपा हुआ हो और मुझे पता है वह मुझसे कहना चाहती है।

"असल में मैंने यह कहानी इसलिए लिखी..."

और वह शुरू हो गई। मैं समझ गया वह अपने पैदा होने की तकलीफ़ से कहानी शुरू कर रही है। यह काफ़ी लंबी चलने वाली है सो, मैंने बीच में ही बात काट दी।

"सुनो, मैं नहीं सुनना चाहता कि तुमने यह कहानी क्यों लिखी। मैं कहानी को या लिखे हुए को ज़्यादा महत्व देता हूँ न कि वो क्यों और किसलिए लिखी गई।"

"नहीं पर यह कहानी मेरी है और मैं बताना चाहती हूँ कि यह क्यों ऐसी है।"

वह जैसे अपनी बात जल्दी से कह देना चाहती हो। वह तेज़-तेज़ बोलने लगी थी पर मैंने उसे रोक दिया।

"देखो, व्यक्तिगत रूप से एक लेखक क्या करता है या एक कलाकार कैसे रहता है, क्या सोचता है वो क़तई महत्वपूर्ण नहीं है। महत्वपूर्ण है कि वह अपनी कला में क्या-क्या कहने की क्षमता रखता है। जैसे मेरी एक दोस्त थी, उसे एक लेखक की कविताएँ बहुत पसंद थीं, संजीदगी से

भरी हुईं। पर जब वह लेखक से मिली तो वह इतनी मायूस हो गई कि उसने उसकी रचनाएँ पढ़ना ही बंद कर दिया। यह ग़लत है। वह हमेशा कोई अलग आदमी होता है जो कर्म करता है और वह एकदम अलग है जो जीता है।''

अब इसे मेरी चालाकी कह सकते हैं कि मैंने कैसे इसे अपनी पहली मुलाक़ात का जवाब भी दे दिया जिसमें इसने मुझसे कहा था कि 'आप कितना नकारात्मक सोचते हैं' और उसकी बातें सुनने से कन्नी भी काट ली।

वह चुप हो गई थी पर फिर मेरी कहानी नहीं सुनने की वजह का शायद नतीजा यह हुआ कि उसने मेरे यहाँ अपना आना बढ़ा दिया और अब, जितनी उसे मेरी ज़रूरत है, उससे कहीं ज़्यादा मुझे उसके यहाँ आने की आदत पड़ चुकी है। पर मैंने उससे उसकी कहानी लिखने की वजह अभी तक नहीं सुनी। उसने बातों-ही-बातों में बताने की कोशिश की थी पर मैंने हर बार उसे टोक दिया और अब मेरे अंदर एक अजीब-सा डर भी बैठ गया है कि अगर उसने अपनी कहानी लिखने की वजह मुझे बता दी तो वह यहाँ आना ही बंद कर देगी। उसके बाद उसने कभी कोई कहानी नहीं लिखी, कुछ छिट-पुट कविताएँ ज़रूर लिखी हैं पर उसने मुझे कभी वह सुनाई नहीं, बस हमेशा मुझसे कहा एक सूचना की तरह कि कल, मैंने कल एक कविता लिखी। मैंने भी उससे कभी सुनाने की ज़िद नहीं की।

चाय बन चुकी थी। मैं चाय लेकर बाहर आया। वह कुर्सी पर बैठे-बैठे ही सो चुकी थी। मैंने धीरे से चाय उसकी बग़ल में रखी और मेरे हाथ उसके कंधे की तरफ़ गए कि उसे उठा दूँ पर मैं रुक गया। उसकी आँखें बंद थीं पर उसके होंठों पर बहुत महीन-सी मुस्कान थी। अजीब-सी। मानो वह कोई बहुत मज़ेदार क़िस्सा सुन रही हो। मैं उसकी बग़ल में बैठ गया। पता नहीं क्या हुआ कि मैं उसकी कहानी के बारे में सोचने लगा। क्यों लिखी होगी उसने वो कहानी? मुझे अचानक एक ग्लानि होने लगी, पता नहीं क्या कारण होगा और मैं स्वार्थी आदमी, उसे सुनने से ही इनकार कर दिया! मैं कितना डरता हूँ किसी भी क़िस्म की ज़िम्मेदारी से! हाँ, यह एक क़िस्म की ज़िम्मेदारी ही हो जाती है कि आपको किसी के कारणों और वजहों की

जानकारी है। जैसे आप किसी लड़की से किसी भी तरह के प्रेम में संलग्न क्यों न हों पर जैसे ही आप उसके माँ, बाप से एक बार मिल लेते हैं तो आपको एक तरह की ज़िम्मेदारी का एहसास होने लगता है, उसके प्रति नहीं, उसके माँ-बाप के प्रति।

मैंने अपनी चाय उठाई और खिड़की के पास आकर खड़ा हो गया। बाहर शांति थी। हर थोड़ी देर में सड़क पर एक-आध गाड़ी दिख जाती। तारे आकाश में छाए हुए थे, मंद-मंद हवा चल रही थी। मैं वापिस मुड़कर उसको देखने लगा। वह अभी भी सो रही थी। उसे देखते ही मुझे वापिस अबाबील का ख़्याल हो आया। मुझे लगने लगा कि यह घर उस पहाड़ी गाँव की एक दुकान है। अँधेरे से भरी हुई। बिखरी हुई। और इस दुकान जैसे घर में यह अबाबील है। यह कभी-भी इस घर का हिस्सा नहीं हो सकती। यह इस बूढ़े घर के चेहरे की झुर्रियाँ, कभी नहीं हो सकती। यह उस चेहरे में हमेशा एक बिंदी की तरह ही शामिल हो सकती है। यह मेरे घर की बिंदी है और इस विचार से ही मेरे मन में उसके लिए इतना प्रेम उठने लगा कि मेरी इच्छा हुई कि उसे अबाबील कहकर उठाऊँ और उसे कहूँ कि मैं अभी इसी वक़्त तुम्हारी कहानी लिखने की वजह जानना चाहता हूँ या मैं उसे अपने बाँहों में समेट लूँ और कहूँ कि तुम बिंदी हो। मेरी बिंदी। इस घर की बिंदी।

"क्या देख रहे हो?"

वह अचानक बोल पड़ी, मैं चौंक गया।

"अरे! मुझे लगा तुम सो रही हो।"

"यह मेरी बात का जवाब नहीं हुआ?"

टेबल लैंप की मद्धिम रोशनी में उसकी आँखें मुझे नहीं दिख रही थीं। मुझे लगा वह अभी भी सो ही रही है। बोल कोई और ही रहा है वह नहीं।

"तुम्हें ही देख रहा था। तुम बहुत सुंदर लग रही थी।"

इसमें शक था। डर था। वह शायद सो ही रही है, की आशा अभी तक ख़त्म नहीं हुई थी वर्ना 'तुम सुंदर लग रही थी' यह वाक्य उसके जागते हुए मेरे मुँह से निकलना नामुमकिन था। मुझे लगने लगा कि मैं एक चोरी करते पकड़ा गया हूँ, फिर मुझसे वहाँ खड़े होते नहीं बना। मैं उसके पास

चला गया। कुर्सी के किनारे बैठ गया और उसके बालों में जल्दी से अपनी उँगलियाँ फँसा दी और उसके बाल सहलाने लगा। आत्मविश्वास के लिए। वह मुस्कुरा दी। उसके मुस्कुराते ही लगा चोर कोई और था, वह खिड़की के पास कहीं पकड़ा गया था। मैं वह नहीं हूँ, मैं तो वह हूँ जो हमेशा से उसके बाल सहलाता है और ऐसा कुछ सोचकर मैं भी उसके साथ मुस्कुराने लगा।

कुछ देर बाद मैं आदतन उसे घर छोड़ने गया। वह मेरी बनाई हुई चाय पीना भूल गई थी, यह मैंने वापिस आकर देखा। आते वक़्त मैं कुछ और नहीं सोच पाया। हाँ, बीच में अबाबील का ख़्याल ज़रूर आया। वह मुझे उन पहाड़ों पर ले गया, पर मैं अभी पहाड़ों पर जाना नहीं चाह रहा था। सो वह ख़्याल भी ज़्यादा देर तक नहीं चल पाया। वापिस आकर नींद से लड़ना भी नहीं पड़ा, बिस्तर में घुसते ही वह मुझे अपनी गिरफ़्त में ले चुकी थी।

कुछ ही दिनों में मुझे बाहर जाना पड़ा। जब मैं क़रीब दो हफ़्ते के बाद वापिस आया तो वह जा चुकी थी। मैंने उसके बारे में बहुत पता भी नहीं किया, ऐसा नहीं था कि मैं उससे मिलना नहीं चाह रहा था पर अब इसे मैं अपना आलस कहूँ या यह कि मुझे कहीं पता था कि यह संबंध बस यहीं तक था। मेरे पास इससे ज़्यादा उसे देने के लिए नहीं था और उसके कहानी लिखने के कारण को छोड़कर उसके पास शायद और कुछ न बचा हो, पता नहीं। कारण बहुत हो सकते हैं। शायद अगर वह इसी शहर में होती तो हम कुछ समय न मिलकर, अपने मिलने की बोरियत को मिटा लेते और फिर से वही सिलसिला शुरू हो जाता। इसके बारे में भी मैं बस अनुमान ही लगा सकता था।

इसके कई महीनों बाद मैंने एक 'अबाबील' नाम की कविता लिखी। जिसे मैंने उस अधूरी कविता, जिसे मैं उसे सुना नहीं पाया, के साथ एक हिंदी पत्रिका में छपवा दी। मैंने शायद यह जान-बूझकर किया था कि दोनों कविताओं को एक साथ छपवाया था, इसी आशा में कि शायद वह कभी कहीं इसे पढ़ेगी और शायद उसे यह पता लग जाएगा कि उस रात मैं उसके साथ रहते हुए किसके बारे में सोच रहा था।

पहाड़ी रात

काफ़ी समय से चाय पीता हुआ मैं इन छोटे-छोटे आश्चर्यों को देख रहा था, जो मेरी आँखों के सामने घट रहे थे। मैं पहाड़ के एक गाँव में बैठा चाय पी रहा था। सामने अचानक बादल घिर आए और बूँदा-बाँदी शुरू हो गई। पर पीछे के दो पहाड़ों पर अभी भी धूप थी। तेज़ सुनहरा रंग चारों तरफ़ बिखर गया था। मैं जिस दुकान में चाय पी रहा था वह एक बुज़ुर्ग दंपति की दुकान है। शायद इस गाँव के तीन किलोमीटर के इलाक़े में एक यही दुकान है। दोनों अकेले रहते हैं। नीचे गाँव में उनकी खेती है जिसे दो बच्चे मिलकर चलाते हैं। दो बेटियों की शादी हो चुकी है और एक बेटा दिल्ली में कहीं पढ़ता है, जिसके बारे में वह बड़े फ़ख़्र से बता रहे थे। चूँकि आसपास कोई दुकान नहीं है इसलिए यह चाय की दुकान चाय और किराने की दुकान हो गई थी। क़रीब तीन चाय के बाद अचानक मेरी निगाह उन छोटे पहाड़ों पर पड़ी जिनके पीछे से निकलकर बहुत सारी धुँध हमारी तरफ़ बढ़ी चली आ रही थी। वह दोनों पति-पत्नी अपने काम में व्यस्त थे।

मैंने चिल्लाकर कहा, "वह देखो। धुँध कितनी अच्छी लग रही है!"

दोनों ने एक बार निगाह उठाकर देखा और फिर अपने काम में व्यस्त हो गए। मैं जल्दी-जल्दी कुछ तस्वीरें लेने लगा। कैमरे के लेंस में से मुझे एक छोटा-सा सफ़ेद धब्बा जैसा कुछ दिखा। मैंने लेंस से आँखें हटाकर देखा तो एक बूढ़ा आदमी नीचे किसी गाँव से हमारी तरफ़ चला आ रहा था। उसकी चाल उसकी उम्र के हिसाब से काफ़ी तेज़ थी। वह कुछ ही देर में दुकान पर पहुँच चुका था। वह आते ही चाय वाले के साथ बातचीत में व्यस्त हो गया। वे दोनों अपनी बोली में बात कर रहे थे। सो, मैं वापिस पहाड़ों को देखने लगा। मुझे लगा कि उस छोटे से पहाड़ के पीछे किसी ने बहुत सारी आग जला रखी है, जिसका धुआँ वहाँ से निकलकर हमारी तरफ़ बढ़ता आ रहा है। कुछ ही देर में उस पूरी धुँध के भीतर अब हम थे और यह चाय की दुकान थी और यह पूरा गाँव था। वह चाय वाला कहने लगा, "धुँध की अपनी एक ख़ुशबू होती है।" मैंने पूछा कि कैसी होती है? वह कहने लगा कि आप जब यहाँ ज़्यादा रहेंगे तो आपको पता चल जाएगा।

यह सुनते ही मुझे ध्यान आया कि पाँच बज चुके हैं और मुझे अभी क़रीब आठ-नौ किलोमीटर का फ़ासला पैदल तय करना है, अपने गेस्ट हाउस पहुँचने के लिए। और जैसा डरपोक मैं हूँ, रात को अकेले इस जंगल में चलना, इस विचार से ही मेरी रूह काँप गई थी। पता नहीं कैसे चाय वाले ने मेरा डर सूँघ लिया और उन्होंने कहा कि आप इनके साथ वहाँ तक जा सकते हैं। यह उसी गाँव में रहते हैं जहाँ आपका गेस्ट हाउस है। मैंने तुरंत हाँ कह दिया। बैग अपने कंधे पर टाँगा और इंतज़ार करने लगा कि वह बूढ़ा आदमी उठेगा। पर वह वहीं बैठा रहा। उसने एक चाय माँगी। मैंने घड़ी की तरफ़ एक बार देखा। मैंने महसूस किया कि उसने मेरी तरफ़ बस एक बार, सरसरी निगाह से देखा था, वह भी जब वह इस चाय की दुकान में आया था। उसके बाद से या तो वह उस चाय वाले से बात कर रहा था या वह शून्य में कहीं देख रहा था। एक पर्यटक होने के नाते, यह हमेशा अपेक्षित रहता है कि लोग लगातार अपको देखें, आपसे बात करने के बहाने ढूँढ़ें और बहुत जल्द आपको इसकी आदत भी पड़ जाती है। पर यह बुज़ुर्गवार थे कि इस चाय की दुकान में मेरा होना ही मानो टाल गए थे। मुझे हल्का-सा

ग़ुस्सा आने लगा। यह बिलकुल वैसा ही ग़ुस्सा था जैसा ग़ुस्सा मैंने पहली बार शेर को देखते हुए महसूस किया था। वह पिंजरे में था और मैं उसके एकदम सामने खड़ा था पर उसका व्यवहार कुछ ऐसा था कि मानो मैं वहाँ नहीं हूँ या मैं पारदर्शी हूँ। मैं उस शेर के सामने चिल्लाने लगा। अजीब-सी हरकतें करने लगा पर उसके कानों में जूँ तक नहीं रेंगी। मेरे दोस्त कहते हैं कि उस वक़्त मैं शेर के सामने बंदर जैसा लग रहा था।

जब वह बुजुर्गवार चाय पीने लगे तो मैंने अपना बैग उतारकर रख दिया। थोड़ा-सा ग़ुस्से में रखा ताकि उन्हें पता चले कि मैं उनका इंतज़ार कर रहा हूँ। मैंने ज़्यादा ग़ुस्सा नहीं किया, क्योंकि यहाँ मैं बंदर होने से बचना चाह रहा था। मैंने एक चाय और माँग ली। जिसपर उस दुकान की मालकिन ने मुझे ज़्यादा चाय न पीने पर एक लेक्चर सुना दिया। मैं उठकर उस चाय की दुकान के बाहर आ गया। चाय ख़त्म की और अपने और उन महाशय के चाय के पैसे दिए। इस बात पर उन्होंने सिर्फ़ मुझे एक बार देखा, मुस्कुराए भी नहीं। धन्यवाद देना तो दूर की बात है।

ख़ैर, क़रीब आधे घंटे बाद हम दोनों वहाँ से निकले। साढ़े पाँच बज चुके थे। सूरज का दिखना बंद हो चुका था। वह बुजुर्गवार आगे चल रहे थे और मैं उनके पीछे था। इस बीच मैंने उनका नाम पूछा। क़रीब तीन बार पर उन्होंने कोई जवाब नहीं दिया तो मैं चुपचाप चलता रहा। थोड़ी ही देर में अँधेरा बढ़ने लगा था। मैंने अपनी टॉर्च अपने बैग से निकाली। कुछ देर उसे हाथ में ही रखा। फिर धीरे से जलाकर देखा कि ठीक से काम कर रही है कि नहीं। मेरे टार्च जलाते ही वह बोले, "टॉर्च वापिस अंदर रख दो।" मैंने कहा, "अँधेरा बहुत है, रास्ता नहीं दिखेगा।" वह चुप रहे। मैं टॉर्च तो बंद कर चुका था पर कोई जवाब न मिलने के कारण मैंने उसे अपने बैग में नहीं डाला, उसे अपने हाथों में ही दबाए रखा। फिर वह धीरे से बोले, "यहाँ टॉर्च की ज़रूरत नहीं पड़ती, उसे अंदर रख लो। वह हाथ में रहेगी तो जलाने का लालच बना रहेगा।" उनकी आवाज़ रात होने के साथ-साथ भारी होती जा रही थी। एक आश्चर्य की बात लगी कि उनकी हिंदी क़तई पहाड़ीपन लिए हुए नहीं थी। वह एकदम साफ़ हिंदी बोल रहे थे। मैंने टॉर्च अंदर रख दी। सोचा अगर अकेले चल रहा होता तो टॉर्च के बाद भी यह अँधेरा सहन

नहीं होता, इनके साथ चलने में कम-से-कम डर तो कम ही लगेगा।

दिन में यही जंगल, जो मुझे इतना ख़ूबसूरत लगता है कि मैं घंटों यहाँ अकेला टहल सकता हूँ वही जंगल, रात होते ही मानो एक भयानक भूत या पता नहीं किसमें तब्दील हो जाता है। ओह हो! मैं यह सब सोच ही क्यों रहा हूँ! मैं अपने-आपको कोसने लगा। तभी ऊपर पहाड़ पर किसी की आहट हुई। ऊपर की तरफ़ देखने की मेरी हिम्मत नहीं हुई। मैंने दो-तीन क़दम तेज़ रखे और उन बुजुर्गवार के ठीक बग़ल में चलने लगा। लगभग चिपके हुए। मैं कुछ कहना नहीं चाह रहा था पर एक अजीब से सुर में मेरे मुँह से निकला, "कितनी देर लगेगी गाँव तक पहुँचने में?"

रात अचानक हो गई। मानो किसी ने बटन दबाकर बल्ब बंद कर दिया हो। सच कहूँ, ठीक इस वक़्त मुझे किसी से भी डर नहीं लग रहा था। न ही इस जंगल से, न रात से, न अगल-बग़ल में आ रही अजीब-सी आवाज़ों से। मुझे इस वक़्त डर लग रहा था तो सिर्फ़ इन बुज़ुर्गवार से, जो मेरी बातों का जवाब ही नहीं दे रहे थे। अरे! कह देते उस चाय की दुकान पर ही कि हम रास्ते में कोई बात नहीं करेंगे तो मैं भी समझ जाता कि भाई, इन्हें चलते हुए बात करना ठीक नहीं लगता है। पर उनकी यह चुप्पी मुझे बुरी तरह डराए जा रही थी। मैं थोड़ा उनसे दूर होकर चलने लगा। एक निगाह, पूरा अँधेरा छान रही थी तो दूसरी निगाह उनपर लगी हुई थी। उनकी चुप्पी इस रात में एक ऐसा डरावना सन्नाटा पैदा कर रही थी कि वह बर्दाश्त नहीं हो रहा था। मुझे इतना डर लगने लगा कि मैं अजीब-अजीब-सी कल्पना करने लगा कि मानो यह बुज़ुर्गवार अभी पलटकर मुझसे कहेंगे कि बस मैं तो इसी पेड़ पर रहता हूँ, अब तुम अकेले जाओ और अचानक उछलकर पेड़ पर चले जाएँ या अजीब-सी आवाज़ में हँसना शुरू कर दें। मेरा दम दो सेकेंड में निकल जाएगा। मैंने धीरे से उनके पैर देखे। ख़ुशी हुई कि वह सीधे हैं। हाँ, मैं जानता हूँ यह सब बहुत बचकाना है पर ठीक इस वक़्त अगर मेरी जगह कोई भी होता और वह भी मेरी तरह डरपोक, तो वह भी यही सब सोच रहा होता। बहुत दूर एक बल्ब की रोशनी थी जो मोड़ों पर ग़ायब हो जाती थी और फिर कुछ देर में वापिस आ जाती थी। पर उस बल्ब की रोशनी की दूरी कम नहीं हो रही थी। अचानक मुझे लगने लगा कि यह

आदमी मुझे यहीं गोल–गोल घुमा रहा था। रास्ता ख़त्म होने का नाम ही नहीं ले रहा था। दिन में मुझे इतना वक़्त तो नहीं लगा था! मैंने हिम्मत करके फिर पूछा, "कितनी दूरी और है?" इस सन्नाटे में मुझे मेरी ही आवाज़ इतनी ज़्यादा लगी कि आधा वाक्य मैं डर के मारे अपने मुँह में ही बोल गया। आप यक़ीन नहीं करेंगे वह तब भी चुप ही रहे। एक भीतर से इच्छा हुई कि अभी दौड़ लगाना शुरू कर दूँ। पर मैं चुपचाप उनके पीछे–पीछे चलता रहा। अब मेरी निगाह पूरी तरह उनके ऊपर थी। अगल–बग़ल के अँधेरे से अब मुझे कोई मतलब नहीं था।

मैंने इस बार गला साफ़ करके, अपने पूरे डरे हुए आत्मविश्वास को समेटते हुए पूछा, "अरे साहब! कितना समय और लगेगा?" इस बार उन्होंने मेरी तरफ़ एक बार देखा। शायद मेरे प्राण–पखेरू के अभी पंख नहीं निकले थे, वर्ना वह अभी, इसी वक़्त उड़ चुका होता। मैंने ख़ुद डर के मारे अपनी निगाह हटा ली। वापिस पलटकर देखा तो वह अपनी गति से चल रहे थे। आगे, अँधेरे में शून्य की तरफ़ देखते हुए। मेरी अब जान ही सूखती जा रही थी या तो वह कुछ बोलें या मैं अभी इसी वक़्त अपने प्राण त्याग दूँगा। उनके हाथ में एक डंडा था पर वह उसे टिकाकर नहीं चल रहे थे। वह बस उनके हाथ में था। चाल भी ऐसी कि चलने की आहट भी नहीं हो रही थी। भीतर एक इच्छा तीव्रता से उठने लगी कि उनका डंडा छीनकर उन्हीं के सिर पर दे मारूँ और दौड़ लगा दूँ।

तभी एक आवाज़ आई। यह उन्हीं की आवाज़ थी, "तुम कुछ सुन रहे हो?" मैं समझ ही नहीं पाया, "जी?" बस मेरे मुँह से इतना ही निकला। वह भी इसलिए कि कहीं वह यह बोलकर फिर चुप न हो जाएँ। "ये छोटी–छोटी आवाज़ें? यह लय? तुम्हें सुनाई नहीं दे रहीं? इसी को रात का होना कहते हैं।" मैं चुप था। उनके बोलने में एक अजीब–सा संगीत था। "गाँव बस आने ही वाला है।" वह धीरे से बोले और थोड़ी दूर तक शांत रहे। मेरे पीछे से जैसे कोई मेरे डर को खींचे जा रहा था, "गाँव बस आने ही वाला है।" यह वाक्य सांत्वना पुरस्कार की तरह काम कर गया, मेरा आधा डर जाता रहा। मैं उनके बारे में अब बहुत बुरा भी नहीं सोच रहा था। तभी वह रुक गए। बिना मुझे कुछ बताए सड़क से नीचे की तरफ़ उतर गए।

मुझे फिर लगने लगा कि वह एक पेड़ के ऊपर चढ़ने वाले हैं। मैं सड़क पर, अँधेरे में एकदम अकेला खड़ा था। मैंने धीरे से आवाज़ लगाई, "अरे साहब, कहाँ चल दिए? सुनिए..." कुछ और भी संबोधन जैसे शब्दों को जोड़कर, कुछ टूटे-फूटे वाक्य बोलने के बाद, मैं चुप हो गया। मेरा आधा डर जो पीछे कहीं छूट गया था वह वापिस मुझसे आ चिपका। मैं अपने चारों तरफ़ देखने लगा। धीरे से बैग में हाथ गया और मैंने टटोलकर अपनी टॉर्च निकाल ली। मैं उसे जलाने ही वाला था कि मुझे उनकी पेशाब करने की आवाज़ आने लगी। मैंने टॉर्च नहीं जलाई। मैं थोड़ी उनकी ओर जाकर खड़ा हो गया। पेशाब की आवाज़ आनी बंद हो गई पर वह ऊपर नहीं आए। मैंने थोड़ा निगाह गड़ाकर देखने की कोशिश की जिस तरफ़ वह गए थे पर मुझे कोई नहीं दिखा। मैंने अपनी टॉर्च जला ली और नीचे की तरफ़ देखा पर वह कहीं भी दिखाई नहीं दिए। टॉर्च की रोशनी इस अँधेरे को और भी भयानक बना रही थी। मैंने आवाज़ लगाई, "ददा। दाजू। भाई साहब। आप ठीक तो हैं?" तभी सड़क के आगे से आवाज़ आई, "चलो, वहाँ क्यों खड़े हो?" अरे! वह आगे कब निकल गए? मैंने उनपर टॉर्च मारी तो अजीब-सा महसूस होने लगा। वह दूर खड़े टॉर्च की रोशनी में और भी भयानक लग रहे थे, उनके पास जाने की मेरी हिम्मत नहीं हुई। मैंने टॉर्च को बंद कर दिया। तेज़ क़दमों से उनकी तरफ़ चलने लगा। वह मुझे देखे जा रहे थे। जैसे-जैसे मैं उनके पास पहुँच रहा था, मुझे लगा मानो वह कुछ करने वाले हैं पता नहीं, पर उनकी आँखों में मुझे एक शेर की तैयारी दिखी। जब वह शिकार करने के पहले एक आख़िरी बार अपने शिकार को पैनी निगाह से देखता है। मैं चलते-चलते काँप रहा था। सो, मैंने दौड़ना शुरू कर दिया। सीधे उनकी ही तरफ़। वह सामने से हटे नहीं, मैंने भागते हुए उन्हें ज़ोर से टक्कर मारी। वह बुज़ुर्गवार नीचे गिर गए। मैंने दौड़ना बंद नहीं किया। मैं भागता रहा जब तक कि मेरा गेस्ट हाउस नहीं आ गया। यह सब कुछ इतना जल्दी हुआ कि मैं जब अपने कमरे में सोने की तैयारी करने लगा तब मुझे अचानक उन बुज़ुर्गवार की चिंता होने लगी। रात काफ़ी देर तक जागता रहा पर रूम से निकलने की हिम्मत नहीं हुई, सोचा सुबह उठते ही पता करूँगा।

सुबह उठते ही मैं सीधा उस जगह पहुँचा। मैं वहाँ पहुँचते ही अपने-आपको कोसने लगा। इस ख़ूबसूरती से मैं गई रात डर रहा था? लानत है मुझ पर। उन्हें ढूँढ़ने की कोशिश की पर वह कहीं भी नहीं दिखे फिर वापिस मैं गाँव लौट आया। अंदर गेस्ट हाउस में जाने की इच्छा नहीं थी, सो बाहर ही एक चाय की दुकान पर बैठा चाय पीने लगा। अभी मुझे यहाँ क़रीब दस दिन और रहना था। मैं पेपर पढ़ने लगा। तभी मेरे सामने से एक आदमी, छोटे से बच्चे को साथ में लिए गुज़र रहा था और मेरे आश्चर्य का ठिकाना नहीं रहा, यह तो वही बुज़ुर्गवार थे। उन्होंने मेरी तरफ़ देखा और थोड़ी ही देर में निगाह फेरते हुए सीधे जाने लगे। मैं उनसे माफ़ी माँगना चाह रहा था। मैंने उन्हें आवाज़ लगाई एक बार, दो बार, पर वह नहीं मुड़े। अलबत्ता, उनके साथ चल रहे बच्चे ने एक बार पलटकर मेरी तरफ़ देख लिया। तभी चाय वाले ने मुझे बताया, ''वह द्येउनदा हैं। मैं द्येउनदा के नाम से चिल्लाने लगा, तो उस चाय वाले ने मुझे टोकते हुए कहा कि वह तो बहरे हैं। उन्हें सुनाई नहीं देता। पर मैंने चाय वाले से कहा कि रात में तो वह मेरे साथ थे। मुझे नहीं लगा कि वह सुन नहीं सकते हैं। मैंने उस बहस में ज़्यादा समय नहीं बर्बाद किया। मैं एक बहुत बड़े गिल्ट से मरा जा रहा था। मैंने अपनी चाय वहीं छोड़ी और मैं भागता हुआ उनके पास पहुँचा। जब मैं उनके सामने जाकर खड़ा हुआ, तो वह रुक गए। मैंने इशारे से उनसे माफ़ी माँगी पर वह मुझे आश्चर्य से देखते रहे। जैसे उन्हें कुछ भी याद नहीं हो। मैंने उनके पैर पकड़ लिए और बग़ल की दुक़ान से बहुत सारी टॉफ़ियाँ ख़रीदकर, उस बच्चे के हाथ में भर दीं और वापिस उनके सामने खड़ा हो गया। मैं उनके सामने से हटा नहीं। मैं माफ़ी चाह रहा था। तभी, पहले उनकी आँखें, फिर उनके होंठों पर एक हल्की-सी मुस्कान आ गई। मानो उतनी देर में उन्होंने बीती हुई रात, मेरी आँखों में पढ़ ली। उनके मुस्कुराते ही मैंने एक गहरी साँस ली और उनके सामने से हट गया। वह उस बच्चे के साथ आगे चल दिए।

शक्कर के पाँच दाने

अब मैं एक तरी.के से मुस्कुराता हूँ
और एक तरी.के से हँस देता हूँ
जी हाँ मैंने ज़िंदा रहना सीख लिया है
अब जो जैसा दिखता है, मैं उसे वैसा ही देखता हूँ
जो नहीं दिखता वो मेरे लिए है ही नहीं
अब मुझे कोई .फ.र्क नहीं पड़ता
मैं एक सफल मध्यमवर्गीय रास्ता हूँ
रोज़ घर से जाता हूँ, रोज़ घर को आता हूँ
अब मुझ पर कुछ असर नहीं होता
या यूँ समझ लीजिए मेरी जीभ का स्वाद छिन गया है।

अब मुझे हर चीज़ एक जैसी स.फ़ेद दिखती है।
अब मुझे कुछ पता नहीं होता

पर सब जानता हूँ
का भाव मैं अपने चेहरे पर ले आता हूँ।
हर क़िस्से पर हँसना, आह भरना मैं जानता हूँ
अब मैं ख़ुश हूँ- नहीं, नहीं ख़ुश नहीं अब मैं सुखी हूँ- सुखी
क्योंकि अब मैं बस ज़िंदा रहना चाहता हूँ।
अब न तो मैं उड़ता हूँ, न बहता हूँ, मैं रुक गया हूँ।
आप चाहे कुछ भी समझें, मैं अब तटस्थ हो गया हूँ
अब मैं यथार्थ हूँ, यथार्थ-सा हूँ
''मुझे अपनी कल्पना की गोद में सर रखकर सो जाने दो
मैं उस संसार को देखना चाहता हूँ, जिसका यह संसार प्रतिबिंब है''
अब यह सब बेमानी लगता है। अब तो मेरा यथार्थ
मेरी ही पुरानी कल्पनाओं पर हँसता है।
अरे हाँ, आजकल मैं भी बहुत हँसता हूँ
कभी-कभी लगता है यह हँसना बीमारी है
पर यह सोचकर फिर हँसी आ जाती है
अब सब चीज़ जिस जगह पर होनी चाहिए उस जगह पर है
यह सब काफ़ी अच्छा लगता है
अच्छा नहीं ठीक— हाँ— ठीक लगता है।
पर... एक परेशानी है, अजीब-सी अधूरी... क्या बताऊँ
आजकल मुझे रोना नहीं आता, अजीब लगता है ना
मुझे अब सुख या दुख से कोई, फ़र्क़ नहीं पड़ता
क्योंकि वे जब भी आते हैं
एक झुँझलाहट या एक हँसी से तृप्त हो जाते हैं
अजीब बात है ना!
नहीं-नहीं... यह अजीब बात नहीं है
यह एक अजीब एहसास है
जैसाकि आप मर चुके हों और कोई यक़ीन न करे
रोज़ की तरह लोग आपसे बातें करें,
चाय पिलाएँ, आपके साथ घूमने जाएँ

और सिर्फ़ आपको यह पता हो कि आप अब ज़िंदा नहीं हैं
मैं जानता हूँ, यह एक रुला देने वाला एहसास है
पर आप आश्चर्य करेंगे।
फिर भी, मुझे आजकल रोना नहीं आता है।

.........नहीं नहीं नहीं, यह कविता मैंने नहीं लिखी। अपने बस की बात है ही नहीं मतलब ऐसे भारी शब्दों को एक-दूसरे से लड़ाना, उनकी आपस में कुश्ती कराना और उस भीषण हिंसा से किसी एक बात को बाहर निकालना। यह अपने-आप में आश्चर्य है। मुझे तो पढ़ने और सुनने में ही पसीना आ जाता है। क्योंकि भाई मेरे लिए कुश्ती और कविता में कोई ख़ास अंतर नहीं है। मुझे तो आज तक यह समझ में नहीं आया कि कुश्ती क्यों लड़ी जाती है और कविता क्यों लिखी जाती है। मैंने जब पुंडलीक से पूछा कि यह कैसे होता है? तो उसने जवाब दिया कि कुश्ती दरअसल बाहर से लड़ी जाती है और कविता अपने भीतर से लड़कर लिखी जाती है। मुझे उसकी बात कुछ समझ में नहीं आई और मेरे मुँह से बस 'हं' निकला। पुंडलीक समझ गया। उसने कहा राजकुमार समस्या यह नहीं है कि तुम नासमझ हो। समस्या यह है कि तुममें समझ की काफ़ी कमी है।

अरे बातों-बातों में मैं अपना खेल खेलना तो भूल ही गया। मैं चाहे कितना भी ज़रूरी काम कर रहा होऊँ अपना यह खेल खेले बिना आगे नहीं बढ़ पाता। इस खेल के बारे में मैं बाद में आपको बताऊँगा। पहले खेल लूँ!

आह! खेल ख़तम!

समस्या- मैं समस्या के पहाड़ पर घूम रहा हूँ। क्या भाई क्या... समस्या क्या है? यही तो समस्या है... समस्या जब आती है तो अपने साथ अपना हल भी लाती है और हल के चलते ही समस्या फिर उग आती है। कहते हैं जिसके जीवन में समस्या नहीं उसने समझो जीवन जिया ही नहीं। इसका मतलब मैंने अभी तक जीवन जिया ही नहीं था। क्योंकि मेरे जीवन में कोई समस्या कभी रही नहीं। जबकि समस्या- इस शब्द को मैं बहुत पसंद करता हूँ और हमेशा चाहता था कि मैं समस्याओं से घिरा रहूँ। चारों तरफ़

समस्याओं के पहाड़ हों जिनको चीरता हुआ मैं उन्हें पार कर सकूँ। पर मेरी ऐसी क़िस्मत कहाँ कि मुझे कोई समस्या नसीब हो! कुछ दिक़्क़तें आईं पर आप उसे समस्या जैसा ख़ूबसूरत शब्द नहीं दे सकते। पर आजकल मैं बहुत ख़ुश हूँ, क्योंकि एक चिट्ठी के रूप में पहली बार मेरे पास वह चीज़ आई हैं जिसे मैं समस्या कह सकता हूँ। आज मैं वे सारे वाक्य बोल सकता हूँ, जो मैं हमेशा से बोलना चाहता था, पर थोड़ा गंभीर होकर- "मैं आज... वैसे यह गंभीर शब्द भी मुझे बहुत पसंद है। गंभीर क्या शब्द है... नहीं... पर पहले समस्या। आज मैं समस्या में हूँ, दुखी हूँ, क्योंकि आज मैं एक भयानक समस्या से घिरा हूँ। क्या होगा मेरा? कहीं मैं आत्महत्या करने की तो नहीं सोच रहा हूँ? ओह यह समस्या है! कहाँ है मेरा चाकू?"

...हो गया।

अब समस्या, नहीं, नहीं, समस्या को अभी जाने दो। आपको मेरी समस्या अभी समझ में नहीं आएगी। आप कहेंगे यह भी कोई समस्या हैं? पर भैया मेरे लिए समस्या है। इसलिए अभी समस्या नहीं पहले पहली वाली बात। लड़नेवाली। आजकल मैं लड़ रहा हूँ। मैं अभी भी लड़ रहा हूँ। पिछले कई दिनों से लड़ रहा हूँ। तो मुझे समझ में आया यह लड़ना मतलब अपने से लड़ना हो तो मैं बहुत पहले शुरू कर चुका हूँ। असल में मैंने लड़ना तब शुरू किया था जब मेरी अक़ल दाढ़ निकली थी। वैसे तो अक़ल दाढ़ जिस उम्र में निकलनी चाहिए मेरी समझो कि यह दस साल बाद ही निकली। उसी वक़्त मुझे समझ में आने लगा मैं एक ऐसा व्यक्ति हूँ जिसे कम ही लोग पसंद करते हैं। कम यानी दो-चार लोग ही। उनमें से एक है मेरी माँ। क्योंकि उसको मुझे डाँटने और मुझ पर खीजने की ऐसी आदत पड़ी है कि वह मेरे बग़ैर रह ही नहीं सकती। मैं जब भी कुछ करता हूँ, मतलब कुछ काम... उसके बाद मैं तैयार हो जाता हूँ, माँ के अजीब से चेहरे की बनावट देखने को, वो झुर्रीदार चेहरे पर और गाढ़ी होती झुर्रियाँ और हाथ ऊपर करके अपने छोटे क़द को विकराल दिखाने जैसे सारे माँ के नृत्यों का मैं आदि हो चुका हूँ। हम दोनों एक-दूसरे को बहुत पसंद करते हैं।

वैसे मैं एक मामूली क़द का आदमी हूँ। पर चाहूँ तो थोड़ा लंबा दिख

सकता हूँ, थोड़े कसे हुए कपड़े और रघु के हील वाले जूते पहनकर। कुछ लोग कहते हैं कि मैं रघु के जूते और लाल वाली चुस्त टी शर्ट पहनकर जब निकलता हूँ तो ठीक ही दिखता हूँ। मैं हमेशा हर काम ठीक ही करता हूँ, और यह सब जानते हैं। जब स्कूल में रिजल्ट आता था तो माँ से पूछो तो कहती थी हाँ ठीक ही रहा उसका रिजल्ट। मैं ठीक-ठाक पैदा हुआ। ठीक-ठाक पला-बढ़ा। असल में मैं हमेशा एक बिंदु पर रहता हूँ, जो अच्छे और बुरे के एकदम ठीक बीच में होता है। जिसे आप शून्य और मैं ठीक कहता हूँ। एक बार तो स्कूल की क्रिकेट टीम के चयन के लिए मुझे टीम में ले या न ले इस पर दो घंटे की बहस हुई। पर पहली बार मैंने अपने-आपको महत्वपूर्ण समझा। बहस में आधे लोग कह रहे थे कि इसे ले सकते हैं यह बुरा नहीं खेलता। आधे लोग कह रहे थे कि इसे न लें क्योंकि यह अच्छा भी नहीं खेलता। मैंने अंत में जवाब दिया- सर, सर, मैं ठीक ही खेलता हूँ। किसी के समझ में नहीं आया। अरे! उनको शब्द नहीं मिल रहा था कि मैं कैसा खेलता हूँ। जब मैंने बताया कि वो शब्द ठीक है- मैं ठीक ही खेलता हूँ, तो सब मुझ पर बरस पड़े, कहने लगे ठीक क्या होता है- ठीक क्या होता है- ठीक कुछ नहीं होता है। तब से आज तक मैंने सिर्फ़ क्रिकेट खेलते हुए ही लोगों को दखा है। मेरे शरीर को देखकर बड़े-से-बड़ा आदमी धोखा खा सकता है। कई तो यह भी सोचते होंगे कि यह तो दौड़ भी नहीं सकता। तब मैं सबको आश्चर्य में डाल देता हूँ- जब कोई भी खेल चाहे वह नया हो या पुराना- मैं ठीक खेलकर दिखा देता हूँ। पर समस्या यहीं से शुरू होती है। मैं उस बिंदु के आगे बढ़ ही नहीं पाता हूँ। मैं पहले दिन ही ठीक पर पहुँच जाता हूँ और सालों खेलने के बाद भी ठीक पर ही रहता हूँ।

माँ बताती हैं कि जब मैं छोटा था तो बहुत मोटा था। लोग कहते थे कि पैदा होते ही अपने बाप को खा गया इसलिए मोटा है। मुझे जब भी यह बात याद आती है तो मैं बहुत हँसता हूँ। अपने बाप को खालूँ- गपर... गपर... और हुप्प... मोटा हो जाऊँ... फिर अचानक मैं दुबला होता गया। उसका कारण भी माँ बताती हैं। छोटे में मैंने रिन साबुन खा लिया था- बिस्कुट समझकर। चाट गया था... चप्पड़... चप्पड़... जब थोड़ी ही दूर चला था और धप्प गिर पड़ा, तब माँ की समझ में आया कि मैं बेहोश हो गया हूँ।

माँ बताती हैं, उसी समय उन्होंने मदर इंडिया फ़िल्म देखी थी। उन्होंने मुझे गोद में उठाया और अस्पताल की ओर भाग ली। मैंने मदर इंडिया फ़िल्म नहीं देखी पर माँ भागी क्यों? असल में मेरी माँ, माँ की भूमिका एक बार जी भरकर निभाना चाहती थीं, सो उन्होंने निभाई। डेढ़ किलोमीटर मुझ जैसे ताजे-मोटे बच्चे को लेकर भागना, माँ पसीने-पसीने हो गईं। डॉक्टर के पास पहुँची तो डॉक्टर ने माँ को डाँट दिया। डॉक्टर ने कहा- भागने की वजह से आपके बेटे ने जो रिन साबुन खाया था, वह अब झाग बनकर चारों तरफ़ से निकल रहा है। माँ बताती हैं कि डॉक्टर ने दो मग्गे पानी निकाला था पीठ में से। फिर डॉक्टर ने बताया कि एहतियात बरतना- बहुत कमज़ोर हो गया है। कई सालों तक इसका ख़्याल रखना होगा। जब तक दस साल का न हो जाए सर पर चोट नहीं आनी चाहिए- वग़ैरह।

शायद कपड़े धोने के साबुन से ही मेरी अक़्ल दाढ़ देर से निकली। अच्छा किसी को कैसे पता चलता है कि उसमें अक़्ल आ गई? क्योंकि यह कोई बल्ब तो है नहीं कि बटन दबाओ और कह दो कि अरे लाइट आ गई! अरे अक़्ल आ गई! कैसे पता चलता है? यह प्रश्न एक दिन पुंडलीक ने मुझसे पूछा। मुझे लगा वो मेरी अक़्ल देखना चाहता है। मैं डर गया। मैंने ज़्यादा सोचा नहीं, सोचता तो उसे लगता कि मेरे पास अक़्ल ही नहीं है। बस थोड़ी देर में मैंने कहा- अगर आपको पुराना किया चुतियापा लगने लगे ना, तो समझो आपको अक़्ल आ गई। वो हँस दिया। मुझे लगा मैंने कुछ ग़लत कहा। मैंने जल्दी में आगे जोड़ दिया- और उसका एहसास आपको दाढ़ के यहाँ कहीं पीछे कोने में होता है- ओह! मैंने अपने जीवन में इतना शर्मनाक पहले कभी महसूस नहीं किया था। पर वो हँसा - और हँसा... इतना हँसा कि मैं पसीने-पसीने हो गया और फिर उसने अपना जवाब सुनाया- बाप रे बाप! क्या जवाब था! एक-एक शब्द पहलवान का घूँसा था जो मेरे मूर्ख दिमाग़ पर पड़ रहा था- धम धम धम।

वह क़रीब दो घंटे लगातार बोलता रहा। अब मैं दो घंटे तो नहीं बोल सकता सो मैं आपको मुख्य बातें बता देता हूँ, जो उसने कही थी-

फूल ने जुम्बिश को तेरी
तेरी-मेरी यही कहानी

समझ कि भँवरा आया
समझ कि दाढ़ में था दर्द
दाँत से हाथ निकलते ही
दर्द के मारे पैर बजे
छन छन छन छन छन
छन छन छन छन छन
लेकिन तेरे दिल ने मेरे
साइकिल के पहिये पर बैठा
पहिया पंक्चर, अक़ल सिकंदर
घुटना दिमाग़ जब भी चलता
पंखे-सी आवाज़ें करता
खर खर खर खर खर
धरती का बोझ
मेंढ़क का नाती
ओस की बूँद
हाथी का दाँत
अक़ल की दाढ़
मुँह का निवाला
रात का चाँद
सुबह का सूरज
जैसा निकला,
सारी-की-सारी चिड़ियाँ
फर फर फर फर फर
फर फर फर फर फर

उस दिन पुंडलीक मेरे सामने से कब उठा, कब रात हुई, कब सुबह हुई मुझे कुछ पता नहीं चला। अब मेरी ज़िंदगी का एक ही उद्‌देश्य रह गया था कि पुंडलीक को कुछ ऐसा कह दूँ कि वह हतप्रभ रह जाए। मैं उसके माथे पर पसीना देखना चाहता था।

वैसे पुंडलीक भी अजीब आदमी था वह अपना जन्मदिन नहीं मनाता था। कहता था मैं पैदा नहीं प्रकट हुआ हूँ। मेरे लिए वह प्रकट ही हुआ था। वह मेरी माँ का भाई था और एक दिन अचानक मेरे घर रहने आ गया। मुझे विश्वास ही नहीं हुआ। अरे मैं इतने सालों से अपनी माँ को जानता हूँ। क्या मेरे अलावा भी माँ का कोई अपना हो सकता हैं ? पता नहीं ? वह अपने को महान कवि कहता था और मुझे महान श्रोता, क्योकि मैं अकेला ही था पर मैं बहुत ख़ुश था क्योंकि उसने जब मुझे अपनी पहली कविता सुनाई, तब से ही उसका तो पता नहीं पर मैं महान होता गया। पर कवि और श्रोता का हमारा संबंध थोड़ा उल्टा था, हर कविता सुनाने के बाद पुंडलीक मेरी तारीफ़ करने लगता था। क्योंकि उसको मेरे चेहरे का हतप्रभ भाव बहुत पसंद था। मेरे पास तो वैसे भी भावों की काफ़ी कमी थी। पर यह एक ऐसा भाव था जिसे मैं पुंड़लिक के सामने सबसे ज़्यादा चिपका देता था। क्योंकि उसकी सौ में से नब्बे बातें मेरी समझ में आती नहीं थीं और जो थोड़ी-बहुत समझ में आती थीं, उसे बोलने में मैं डर जाता था।

पुंडलीक वैसे तो कई बार मेरे सामने रोया था। उसको कुछ दुख था, पता नहीं क्या, पर कुछ था। लेकिन जब भी वह मेरे सामने रोता था ना, तो मुझे बड़ी हँसी आती थी। मुझे लगता था कि पुंडलीक को अपना रोना बहुत शर्मनाक लगता है। वह अपने रोने को अजीब तरीक़े से दबाता था। पूरे शरीर को विशेष मुद्रा में कड़क करके अपने मुँह को बंदरों जैसा बिचकाता रहता था और एक अजीब-सी तीखी आवाज़ निकालता था... ई... ई... ई... वह अपनी माँ को बहुत चाहता था। कहता था मैं अंत तक उसके साथ रहा। मेरी माँ शायद अपनी माँ को नहीं चाहती थी। पता नहीं, पर पुंडलीक ने मुझे ऐसा कहा था। माँ को चाहना- मैं आज तक नहीं समझ पाया कि माँ को चाहना क्या होता है। जब मैं मेरी माँ को देखता था तो वह तो मुझे एक सूखी लकड़ी के समान औरत दिखती थी जो चुपचाप घर में ढूँढ़-ढूँढ़कर काम निकालती थी। अजीब लगता है ना, कई सालों से एक ही घर में लगातार काम करते जाना! मुझे तो कभी-कभी लगता था कि यह घर, घर नहीं है- एक नाव है, जिसमें जगह-जगह पर गड्ढे हैं। मेरी माँ उस नाव के बीच में मग्गा लेकर बैठी हैं। जिससे वे लगातार पानी को बाहर फेंक रही हैं।

माँ से याद आया कि इस वक़्त अपना खेल खेल लूँ तो अच्छा होगा।

मेरे लिए अपना पसंदीदा खेल खेलना तब और ज़रूरी हो जाता है जब मैं सोचते-सोचते कहीं-से-कहीं पहुँच जाऊँ। पहले खेल फिर बाक़ी सब!

आह! खेल ख़तम!

पुंडलीक कहता था कि तेरी माँ बहुत आलसी है रे! अरे यह क्या कह दिया उसने। वह हमेशा ही ऐसा कुछ बोलकर चला जाता था। मैं सोचता रहता था। धीरे-धीरे मुझे समझ में आया। मदर इंडिया वाली घटना को छोड़कर मुझे लगा कि मेरी माँ सचमुच आलसी हैं। यह बात मेरे नामकरण से सिद्ध होती है। अब बोलिए उन्होंने मेरा नाम राजू रखा जो भारत में हर दूसरे आदमी का होता है। और ऊपर से स्कूल में दाख़िला दिलाते वक़्त माँ का वात्सल्य जागा और उन्होंने राजू को आगे बढ़ाकर राजकुमार कर दिया। गाँ बताती हैं कि दाख़िले का फ़ॉर्म भरते वक़्त स्कूल क्लर्क मेरी तरफ़ देखकर बहुत हँस रहा था। माँ को लगा दोष मेरी शकल का है। वैसे मेरे ख़्याल से हर आदमी को अपना नाम ख़ुद रखने की आज़ादी होनी चाहिए।

वैसे मेरी माँ बड़ी रहस्यमय थीं। इस बात का मेरे अलावा किसी को पता नहीं है। जब मेरी माँ अलमारी से अपना लाल रिबन निकालती थीं तब समझो कि समय हो गया और वे उस रिबन को पहनकर निकल जाती थीं। असल में उन्हें शौक़ था। अकेले फ़िल्म देखना बहुत अच्छा लगता था। कोई धार्मिक फ़िल्म नहीं, सारी रोमांस और मारधाड़ वाली। अब रोमांस का तो पता नहीं पर शायद मारधाड़ का काफ़ी असर पड़ गया था उनपर। क्योंकि उम्र के साथ-साथ उनका चेहरा मर्दाना होता जा रहा था। उनकी दाढ़ी-मूँछें निकलने लगी थीं और बात-बात में वे मुझे डाँटते वक़्त कहती थीं - कुत्ते! मैं तेरा ख़ून पी जाऊँगी।

तभी पुंडलीक ने मुझे एक किताब दी- 'मदर'- मैक्सिम गोर्की की। मेरे आश्चर्य का ठिकाना नहीं रहा। मुझे तो अभी तक लगता था कि सारी माँएँ किसी नियम के तहत एक जैसा बर्ताव करती हैं। पर यह- यह क्या था! पुंडलीक ने बताया कि यह कहानी सच्ची है। मैंने सोचा ऐसी माँ भी हो सकती है! मुझे याद आया, पुंडलीक ने मुझसे कहा था कि वो अपनी

माँ को बहुत चाहता था. अब बस मैं एक और माँ के बारे में जानना चाहता था- पुंडलीक की। मैंने पूछा- पुंडलीक, क्या तुम्हारी माँ भी गोर्की की मदर जैसी है। मुझे लगा पुंडलीक के अदंर एक ज्वालामुखी था जो मेरे इस प्रश्न के जाते ही फूट पड़ा। वह बोला, बोला, बोलता रहा। ऐसे-ऐसे उदाहरण देता रहा, ऐसे-ऐसे शब्दों के इस्तेमाल करता रहा कि कहानी मुझे रोचक लगने लगी। पर मेरी समझ में कुछ नहीं आया और मैंने उसी वक़्त अपने ब्रह्मास्त्र का इस्तेमाल कर दिया। हतप्रभ भाव। और यह देखकर वो कुछ धीमा हुआ और भारी आवाज़ में धीरे-धीरे बोला जो मुझे समझ में आने लगा। उसने कहा था- माँ के अंतिम दिनों में मैंने पढ़ना, लिखना घर से निकलना सब बंद कर दिया। मैं सिर्फ़ माँ के साथ रहता था। उन्हें गीता सुनाता था। सालों तक मैं घर से नहीं निकला। गीता सुनते-सुनते ही उनकी मृत्यु हो गई। वे अचानक मर गईं। मुझे बहुत अजीब लगा। मैं ख़ाली हो गया था। मुझे कुछ समझ में नहीं आया। तभी अचानक मेरी आँखों के सामने उनका मुस्कुराता हुआ चेहरा घूमने लगा और वो चेहरा पेड़ बन गया और मैंने पेड़ के नीचे बैठकर लिखना शुरू किया।

धूप चेहरा जला रही है
परछाईं जूता खा रही है
शरीर पानी फेंक रहा है
एक दरख़्त पास आ रहा है
उसकी आँचल में मैं पला हूँ
उसकी वात्सल्य की साँस पीकर
आज मैं भी हरा हूँ
आप विश्वास नहीं करेंगे
पर इस जंगल में एक पेड़ ने मुझे सींचा है
मैं इसे माँ कहता हूँ
जब रात शोर खा चुकी होती है
जब हमारी घबराहट नींद को रात से छोटा कर देती है
जब हमारी कायरता सपनों में दख़ल देने लगती है
तब माथे पर उसकी उँगलियाँ हरकत करती हैं

और मैं सो जाता हूँ

और वह सो गया..............

मैं अवाक्-सा बैठा रहा। अच्छा हुआ वह सो गया। क्योंकि मैं उसके सामने रोना नहीं चाहता था। मैं भागकर उसके कमरे से बाहर निकल आया और मुझे वह दिखी। सूखी-सी लकड़ी के समान औरत जिसका चेहरा मर्दाना होता जा रहा था, जो हाथ में मग्गा लिए पानी बाहर फेंक रही थी। मैं ऊपर-से-नीचे तक काँपने लगा। मुझे लगा पहली बार मुझे मेरी माँ दिखी। मैं तुरंत भाग के उसके गले लग गया और बरबस मेरे मुँह से निकल पड़ा- पेलागेया निलोबना माई मदर। चटाक! एक आवाज़ हुई। मेरा सिर घूमने लगा। कई दिनों तक उसके वात्सल्य से भरे हुए उँगलियों के निशान मैं अपने गालों पर महसूस करता रहा। पर इस घटना से मैं हारा नहीं। मैंने माँ को मदर कहना नहीं छोड़ा। यह अलग बात है कि मैं मदर मन में बोलता था और ऊपर से माँ बोलता था। मदर माँ मदर माँ... ऐसे। वैसे माँ और मेरे बीच सारे संवाद सालों पहले तय हो गए थे। किसी भी घटना का उन संवादों पर कुछ असर नहीं हुआ था।

पुंडलीक ने एक बार कहा था कि तुझमें और तेरे गाँव में कोई अंतर नहीं है। यह कहकर वो चल दिया। मेरी समझ में नहीं आया यह क्या कह दिया उसने ? मैं सोचता रहा। काफ़ी समय बाद मेरी समझ में आया यह तो सच है। दरअसल मेरा गाँव गाँव ही नहीं था और न ही पूरी तरह शहर था। यहाँ के लोग न तो बहुत अमीर थे और न ही भूखे मर रहे थे। यह इतना महत्वपूर्ण नहीं था कि देश के नक़्शे में इसका ज़िक्र हो और ऐसा भी नहीं है कि यह है ही नहीं। यहाँ के लोग कुछ करना नहीं चाहते, पर सभी अंत में कुछ-न-कुछ कर ही लेते हैं। यहाँ सब कुछ ठीक-ठीक चलता है। मेरी तरह - ठीक! पुंडलीक कहता है कि यह गाँव ऐसा लगता है कि छूटे हुए लोगों से बसा है। जैसे रेत का ट्रक चलते हुए काफ़ी रेत पीछे छोड़ जाता है ना, वैसे ही रेत के समान छूटे हुए लोग इकट्ठे होकर यह गाँव बन गए।

मेरा गाँव हाईवे और जंगल के ठीक बीच में था। पर मेरा घर हाईवे के किनारे था। सड़क के उस तरफ़ एक ढाबा था। जहाँ अजीब-सी शक्ल

के लोग हँसते और चिल्लाते हुए खाना खाते थे। लगता था कि आदमियों की आवाज़ें उनकी न होकर गाड़ियों की आवाज़ें हो गई हैं। वैसे मैं दिन में सड़क के उस तरफ़ कम ही जाता था। मेरा तो काम सुबह पाँच बजे का होता था। मैं असल में ट्रक के पीछे कुछ लिखने जाता था। मुझे बस इतना पता है कि ये सारे ट्रक पूरे देश में हर गाँव हर शहर में जगह-जगह जाते हैं। मैं ट्रकों के पीछे छोटे-छोटे अक्षरों में चॉक से कुछ लिख देता था। किसके लिए पता नहीं। पर मेरे लिए यह अंतरिक्ष में संदेश भेजने जैसा था। मुझे पूरा विश्वास था कोई राजू, राजकुमार, छोटू, बंटी, चिंटू, राकेश जैसा साधारण नाम वाला साधारण आदमी मेरी तरह सुबह पाँच बजे उठकर मेरा संदेश पढ़ रहा है। क्योंकि मेरा सारा लिखा हुआ मेरे पास कभी वापस नहीं आता था। इसका मतलब कोई है जो मेरी बातों को पढ़कर मिटा देता है जिससे कोई दूसरा न पढ़ सके। हमारी दोस्ती काफ़ी बढ़ गई थी। मैं अब अपनी सारी बातें उसे कह देता था पर संक्षेप में। घुमा-फिराकर चालाकी से। कहीं कोई दूसरा इसे पढ़कर हँसे ना और कहीं पुलिस घर पे आ गई तो- क्योंकि मैंने तो इसमें रघु, माँ, पुंडलीक राधे सभी की गोपनीय बातें लिख दी थी। लेकिन मैं बहुत चालाक था। पुलिस को कुछ पता नहीं चलता क्योंकि बहुत पहले मैंने ट्रक पर लिख दिया था। दोस्त अब से पुंडलीक = कवि, रघु = हीरो, राधे = गाँधी की लाठी, माँ = मग्गेवाली औरत।

वैसे पाँच बजे उठने के मेरे दो मक़सद होते थे। पहला ट्रक पर संदेश और दूसरा राधे से मुलाक़ात क्योंकि राधे रोज़ सुबह पाँच बजे मेरे घर के सामने आता था। उसका नाम राधे है भी कि नहीं यह भी मुझे मालूम नहीं। क्योंकि जब भी वो मुझे देखता था तो राधे-राधे कहता था और मैं भी जवाब में उसे राधे-राधे कहता था। असल में हम दोनों एक-दूसरे के लिए राधे थे। राधे को मैं सोने वाला बूढ़ा कहता था। क्योंकि वह सोना बीनने का काम करता था। असल में हमारे घर में दो सोने-चाँदी की छोटी-सी दुकानें थीं, जिनका किराया हमें मिलता था। राधे रोज़ अपनी छोटी-सी लोहे के दाँतवाली झाड़ू लेकर आता था और सोना बीनता था। सोना बीनते वक़्त वह एक सफ़ेद पोटली जैसा हो जाता था, जो मेरी आँखों के सामने लुढ़कती रहती थी। काम करते वक़्त वह एकदम चुप रहता था। सिर्फ़ उसकी साँस

लेने की आवाज़ मुझे सुनाई देती थी।

राधे को मैं सालों से जानता था। मुझे लगता था कि वह किसी एक उम्र पर अटक गया है। शायद उसके आगे बढ़ने की गुंजाइश ही नहीं होती। वह सालों से बूढ़ा था। मुझे विश्वास ही नहीं होता है कि राधे कभी बच्चा भी होगा। वह गाँव से बाहर एक ही बार गया था और वह उसकी पहली और अंतिम यात्रा थी। वह गाँधीजी को देखने, सिर्फ़ देखने साबरमती आश्रम गया था। यह उसके जीवन की एकमात्र उपलब्धि थी जिसे वह अब तक 50 से ज़्यादा बार सुना चुका है। हर बार जब वह गाँधीजी से मुलाक़ात की घटना सुनाता तो गाँधीजी हर कहानी में राधे से अलग-अलग बातें कहते- कई बार गाँधी जी ने सिर्फ़ नमस्ते कहा और राधे लौट आया। और कई बार राधे गाँधीजी के साथ खाना खा चुका है। कई बार गाँधीजी उससे कुछ कहना चाहते थे पर राधे को गाँव वापस आने की जल्दी थी। और एक बार तो गाँधीजी ने राधे से कहा कि राधे, मैं बहुत थक चुका हूँ। राधे, अब तुम गाँधी बन जाओ।

सोना बीनते वक़्त मैं राधे से कम ही बोलता था, पर एक बार मैंने कहा- राधे, तुम सोना क्यों बीनते हो, तो राधे ने जवाब दिया कि वह मरने के पहले एक बार वैष्णोदेवी माँ के दर्शन करना चाहता है। मैंने पूछा- कितने पैसे चाहिए तुम्हें वैष्णोदेवी जाने के लिए? उसने कहा- कम-से-कम हज़ार तो लगेंगे ही। मैंने कहा- तो तुम्हारे पास हज़ार रुपये नहीं हैं? राधे ने कहा- हैं ना!

अरे! यह क्या बात थी! मुझे बड़ा अजीब लगा। मैंने कहा- जब तुम माँ के दर्शन करना चाहते हो और तुम्हारे पास पैसे भी हैं तो जाते क्यों नहीं? राधे चुप हो गया। यह चुप्पी अजीब थी सो मैंने भी टोका नहीं। राधे ने धीरे से कहा- गाँधीजी से मिलने के कुछ समय बाद गाँधीजी की मृत्यु हो गई थी। तब मुझे बहुत दुख हुआ। हमारे गाँव में गाँधी पार्क और उनकी पत्थर की मूर्ति स्थापना हुई, मुझे लगा गाँधीजी ने ज़रूर मरते वक़्त कहा हो कि मेरी मूर्ति राधे के गाँव में जरूर लगाना। मैं घंटों उनकी मूर्ति के सामने खड़ा रहता था, गाँधीजी भी मेरी तरफ़ घंटों देखते रहते थे। मुझे लगा वे मुझसे कुछ कहना चाहते हैं। पर चूँकि पार्क में बहुत भीड़ होती है इसलिए

कुछ कह नहीं पा रहे हैं। फिर एक रात वे मेरे सपने में आए। असल में वे नहीं आए, उन्होंने ही मुझे अपने आश्रम में बुला लिया। मैंने देखा गाँधीजी और बहुत सारी भीड़ है। उन्होंने मुझे देखा और बोले- राधे! मैंने प्रणाम किया। उन्होंने मुझे सीने से लगा लिया और धीरे से कान में बोले- बेटा, मैं नहीं जा पाया पर तू एक बार वैष्णोदेवी जी चला जा। माँ से मिल आ। मैं दंग रह गया यह गाँधीजी मुझसे क्या कह रहे हैं! मैंने गाँधीजी की तरफ़ देखा तो देखता क्या हूँ, गाँधीजी कबूतर बन गए और उड़ने लगे। अचानक नींद खुल गई। सुबह होते ही मैं तुरंत गाँधीजी से मिलने गाँधी पार्क गया तो देखा वही कबूतर गाँधीजी के सिर पर बैठा है। सपना सच्चा था। एकदम सच्चा। उस वक़्त तक मैं एक बार ही गाँव के बाहर गया था सो बहुत डरा हुआ था। बहुत कोशिश की पर उस वक़्त मैं जा नहीं पाया और अब जाना भी नहीं चाहता, क्योंकि मैंने अपना पूरा जीवन चाहे जैसा भी हो एक ही आशा में जिया है कि एक दिन मैं वैष्णव देवी जाऊँगा। जरूर जाऊँगा और अब अगर मैं चला गया तो फिर मैं ये सारे दिन कैसे बिताऊँगा! जिस आशा में मैं जिया हूँ, वह आशा पलते-पलते बड़ी हो गई है मेरे बेटे जैसी। अब इस उम्र में मैं अपने बेटे की हत्या तो नहीं कर सकता ना!

हत्या से मुझे याद आया कि मैंने काफ़ी देर से अपना खेल नहीं खेला। मैं बस यूँ खेलूँगा और यूँ वापिस!

आह! खेल ख़त्म!

मुझे याद है कि गाँधीजी के बारे में मैंने अपने स्कूल में पढ़ा था। हमारे मा-साब, गाँव में टीचर को मा-साब कहते हैं, बड़े नीरस ढंग से गाँधीजी के बारे में बताते थे। न मा-साब को गाँधीजी के बारे में बताने में और न ही हमको गाँधीजी के बारे में सुनने में मज़ा आता था और मुझे तो बिल्कुल भी नहीं, क्योंकि तब तक मैं रघु के विशाल और चमकदार संसार में प्रवेश कर चुका था। रघु... रघु... रघु... रघु नहीं था, वह एक चमत्कार था। वह बहुत ख़ूबसूरत था। उससे सब डरते थे क्योंकि पहले तो उसके पिताजी पुलिस में थे जो तबादले की वजह से हमारे गाँव में आ गए और दूसरा पूरे गाँव में रघु ही था जो अंग्रेज़ी में थोड़ा-बहुत बोल लेता था। हमारे स्कूल के मा-साब भी उससे डरते थे। क्योंकि उसकी अंग्रेज़ी का हमारे हिंदी के मास्टरों

के पास कोई जवाब नहीं था। मेरे लिए रघु कक्षा 9 से कक्षा 11 तक कृष्ण था जिसकी बाँसुरी पर मेरे जैसी कई गायें रघु के आगे-पीछे मँडराती थीं। मेरे लिए वह हिरण, बब्बर शेर और घोड़े का अजीब मिश्रण था। वह हमेशा क्लास में लेट आता था और उसके आने के पहले वह नहीं उसकी आवाज़ आती थी। घोड़े जैसी टप... टप...टप... उसके हील वाले लंबे जूते थे। जैसे ही वह क्लास के दरवाजे पर प्रकट होता था तो उसके बब्बर शेर जैसे बालों को देखकर मा-साब अपनी कुर्सी छोड़ देते थे। वह एकदम चुस्त कपड़े पहनता था। वह बहुत अलग था। पूरा गाँव एक तरफ़ और रघु एक तरफ़। वह बहुत रंगीन था। और वह भारतीय नहीं किसी विदेशी भगवान को मानता था, जिसकी तस्वीर उसने अपने घर में चारों तरफ़ लगाकर रखी थी। बार-बार वह कहता था- वह भगवान है, वह भगवान है, वह भगवान है! एक बार वह कह रहा था कि उसके भगवान में वह फ़ुर्ती है कि वे जब सोने जाते हैं ना तो जैसे ही बटन बंद करते हैं तो बल्ब बाद में बुझता है पहले वे सो जाते हैं। एक दिन भीड़ में गाय जैसी आवाज़ निकालकर मैंने रघु से पूछा- रघु, कौन-सा धर्म चलाते हैं तुम्हारे भगवान? वह हँसा, बहुत हँसा। काफ़ी देर हँसने के बाद उसने अंग्रेज़ी में एक शब्द कहा, मेरी समझ में नहीं आया। मेरा और रघु का रिश्ता कृष्ण और उसकी गाय जैसा ही था। हम दोनों ने कभी सीधे एक-दूसरे से बात नहीं की थी। मेरी हिम्मत ही नहीं होती थी। मैंने अपने ट्रक वाले दोस्त से रघु के बारे में बहुत सारी लिखी थीं। मैं उस वक़्त घर सिर्फ़ सोने जाता था। खाना-पीना भूल चुका था। मैं बस, मैं बस रघु का पीछा किया करता था। उसके पास एक अजीब-सी ख़ूबसूरत लाल रंग की साइकिल थी। जब वह अपने हील वाले जूते और लाल चुस्त टी शर्ट पहनकर साइकिल चलाता था क्या दिखता था! मैं उसके पीछे भागता रहता था। उसकी साइकिल की घंटी की आवाज़ सुनने। जब वह अपनी साइकिल खड़ी करके कहीं जाता था तो मैं धीरे से उसकी साइकिल की घंटी बजा देता था। क्या आवाज़ थी उसकी घंटी की! हमारे गाँव की साइकिलों जैसी नहीं जो टन टन बजती थी। उसकी घंटी तो ट्रिंग ट्रिंग बजती थी। पर एक दिन उसने स्कूल में घोषणा कर दी कि वह गाँव छोड़कर जा रहा है। क्योंकि उसके पिताजी का तबादला शहर हो गया है। मैं

उसी वक़्त क्लास में रो दिया और धीरे से नहीं ज़ोर से चिल्ला-चिल्लाकर और कहता रहा- नहीं रघु, नहीं तुम मुझे छोड़कर नहीं जा सकते। तुम मेरे साथ ऐसा कैसे कर सकते हो? नहीं! नहीं! जब मैं चुप हुआ तो पूरी क्लास मेरे ऊपर हँस रही थी। मैं बर्दाश्त नहीं कर पाया। मैं उठा और क्लास से निकल गया। पर जाते वक़्त एक बार मैं रघु का चेहरा देखना चाहता था- कहीं वह भी मेरे ऊपर तो नहीं हँस रहा है। पर मेरी हिम्मत नहीं हुई। मुझे अपना किया बहुत बुरा और शर्मनाक लगने लगा। सुबह-सुबह उठा तो राधे से लिपटकर ख़ूब रोया। राधे ने मुझे समझाया और कहा - कोई बात नहीं, ऐसा तो होता है, रोते नहीं। जब मैं भी गाँधीजी से विदा ले रहा था तो वे भी मेरा जाना बर्दाश्त नहीं कर पाए। उनकी आँखों में आँसू थे। मतलब वह समझ ही नहीं रहा है कि मैं क्या कहना चाह रहा हूँ। तब पहली बार मैं राधे पर नाराज़ हुआ और उठकर सड़क के उस तरफ़ चला गया और एक ट्रक के पास घंटों खड़ा रहा।

मैंने स्कूल जाना छोड़ दिया। कुछ दिनों बाद एक हवलदार घर पर आया। मैं घबरा गया। उसने माँ से पूछा- राजकुमार है? मेरे दिमाग़ में सीधे अपनी ट्रक वाली ग़लती याद आई। मैंने सोचा पकड़ा गया। अब सबको पता लग जाएगा कि मैं उन सबके बारे में क्या सोचता हूँ। मुझे जेल में जाने का डर नहीं था लेकिन यह कल्पना ही अपने-आप में बहुत डरावनी है कि सबको पता लग जाए कि आप सबके बारे में क्या सोचते हैं! यह सबके सामने नंगा होने जैसा है। मैं डरते हुए उस हवलदार के सामने गया। मैंने कहा- जी, मैं ही राजकुमार हूँ। वह हँसा। उसने मुझे एक बैग दिया और कहा- यह रघु साहब जाने से पहले आपको देने को कह गए थे- अच्छा नमस्ते! चला गया। मैंने बैग खोला तो देखता क्या हूँ उसमें रघु के हील वाले जूते थे और उसके भगवान की फ़ोटो। काश! आप इस अद्‌भुत भगवान की तस्वीर देख पाते! बहुत बाद में मुझे किसी ने बताया कि रघु के भगवान का नाम ब्रूस ली था। हे प्रभु ब्रूस ली! मेरी मदद करना! प्रणाम है आपको!!

रघु के जूते मैं ज़्यादा पहन नहीं पाया क्योंकि वो मुझे काटते थे।

लेकिन जब तक मेरा पैर सूज नहीं गया मैंने उन्हें पहनना नहीं छोड़ा। एक दिन पुंडलीक ने मेरा सूजा हुआ पैर देखा। मुझे लगा उसे बहुत दुख होगा, पूछेगा क्या हुआ, पर नहीं उसने कुछ नहीं पूछा सिर्फ़ मेरे पैर की तरफ़ देखा मुस्कुराया और पलटकर खिड़की की तरफ़ देखने लगा। फिर धीरे से पलटा, मुस्कुराया और बोला –

जूता जब काटता है तो ज़िंदगी काटना मुश्किल हो जाता है।

और जूता काटना जब बंद कर दे तो वक़्त काटना मुश्किल हो जाता है।

उस दिन पहली बार मैंने अकेलापन महसूस किया। क्योंकि यहाँ कोई मेरे साथ नहीं रहता था। ऐसा वक़्त मुझे याद नहीं जब मैं बोल रहा हूँ, कोई और सुन रहा हो। यह अलग बात है कि मेरे पास बोलने के लिए कुछ था ही नहीं। पर पुंडलीक भी कभी मेरे साथ नहीं रहा। हमेशा मैं ही उसके साथ रहा हूँ। राधे की गाँधी की बातें अभी तक ख़त्म नहीं हुई थी। वहाँ भी मैं चुप रहता था। माँ की नाव में अभी तक पानी ख़त्म नहीं हुआ था। ट्रक वाला दोस्त था जिससे मैं अपनी सारी बातें कह देता था। पर वहाँ उस तरफ़ वह इसे पढ़ रहा है इस बात पर मुझे पहली बार संदेह हुआ।

जूते घर के कोने में कई दिनों तक पड़े रहे। वे क़तई घर का हिस्सा नहीं लगते थे। बाद में घर ने उन्हें अपना हिस्सा बना लिया और यह नेक काम मेरी माँ ने ही किया। उन्होंने उन लंबे हील वाले जूतों को दो गमलों का रूप दे दिया। मैं देखता रहा। मुझे बहुत बुरा लगा। वे रघु के जूते थे। मेरे रघु के। पर मैंने कुछ नहीं कहा। क्योंकि जो संवाद हमारे बीच पहले ही तय हो चुके थे। मैं उन्हें अब तोड़ना नहीं चाहता था।

मुझे इस वक़्त अपने खेल की सख़्त ज़रूरत है।

आप भी सोच रहे होंगे, यह क्या बार-बार खेलता है। असल में यह गज़ब खेल है जो मेरे सामने एक दिन प्रकट हो गया था। पुड़लीक की तरह। सच में। एक दिन क्या हुआ कि अचानक घर पर बैठे-बैठे मैंने एक रेल देखी। चींटियों की रेल, जो एक के पीछे एक रिदम में चली जा रही थीं। मैं उनका पीछा करता गया। कुछ समझ में नहीं आया कि वे कहाँ से आई हैं और कहाँ को जा रही हैं। पर वे सब एक ही लाइन में चल रही थीं। मैं शक्कर के पाँच दाने ले आया। फिर यह खेल शुरू हुआ। मैंने घर का

दरवाज़ा बंद करके पूरे बाहर को बंद कर दिया, तो भीतर की दुनिया मुझे साफ़ दिखने लगी। अब मैंने उस रेल की बग़ल में शक्कर के दाने जमाने शुरू किए। पहले दो दाने पास-पास, तीसरा दूर। चौथा और दूर, पाँचवा सबसे आख़िरी में। दो तीन चींटियाँ उन शक्कर के दानों की ओर मुड़ने लगीं। रेल घूम चुकी थी। जैसे ही चींटियाँ पाँचवें दाने पर पहुँचती थीं, मैं शुरू के दो दाने उठा लेता था और उन्हें पाँचवें दाने के आगे रख देता था। इस तरह मैं उन चींटियों की रेल को किसी भी तरफ़ घुमा देता था। बड़ा मज़ा आता था कि कोई है जो आपके इशारे पर घूम रहा है। सिर्फ़ शक्कर के पाँच दानों पर। यह मेरा सबसे पसंदीदा खेल था जो मैं रोज़ खेलता था।

आह! खेल खत्म!

पुंडलीक जबसे हमारे यहाँ आया था बहुत कम ही कहीं जाता था। कभी-कभी शहर में अपने दोस्त ताराचंद जैसवाल को मिलने जाता था और एक दिन में लौट आता था। मैं उसके सामने अपना चींटियों वाला खेल नहीं खेल पाता था। मैं कभी गाँव से बाहर नहीं गया क्योंकि राधे ने मुझे बताया था कि गाँव के बाहर बहुत ख़तरा है। बाहर जाकर खाना, भाषा, लोग सब बदल जाते हैं। देखते नहीं हमारे गाँव के दोनों तरफ़ शहर है और उन शहरों की भीड़ कैसे हमारे गाँव की सड़क पर दौड़ती रहती है! पुंडलीक जब मेरे साथ बात करता था तो मुझे लगता था वह 'राजू', मेरा नाम लेकर अपने से ही बात करता है। क्योंकि मैं कभी-कभी उठकर चला जाता था और जब वापिस आता था तो देखता था पुंडलीक अभी भी राजू नाम ले-लेकर बात कर रहा है। वह अजीब से अकेलेपन का शिकार था। यह मैंने नहीं सोचा, उसी को ख़ुद से कहते हुए सुना है। एक बार वह एक अजीब-सी चीज़ ख़ुद को पढ़कर सुना रहा था जो कुछ ऐसा था - "एक कुत्ता अपनी ही दुम को काटने की कोशिश करता है। तब एक तरह का कुत्ता-चक्रवात शुरू होता है। जो तभी ख़त्म होता है जब इस तूफ़ान से कुत्ता कुत्ते के रूप में निकल आता है। ख़ालीपन- यह कुत्ता मेरी और मैं उसकी आँखों में देखता हूँ।" (सैस नाटेबूम)

पुंडलीक बताता है कि वह घोषित कवि हुआ करता था। उसने हर तरह की कविता लिखने की कोशिश की। दर्द भरी, रोमांस वाली, बच्चों पर,

पर्यावरण पर, पत्थर पर, फूल पर, पर किसी ने कौड़ी तक को नहीं पूछा। बाद में तो लोग उसे देखकर भागने लगते थे। पुंडलीक चिल्लाकर कहता था– नहीं भाई, अब मैं कोई कविता नहीं सुनाऊँगा। पर कोई भी नहीं रुकता था। जो लोग रुक जाते थे, पुंडलीक उन्हें घुमा–फिराकर एक कविता सुना देता था। पुंडलीक बताता है कि लोग उसका मज़ाक़ उड़ाने लगते थे। जिस घर में वह घुसता था, वहाँ से चीख़–पुकार की आवाज़ें लोगों को बाहर तक सुनाई देती थीं। पुंडलीक ने बच्चों पर भी कविताएँ लिखी थीं, सो मोहल्ले में बच्चों ने खेलना बंद कर दिया था। हर बच्चा पुंडलीक नाम से डरता था। लोग उसके घर पर सब्ज़ी, किराना सब पहुँचा देते थो क्योंकि कोई भी आदमी किसी भी बहाने से पुंडलीक की कोई भी कविता नहीं सुनना चाहता था। छापना तो दूर की बात है। आजकल पुंडलीक अपनी कविताएँ सुनाकर मेरी तारीफ़ नहीं करता था बल्कि ग़ुस्सा हो जाता था। एक बार कविता सुनाने के बाद उसने पूछा– क्यों कविता अच्छी नहीं लगी तुम्हें? मैंने कहा– नहीं, अच्छी थी। उसने कहा– तो फिर ग़ुस्से में क्यों देख रहे हो? अरे! अजीब बात है। उसी ने मुझसे कहा था कि मैं तुझे गंभीर श्रोता बनाना चाहता हूँ। वैसे भी आपको पता ही है कि गंभीर शब्द मुझे कितना पसंद है! गंभीर क्या शब्द है! पर भैय्या, जब आप हतप्रभ भाव पर थोड़ा गंभीर भाव लाने की कोशिश करते हैं तो आपका चेहरा थोड़ा अजीब–सा टेढ़ा–मेढ़ा, विकृत दिखने लगता है। मैं क्या करूँ! मैं तो गंभीर श्रोता होने की पूरी कोशिश करता था।

विकृती से याद आया। एक दिन अजब ही हुआ। मैं हर रोज़ की तरह अपना चींटियों वाला खेल खेल रहा था और तभी मुझे लगने लगा कि मैं चींटी हो गया हूँ। हें? मुझे अजीब लगने लगा। मुझे लगा कि कहीं खेलते खेलते मेरी अक़्ल भी चींटियों जैसी तो नहीं हो गई! तभी मेरी नज़र शक्कर के दानों पर पड़ी। तो देखता क्या हूँ कि वे शक्कर के दाने, दाने न होकर रघु, पुंडलीक, राधे, माँ और मेरा ट्रक वाला दोस्त हो गए हैं। और मैं उनके पीछे भागने लगा। इसका मतलब यह हुआ कि कोई है जो, कोई है जो मेरे साथ खेल रहा है। जबकि मैं खेल नहीं रहा हूँ। जैसाकि मैं चींटियों के साथ खेलता हूँ, जबकि चींटियाँ मेरे साथ नहीं खेल रही होती हैं। क्या पता

शायद चींटियाँ भी किसी के साथ खेल रही हो, जबकि वो चींटियों के साथ नहीं खेल रहा हो! मतलब सभी, सभी के साथ खेल रहे हैं! इसका मतलब पुंडलीक भी मेरे साथ खेल रहा है!

अब आपको मेरी समस्या समझ में आएगी। समस्या। मेरे लिए बहुत बड़ी समस्या है जिसके लिए मैं ये सब कर रहा हूँ। यह समस्या पुंडलीक के रूप में मेरे पास आई। दरअसल पुंडलीक अपना कविता-संग्रह छपवाना चाहता था। शहर में कोई ताराचंद जैसवाल उसका दोस्त था जो संग्रह छपवाने में पुंडलीक की मदद कर रहा था। वैसे मैंने तो उसकी सारी कविताएँ सुनी थी। कुछ तो इत्ती बार कि आज भी मुझे ज़बानी याद हैं। समस्या की शुरुआत तब हुई जब पुंडलीक घर छोड़कर जा रहा था। जाते वक़्त मैंने देखा उसके एक हाथ में उसकी डायरी जिसमें वो कविताएँ लिखता था और एक खत और दूसरे हाथ में मेरी माँ की फ़ोटो और गीता थी। वह ये सब लेकर मेरे पास आया। मुझसे कहा अपने दोनों हाथ इनपर रखो और क़सम खाओ, क़सम खाओ, अपनी माँ की, इस गीता की, मेरी कविताओं की कि तुम मेरा कविता-संग्रह ज़रूर छपवाओगे! मैं क़सम खाऊँ, इससे पहले मैंने देखा कि उसने अपना सामान भी बाँध लिया था। मैंने कहा- कहाँ जा रहे हो पुंडलीक? हमारे गाँव से शहर वैसे भी बहुत दूर नहीं था। मतलब सामान बाँधने जितना दूर तो बिलकुल भी नहीं था। मेरे सवाल का पुंडलीक ने कोई जवाब नहीं दिया। उसकी आवाज़ अजीब-सी होती जा रही थी। और वह क़सम खाने पर ज़ोर देता रहा, सो मैंने क़सम खा ली। विद्या माता की, धरती माता की, कविताओं की क़सम, गीता की क़सम। और भी दो-तीन क़समें मैंने जोश में अपनी तरफ़ से खा ली। मेरा क्या जाता था! कविता-संग्रह पुंडलीक का था, ताराचंद जैसवाल उसे छापने वाला था। मैं कौन था? असल में मैं कोई भी नहीं था पर मेरी एक बात समझ में नहीं आई कि पुंडलीक मुझे क़सम खाने के लिए क्यों कह रहा है कि तुम मेरा कविता संग्रह छपवाना! असल में क़सम खाकर मैं इस चक्कर में पूरी तरह से फँस चुका था। क़सम की रसम पूरी होते ही पुंडलीक का चेहरा खिल उठा। उसने माँ की फ़ोटो और गीता एक कोने में फेंक दी। और

अपना सामान उठाकर निकल गया। दरवाज़े पर पहुँचकर उसे ध्यान आया कि मैंने उससे कुछ पूछा था- कहाँ जा रहे हो पुंडलीक? वह पलटा और बोला- पहले शहर जाकर तारचंद जैसवाल को ये कविताएँ और यह चिट्ठी दूँगा जिसमें मैंने इन कविताओं और तुम्हारे बारे में सब कुछ लिख दिया है। उसके बाद वहीं से सीधे तीर्थयात्रा और फिर संन्यास- यह कहकर वह मेरे गले लग गया और कान में धीरे से बोला- मैं तुम्हें कुछ देना चाहता था, मेरे जाने के बाद वह तुम्हें मिल जाएगा। धन्यवाद। नमस्ते। और वह चला गया।

कविताओं के बारे में तो ठीक है पर मेरे बारे में चिट्ठी में क्यों लिखा है? मुझे वो क्या देना चाहता है और क्यों? मैंने तो सिर्फ़ उसकी कविताएँ सुनी थी और आधी से ज़्यादा तो समझ में भी नहीं आईं। अगर सुनने वाले का चिट्ठी-विट्ठी में ज़िक्र होता तो मुझे कोई आपत्ति नहीं थी, पर ऐसा नहीं था। मैं पूरी तरह फँस चुका था। कैसे पुंडलीक ने मुझे इस समस्या में फँसाया इसका पता कुछ दिन पहले आई ताराचंद जैसवाल की चिट्ठी से लगा। मतलब पुंडलीक मेरे साथ ऐसा कैसे कर सकता है, मुझे यक़ीन नहीं हुआ। मैं मानता हूँ मैं बहुत उपयोगी आदमी नहीं हूँ, पर मेरा उपयोग कोई ऐसे कर सकता है इसका विश्वास मुझे नहीं हुआ। पता है पुंडलीक ने मेरे साथ क्या किया? ताराचंद जैसवाल की चिट्ठी में क्या लिखा था? यह रही उनकी चिट्ठी। वैसे चिट्ठी तो काफ़ी बड़ी है। पर मुख्य बातें आपको बता देता हूँ, जो इस प्रकार है-

''राजकुमार,

कवि हृदय महान कवि को मेरा नमस्कार। आपकी कविताएँ पढ़कर काफ़ी ख़ुशी हुई। पुंडलीक आपकी कविताओं के बारे में पहले भी मुझे बता चुके हैं। सारे लोग आपकी कविताओं की तारीफ़ कर रहे हैं। अगले महीने तक संग्रह छप जाएगा पर एक परेशानी है, संग्रह में एक कविता कम पड़ रही है ऐसा मैं नहीं हमारे संपादक महोदय सोचते हैं। आप तो बड़े कवि हैं, इस संग्रह के बाद तो आपका नाम बड़े-बड़े कवियों के साथ लिया जाएगा। कृपया एक कविता जल्द-से-जल्द भेजने का कष्ट करें। मेरी बेटी आपकी कविताओं की दीवानी है। शादी करने के बारे में क्या

विचार है आपका? पुंडलीक आपकी का.फी तारी.फ करता था। दर्शन कब होंगे? संग्रह में आप अपना नाम राजकुमार ही लिखेंगे या कोई उपनाम भी जोड़ेंगे? बता दीजिएगा।

आपका अपना

ताराचंद जैसवाल।"

मतलब अब समस्या एक भयानक रूप ले चुकी है। मैंने क़सम क्यों खाई! अब पछता रहा हूँ। क़सम की छोड़ो, मैं तो ख़ुद चाहता हूँ कि पुंडलीक का कविता-संग्रह छपे। मगर इस तरह से? नहीं, मैंने क्या-क्या नहीं किया! मैं कई दिनों से पुंडलीक की किताबों की तलाशी ले रहा हूँ कि कहीं वह चार लाइन- दो लाइन- एक लाइन लिखी छोड़ गया हो। पर कहीं कुछ नहीं मिला। फिर मैंने पेन उठा लिया और पुंडलीक की तरह सोचते हुए लिखना शुरू किया-

खर-खर, फर-फर, छर-छर .... मैं इसके आगे बढ़ ही नहीं पाया। असल में मेरे जीवन में ऐसा कुछ हुआ ही नहीं, जिसके बारे में मैं लिखूँ या जिससे लड़ूँ। मुझे सब कुछ याद है जो अभी तक हुआ है पर यक़ीन मानिए- वह कुछ नहीं हुआ जैसा है। जैसाकि पुंडलीक कहता था कि कविता लिखने के लिए ज़रूरी है अपने जीवन, अपने अनुभवों को याद करके, उनसे लड़के, उनका सामना करके जो बात कही या लिखी जाए वही कविता है। वाह! वाह! न तो यह बात मुझे तब समझ आई थी न अब समझ में आती है। मतलब कुश्ती अब समझ में आ जाती है पर कविता अभी भी मेरे लिए आश्चर्य है। क्या लड़ना! किससे लड़ना! भीतर की खुदाई! ये मेरे समझ के परे की बात तब भी थी अब भी है। पर अब मेरे पास दूसरा कोई चारा नहीं। मुझे यह काम अब करना ही है। पर ऐसा नहीं है मैं लिखना शुरू कर चुका हूँ। चार दिन पहले ही मैंने वह ख़त जो ताराचंद जैसवाल को मुझे भेजना है उसकी शुरुआत और अंत लिख दिया है। शुरुआत इस प्रकार है-

"नमस्कार ताराचंद जी,

नमस्ते! कैसे हैं आप? मैं ठीक हूँ। आप अच्छे होंगे। मेरी कविता निम्नानुसार है - " मध्य... जिसमें कविता होनी चाहिए जो इस व.क्त महज़

कोरी-ख़ाली जगह है बस

यह रहा अंत।

"उपर्युक्त कविता ठीक है। मैं भी ठीक हूँ। ग़लती माफ़। यह कविता भेजने के बाद मैं यह घर, यह गाँव, यह शहर, यह देश छोड़कर जा रहा हूँ। मेरा पीछा करने की कोशिश मत करना। कविता-संग्रह जरूर छापना, आपको क़सम है। आपका आज्ञाकारी कवि राजकुमार 'गंभीर'।"

गंभीर। गंभीर शब्द मैंने जोड़ दिया। वैसे तो मुझे समस्या शब्द भी अच्छा लगता है पर कवि 'राजकुमार समस्या गंभीर' यह नाम शायद अच्छा नहीं होगा। सो मैंने समस्या निकाल दिया। कवि राजकुमार गंभीर नाम ठीक है। इतना काम मैंने तो कर दिया- कविता कैसे लिखूँ? लिखना ही है। सभी रास्ते बंद हैं। सीधी लंबी सड़क है। छुपने के लिए कोई पगडंडी, गली, कुचा कुछ भी नहीं है। सो मुझे आगे बढ़ना है और लिखना है। अगर एक क़सम खाई होती तो क़सम से मैं वो क़सम शायद तोड़ भी देता। पर जोश में खाई हुई सारी क़समें अब भूत बनकर मेरे ही पीछे पड़ गईं। अरे गाँधीजी मेरी रक्षा करो, ओ भगवान मेरी रक्षा करो। नहीं, नहीं मेरी रक्षा ये नहीं कर सकते। एक कवि ही कवि की रक्षा कर सकता है। अब सिर्फ़ पुंडलीक ही मुझे बचा सकता है। उसने कहा था कि अपने से लड़ो, सो मैं लड़ रहा हूँ।

पुंडलीक ने जब मुझे अपनी माँ के बारे में बताया कि कैसे उनके अंतिम दिनों में उसने उनकी सेवा की तो मैं भी कल्पना करने लगा कि मैं माँ के अंतिम दिनों में माँ के लिए क्या-क्या करूँगा। सबसे पहले तो मैं उनका मग्गा उनके हाथ से छीनकर कहीं दूर फेंक आऊँगा। और एक बार अपने हाथों से उन्हें लाल रिबन पहनाकर फ़िल्म दिखाने ले जाऊँगा। क्योंकि मेरी बड़ी इच्छा थी यह देखने की कि माँ फ़िल्म कैसे देखती होंगी। कैसे टिकट की लाइन में लगती होंगी। इंटरवल में क्या करती होंगी और उनके लाल रिबन का फ़िल्म देखने से क्या ताल्लुक़ है। पर मेरी ये सारी इच्छाएँ, इच्छाएँ ही रह गईं। क्योंकि एक सुबह जब मैं उठा तो देखा माँ अपने पलंग पर नहीं थीं। वे दरवाज़े के पास ज़मीन पर औंधी पड़ी थीं और उनके बालों

में लाल रिबन बंधा हुआ था। मैंने कहा- माँ-माँ! पर वे उठी नहीं फिर मैंने मदर भी बोला पर वे हिली भी नहीं। मैं डर गया। मैं पुंडलीक को उठाने गया पर उसके पहले मैंने माँ के बालों से लाल रिबन निकालकर अपनी जेब में रख लिया। मैं नहीं चाहता था कि उनकी फ़िल्म देखनेवाली बात किसी और को पता चले। पुंडलीक आया। उसने घोषणा कर दी कि तैयारी कर लो तेरी माँ मर गई। ऐसा कैसे हो गया- कौन-सी तैयारी और यह संभव कैसे हो सकता है! मुझे दुख नहीं आश्चर्य हो रहा था क्योंकि मुझे अपनी नहीं चिंता इस घर की थी। क्या यह घर कुछ नहीं कहेगा! क्योंकि माँ हमारे साथ नहीं इस घर के साथ रहती थीं। शायद घर को पहले ख़त्म होना चाहिए था। शायद इसलिए माँ पलंग पर नहीं नीचे ज़मीन पर, घर की गोद में मरी थीं। तैयारी कर लो कहकर पुंडलीक चला गया। मुझे अकेला माँ के साथ छोड़कर। मैं क्या करता? मैंने उन्हें पलटाया, उनके सिर के नीचे एक तकिया रखा और उनकी सूखी कड़क देह को देखने लगा। इसी ने मुझे पैदा किया है- अजीब लगता है ना! पुंडलीक अर्थी का सामान और कुछ लोगों को लेकर आया। मैं रो नहीं रहा था पर सभी लोग मुझसे कह रहे थे- घबराओ नहीं, ऐसा होता है- सब ठीक हो जाएगा, वग़ैरह-वग़ैरह। फिर मेरा सिर मुँड़वाया गया और मैंने माँ को अग्नि दी। मैं अपनी माँ को जलते हुए देख रहा था। अचानक लकड़ियों के बीच मुझे उनका हाथ दिखा। मुझे लगा वह अपना मग्गा माँग रही हैं। मेरी इच्छा हुई कि उनका मग्गा लाकर उनके हाथों में पकड़ा दूँ या कम-से-कम अपनी जेब से लाल रिबन निकालकर उनकी चिता में ही डाल दूँ। पर मेरी हिम्मत नहीं हुई। मैं चुपचाप उनका जलना देखता रहा। जलती हुई लकड़ियों के बीच मेरी माँ। जब मैं घर लौट रहा था तो लगा शायद घर नहीं होगा। वह गिर चुका होगा या कहीं-न-कहीं कोई दरार तो जरूर पड़ी होगी। पर ऐसा कुछ नहीं था। सब कुछ सामान्य था।

धूप चेहरा जला रही है
परछाईं जूता खा रही है
शरीर पानी फेंक रहा है
एक दरख़्त पास आ रहा है

उसकी आँचल में मैं पला हूँ
उसकी वात्सल्य की साँस पीकर
आज मैं भी हरा हूँ।
आप विश्वास नहीं करेंगे
पर इस जंगल में एक पेड़ ने मुझे सींचा है।
मैं इसे माँ कहता हूँ।

आजकल राधे काफ़ी उदास रहता था। वह अपना काफ़ी समय गाँधी पार्क में गाँधीजी के साथ बिताता था। कहता था आजकल वह और गाँधीजी काफी बातें करते हैं। पर गाँधीजी ने मेरी बात समझकर मुझे माफ़ भी कर दिया अब गाँधीजी वैष्णोदेवी जाने की ज़िद कम ही करते हैं। पर वो उदास था क्योंकि आजकल इस गाँव में वैष्णोदेवी जाने का मौसम था। लोग वैष्णोदेवी जा रहे थे वहाँ से लौटकर आ रहे थे पर लोग राधे को भगा देते थे। राधे का भी एकदिन अचानक आना बंद हो गया था। घर के सामने धूल-ही-धूल जमा हो गई थी। राधे आ नहीं रहा था मुझे लगा इस धूल में राधे का कितना सारा सोना बिखरा पड़ा होगा! मैंने झाड़ू लगाकर सारी धूल इकट्ठी कर ली। सोचा, जब राधे आएगा तो ये सारी धूल उसे दे दूँगा। वह बहुत ख़ुश होगा। पर राधे नहीं आया। फिर अचानक एक दिन वह आ गया। मैंने पूछा- राधे, कहाँ थे इतने दिनों? वह कुछ नहीं बोला। चुपचाप बैठा रहा। मैंने कहा- मैं गाँधी पार्क भी गया था। तुमको देखने पर तुम वहाँ भी नहीं दिखे। तब भी वह चुप रहा। शायद वह जवाब नहीं देना चाहता था। सो मैं भी चुपचाप बैठा रहा। और मैंने जो इतने दिनों से धूल जमा करके रखी थी उसे लेने से भी राधे ने मना कर दिया। उसने कहा कि अब यह मेरे किसी काम की नहीं है। यह कहते ही वह एक सफ़ेद पोटली बन गया और मेरे सामने लुढ़कने लगा। जब राधे इतने दिनों नहीं आया था तब मैंने पहली बार अपने जीवन में किसी का न होना महसूस किया था। वैसे तो पुंडलीक भी चला गया था, माँ भी नहीं रही। पर उनके जाने के बाद उनका न होना मैंने कभी महसूस नहीं किया। जब तक राधे नहीं आया था मुझे ऐसा लग रहा था मानो मेरे अंदर इतनी ख़ाली जगह छूट गई है कि मुझे अपनी ही

आवाज़ गूँजती हुई सुनाई दे रही थी।

बस यही है जो है। इसके अलावा मेरे जीवन में ऐसा कुछ नहीं हुआ है। जिसका ज़िक्र किया जा सके। कुछ छुटपुट बातें और हैं- जैसे एक कुत्ता घर के पिछवाड़े रोज़ मुझसे मिलने आने लगा। मैं भी शाम को उसके साथ समय बिताने लगा। अभी कुछ ही दिन हुए थे। मैं अभी उसका नाम रखने की सोच ही रहा था कि उसने अचानक आना बंद कर दिया।

बस अब राधे है। मेरा ट्रक वाला दोस्त है और मैं हूँ। हम तीनों हैं और ख़ुश हैं। लड़ाई ख़त्म। बस इतना ही मेरे साथ हुआ है। मतलब इतना ही हुआ है जो मुझे याद है जिसे सुनाया जा सके। पर इतने के बाद भी मेरी समझ में यह नहीं आया इसमें ऐसा क्या है जो कविता है। पुंडलीक कवि है, कविता नहीं है। मेरी माँ भी मेरी माँ ही हैं। वे गोर्की की या पुंडलीक की माँ जैसी नहीं हैं। मेरी माँ के साथ घटनाएँ हैं कविता नहीं है। राधे राधे है। जो गाँधी पार्क में लगी गाँधीजी की मूर्ति की लाठी है। उससे ज़्यादा राधे कुछ नहीं है। ट्रक वाला दोस्त के बारे में मैं चुप रहना ही पसंद करता हूँ। रघु मेरे लिए चमत्कार था, चमत्कार है और चमत्कार रहेगा। वह मेरा रघु है। पर कविता, वह तो कहीं नहीं है। मैं अपने से जितना लड़ सकता था लड़ा। यह कविता कहाँ छुपी है! इतनी सारी क़समें खा चुका हूँ। क्या होगा उनका? ताराचंद जैसवाल वहाँ इंतज़ार कर रहा है। मैं यहाँ एक शब्द भी नहीं लिख पा रहा हूँ। पुंडलीक मुझे माफ़ कर देना। मुझसे नहीं होगा। क़सम-वसम चूल्हे में भसम! सड़ी सुपारी बन में डाली सीताजी ने क़सम उतारी। नहीं! नहीं! यह कुछ काम नहीं करेगा। ये सब मैं अपने-आपको बहलाने के लिए कर रहा हूँ। मैं एक तरह का खेल अपने साथ खेल रहा हूँ। यह खेल कब तक चलेगा! मुझे लिखना है और मैं अभी लिखकर रहूँगा।

.....लिख दिया। अब यह जो भी लिखा है उसे स्वीकार करो। ओ ताराचंद जैसवाल जी, यह रही आपकी चिट्ठी पूरी तरह पूरी। अब आपको जो समझना हो समझो। एक बार पूरी चिट्ठी पढ़ देता हूँ। तो यह रही शुरुआत-

नमस्कार ताराचंद जी! नमस्ते! कैसे हैं आप? आप अच्छे होंगे। मेरी

कविता निम्नानुसार है- ....

मध्य में यह रही कविता...

शक्कर के पाँच दाने जादू हैं
जिनके पीछे चींटियाँ भागती हैं
दो दानों पर पहुँचती हैं
तीन आगे दिखती हैं। सारी चींटियों को बुला लेती हैं।
पाँचवें दाने पर पहुँच जाती हैं पर पीछे के दो दानों को भूल जाती हैं
फिर वही दो दाने आगे मिलते हैं। वे जादू में फँस जाती हैं।
और घूमती रहती हैं। यह खेल कभी ख़त्म नहीं होता।
क्योंकि चींटियाँ तलाश रही हैं खेल नहीं रही हैं।
जादूगर एक है जो खेल रहा है।

और अंत में यह हुआ अंत-

उपर्युक्त कविता ठीक है। मैं भी ठीक हूँ। ग़लती माफ़। यह कविता भेजने के बाद मैं यह घर, यह गाँव, यह शहर, यह देश छोड़कर जा रहा हूँ। मेरा पीछा करने की कोशिश मत करना। कविता-संग्रह जरूर छापना-आपको क़सम है।

आपका आज्ञाकारी
कवि राजकुमार गंभीर।
ठीक है न? ठीक ही है!

जब अंत में अंत हो ही गया है तो अब मैं चैन से अपना खेल खेलता हूँ। कहाँ गई मेरी चींटियाँ और कहाँ हैं मेरे शक्कर के पाँच दाने!

शब्द और उनके चित्र

मैं उसका नाम लिखना चाहता था पर मैंने लिखा 'आशा'। फिर उसे ढूँढ़ना शुरू किया। उसका चित्र 'आशा' के भीतर ही कहीं था। 'आशा' मैंने धीरे से कहा। कहा नहीं, अपना लिखा हुआ पढ़ा 'आशा'।

दूर कत्थई रंग के कपड़ों में मुझे वह आती हुई दिखाई दी। पास आते-आते उस कत्थई कपड़े में सूरजमुखी के बड़े-बड़े फूल उग आए थे। कुछ मुर्झाए, कुछ खिले हुए। पूरा लैंडस्केप भी पीलापन लिए था। उसका आना किसी चीज़ का उड़ जाना-सा लग रहा था। वह चल नहीं रही थी। वह भाग रही थी। वह उड़ना चाहती थी पर ज़मीन में कहीं फँसी हुई थी। मैंने फिर एक शब्द कहा, ''तितली'' और वह मेरे क़रीब आ गई।

''कहाँ गई थी?'' मैंने पूछा।

''पानी खोजने।'' उसने पसीना पोंछते हुए जवाब दिया।

''पानी?''

''हाँ, पानी।''

"तो, कहाँ है पानी?"

"मैंने पी लिया।" उसने सहजता से कहा और आगे बढ़ गई।

मैं नहीं जानता कि उसे पता है कि नहीं कि मैं उसका इंतज़ार कर रहा था। मैं पीछे हो लिया। कुछ देर चलने के बाद मैंने फिर एक शब्द कहा 'निर्मल' और वह रुक गई। 'मैं भी प्यासा हूँ' यह कहने की हिम्मत मुझमें नहीं थी। सो मैंने पूछा,

"कहाँ जा रही हो?"

"सामने पहाड़ों की तरफ़।"

और मुझे रेगिस्तान का छोर दिखने लगा। रेगिस्तान के छोर से पहाड़ों का विस्तार फैला हुआ था।

"तो पानी ढूँढ़ने तुम इस तरफ़ क्यों नहीं चली आई?"

"यह दिशा अलग है।"

"हाँ, पर जब तुम्हें यहाँ आना ही था तो इस तरफ़ ही चलती!"

"यह दिशा अलग है।"

मैंने दिशा कभी भी नहीं बदली थी। मेरे लिए बस एक दिशा थी जिसमें चलना था। उसी चाल में जो भी आता गया मैं बटोरता रहा। प्यास और पानी की अलग-अलग दिशाएँ कैसे हो सकती हैं? क्यों हों? मेरी कभी समझ में नहीं आया। प्यास की दिशा का रेगिस्तान से क्या संबंध है?

वह चुप मेरे सामने खड़ी थी। वह शायद पढ़ रही थी मेरा द्वंद्व। मैं प्यासा था। मेरा कंठ सूख चुका था। मेरे सवाल नुकीले थे। मैं चुप रहा। उसकी आँखों में किसी एक शब्द की अपेक्षा थी। प्रश्नवाचक चिह्न लिए किसी भी शब्द का निकलना असंभव था सो, मैंने एक शब्द कहा 'पहाड़' और हम मुक्तेश्वर के आस-पास कहीं पहुँच गए। वह किसी की तलाश में पहाड़-के-पहाड़ चढ़े जा रही थी। मैं पीछे रह गया था। जब मेरे हाँफने की आवाज़ पहाड़ों की शांति भंग करने लगी तो वह किसी देवदार के नीचे बैठ गई। मैं रेंगता हुआ जैसे-तैसे उस तक पहुँचा और पसर गया। वह हँसी। नहीं, यह उसकी हँसी नहीं थी, यह पहाड़ों की हँसी थी। शायद देवदार हँस रहा था। मैंने पलटकर उसे देखा। उसके होंठों से हँसी ग़ायब थी पर हँसी मैं

अभी भी सुन सकता था। मेरे आश्चर्य पर उसने कहा, "पहाड़ों में आवाज़ गूँजती है। आपका कहा बार-बार पलटकर आपके पास आता है।" मैंने देखा उसने काजल लगाया हुआ है। काजल के अँधेरे में हँसी के छोटे-छोटे टुकड़े खेल रहे थे। मैंने फिर एक शब्द कहा 'चंचल'।

तभी उसे कुछ याद आया। उसने बताया कि यहीं इन्हीं पहाड़ों के आस-पास उसका स्कूल था। स्कूल में एक बार वृक्षारोपण का कार्यक्रम हुआ। सभी बच्चों को पेड़ लगाने थे जब तक उसका मौक़ा आया सारे पेड़ ख़त्म हो चुके थे। बहुत देर खोजने के बाद उसे कोने में पड़ा एक देवदार का छोटा पौधा दिखा। वह देवदार के लिए जगह तलाशती रही। जगह कहीं नहीं बची थी। स्कूल के प्राँगण की सारी जगह छोटे-छोटे पेड़ों ने ले ली थी। टीचर ने उसे बताया कि देवदार बहुत धीरे उगता है। पंद्रह-बीस सालों में वह तुम्हारे जितना बड़ा होगा। उसने कहा कि उसे यही बात देवदार की बहुत सुंदर लगती है कि वह अपना पूरा समय लेता है। जब जगह नहीं मिली तो वह देवदार को लिए अपने घर की ओर चल दी। बीच जंगल में पहाड़ों के एक छोर पर उसे एक जगह दिखी। अगल-बग़ल कोई पेड़ नहीं था। उसने वह देवदार वहाँ लगा दिया।

वह शायद अपना देवदार खोजने आई थी।

उसने कहा, "मुझे देवदार पिता जैसे लगते हैं। उनके पास बैठकर मैं वापिस बच्ची हो जाती हूँ। कोई भी शिकायत मन में नहीं रहती।"

"हाँ, तुमने यह बात मुझे बताई थी।"

"कब?"

"जब हम तुम्हारी नीली खिड़की पर बैठे चाय पी रहे थे। उस खिड़की में पीले रंग के पर्दे बार-बार बाहर की तरफ़ उड़ जाया करते थे।"

"मुझे बिल्कुल याद नहीं है।"

वह सच कह रही है उसे बिल्कुल याद नहीं है। क्योंकि ऐसा हुआ ही नहीं था। हमने कभी उस नीली खिड़की और पीले पर्दों के बीच चाय नहीं पी थी। नीली खिड़की और पीले पर्दों के बीच मैं हमेशा से उसके साथ बैठना चाहता था लंबे समय तक। निढाल-सा। मेरा देवदार नीला था, पीले पत्ते लिए जिसके नीचे बैठकर मैं वापिस बच्चा हो सकता था। बिना किसी

भी शिकायत के।

हम दोनों अब कुछ भी खोज नहीं रहे थे। जिस देवदार के नीचे हम बैठे थे, उसे उसने उसका और मैंने अपना देवदार मान लिया था। वह वहाँ बैठे हुए सारा कुछ बीता हुआ चुग रही थी। हाँ, वह चुग रही थी। हर कुछ समय में वह अपनी चोंच से मेरी पीठ पर वार कर रही थी। मैं उन कच्चे रंगों के बारे में सोच रहा था जिन्हें बटोरना अब मेरा शौक़ था। बने-बनाए पके हुए रंग मुझे बोर करते थे। मैं उससे सटा हुआ बैठा था फिर भी हमारे बीच कुछ जगह ख़ाली थी। उसकी चोंच के वार और अपने कच्चे रंगों के बारे में सोचते हुए, उस ख़ाली जगह में मैंने पहली बार ईश्वर को महसूस किया।

"तुम्हारी पीठ में एक छेद है।"

अपनी चोंच से एक ओर वार करते हुए उसने कहा।

'घोंसले बनाने का संस्कार मेरे ख़ून में है' मैंने उससे नहीं कहा। वह अपने अगले वार के लिए तैयार थी तभी मैंने एक शब्द कहा 'ईश्वर'।

और हम एक यात्रा पर निकल लिए।

बहुत सारी भीड़ के जनरल कम्पार्टमेंट में हम ट्रेन के दरवाज़े पर खड़े थे। जब भी लोग बाथरूम जाते पेशाब की बदबू का एक भभका वहाँ से पूरी गाड़ी में भर जाता। वह अपना मुँह सिकोड़ लेती, नाक पर रूमाल रख लेती। वह धीरे से मेरे क़रीब आ गई। कमर से उसने मेरे स्वेटर को पकड़ा हुआ था। मैं बाहर भागते हुए दृश्य को देख लेता। वह शायद खड़े-खड़े थक चुकी थी।

"कितनी दूर है अब?"

"अभी समय है।"

अभी बहुत समय था। कुछ लोगों ने उसे बैठने की जगह दी पर उसने मना कर दिया। एक स्टेशन पर ट्रेन रुकी। हम लगभग हर स्टेशन पर उतर जाते थे। वह स्टेशन पर उतरते ही किसी बेंच पर बैठ जाती। थकान उसके पूरे शरीर से बह रही थी। ट्रेन अपने समय से कुछ ज़्यादा देर तक यहाँ खड़ी रही।

"कौन-सा स्टेशन है?" उसने कुछ विस्मय से पूछा।

"बुधनी लिखा है। तुम कभी यहाँ आई हो?"

"ना, मैंने तो पहली बार यह नाम सुना है। तुमने?"

"मैंने नाम सुना है। यहाँ जंगल है। शायद सतपुड़ा के जंगल। जिसपर भवानी भाई ने कविता भी लिखी है।"

"भवानी भाई को तुम जानते हो?"

"वह कवि हैं। मैंने उन्हें पढ़ा है। सो, जानता ही हूँ।"

"तुमने 'भाई' तो उनके आगे ऐसे लगाया जैसे तुम सालों उनके साथ रहे हो।"

"तुम्हें बुधनी नाम कैसा लगा?"

"कैसा लगेगा! अजीब है।"

"तुम्हें इस नाम में रहस्य नहीं लगता?"

"शायद जंगल के पास है इसीलिए।"

"तुम्हें लगता है कि तुम यहाँ कभी आओगी?"

"पता नहीं, ऐसी बहुत-सी जगह है जहाँ शायद मैं कभी भी जा नहीं पाऊँगी।"

"कुछ देर में ट्रेन चल देगी। हम बुधनी को बहुत पीछे छोड़ देंगे। शायद मैं सोचूँगा कि उस रहस्य में कूदा जा सकता था। हम उस रहस्य में एक साथ कूद सकते थे।"

तभी उसने एक शब्द कहा 'काश'।

और हम दोनों, बुधनी के तेंदुपत्ते के जंगल में पैदल भटकने लगे। दूर ऊपर पहाड़ पर एक मंदिर दिख रहा था। हम दोनों उस ओर चलने लगे।

"तुमने मुझसे झूठ क्यों बोला?" उसने पूछा।

"किस बारे में?"

मैं चलते-चलते सचेत हो गया।

"नीली खिड़की और पीले पर्दों के बारे में।"

"अच्छा वो। नीली खिड़की और पीले पर्दे 'काश' शब्द के चित्र हैं।"

“उनके बीच मैं भी ‘काश’ थी?”

“नहीं, तुम उनके बीच नहीं थी।

“तब मैं कहाँ थी?”

“तुम भीतर कमरे में थी और मैं भी वहाँ नहीं था। मैं नीचे सड़क पर खड़े हुए तीसरे माले की तुम्हारी खिड़की को देख रहा था, जो नीले रंग की थी और उसमें पीले पर्दे उड़ रहे थे बाहर की ओर।”

“यह कब की बात है?”

“यह भविष्य है जिसकी मैंने कल्पना की थी।”

“उसमें क्या होता है?”

“वह हमारी आख़िरी मुलाक़ात की कल्पना है। रुको, मैं एक कहानी की तरह सुनाता हूँ। शुरू से।”

हम दोनों चलते-चलते पहाड़ पर पहुँच चुके थे। एक छोटा-सा मंदिर था जिसे हमने नीचे से देखा था। मंदिर में कोई भी नहीं था। एक छोटी-सी शिव की मूर्ति रखी हुई थी। उसने चुनरी अपने सिर पर ओढ़ी और प्रणाम किया। मैं मंदिर की दीवार से टिककर बैठ गया। कुछ देर में वह भी मेरे बग़ल में आकर बैठ गई।

“हाँ, सुनाओ।”

और तब मैंने एक शब्द कहा ‘पीड़ा’ और वह पीड़ा सुनने लगी। मैंने क़िस्सा शुरू से शुरू किया, मानो मैं क़िस्सा पढ़ रहा हूँ, कह नहीं रहा।

बहुत भीड़ भरे बाज़ार से जब भी वह गुज़रता था तो शांत हो जाता था। ऐसे क्षणों में वह हमेशा प्रेम के बारे में सोचा करता था। संबंधों के बारे में, लड़कियों से। ख़ासकर उन लड़कियों के बारे में सोचता था जिन लड़कियों से ‘संबंध बचाया जा सकता था’ का दर्द भी अब मिट चुका है। अब सिर्फ़ धुँधले चेहरे बचे हैं और बची है झुरझुरी उनके साथ बिताए कुछ ख़ूबसूरत पलों की। इन संबंधों के बारे में सोचकर वह हमेशा मुस्कुरा दिया करता था। ठीक मुस्कुराहट के बाद एक टीस उठती थी। पुराने संबंधों में अब सब कुछ इतना धुँधला पड़ चुका था कि वहाँ पर टीस अपने मानी खो चुकी थी। पर यह टीस उन संबंधों की थी जो अभी पूरी तरह बुझे नहीं थे। वह रुक

जाता और उसकी चाय पीने की इच्छा करती।

चाय के साथ उसका अजीब संबंध था। जब वह पैदा हुआ था तो बहुत गोरा था। घर में सबको लगा कि यह बहुत विशेष चीज़ हमारे घर आई है। सो, उस विशेष चीज़, यानी उसका बहुत ख़्याल रखा जाता। चाय पीने की आदत उसे बचपन से ही थी। उसकी वजह थी चाय का न मिलना। उसका बाप चाय का शौक़ीन आदमी था। कई दिनों रोने-गिड़गिड़ाने के बाद बाप ने उसके लिए हर रोज़ चार बजे एक कप चाय मुक़र्रर कर दी। सुबह उठते ही वह चार बजे का इंतज़ार करना शुरू कर देता। ठीक चार बजे उसे चाय मिलती। चाय की आख़िरी चुस्की लेते ही वह अगले दिन की चाय का इंतज़ार शुरू कर देता।

वह चाय की टपरी में जाकर बैठ गया।

"एक कट चाय देना।"

उसे यह पूरा रिचुअल बहुत पसंद था, चाय की फ़र्माइश करने के बाद से चाय का उसके सामने आ जाने तक का। यह प्रक्रिया उसे चाय पीने से भी ज़्यादा पसंद थी।

किसी का आपको प्रेम करना, being loved कितनी सुंदर अवस्था होती है, चाहे वह कुछ क्षणों के लिए ही क्यों न हो! वह ऐसे समय मूर्छित-सा पड़ा रहता। अपनी पीड़ाओं के बारे में सोचता हुआ-सा। उन क्षणों में वह गिड़गिड़ाना चाहता कि मैं कभी भी विशेष नहीं था।

भीड़ एक अजीब-सा चित्र खींचती है जिसमें वह ख़ुद को इस तरह से सहज महसूस करता था मानो वीराने में टहल रहा हो। तभी उसे उसका ख़्याल हो आया जिसके साथ उसने बहुत से वीराने जिए थे। यह वह लड़की थी जिसके साथ 'संबंध बचाया जा सकता है' की गरमाहट अभी पूरी तरह ख़त्म नहीं हुई थी।

वह चाय की दुकान से घर की ओर चलने लगा। कुछ ही दूरी पर उसने अपने घर का रास्ता छोड़ दिया और दाएँ मुड़ गया। दाएँ मुड़ जाना उसे बहुत देर से भीतर छील रहा था। चाय की दुकान में भी दाएँ मुड़ जाने के ख़्याल उबाल मार रहे थे। दाएँ क्या है? दाएँ कुछ बचा नहीं है, बस हल्की गरमाहट थी और कुछ भी नहीं। घाव भी अब भर चुके हैं पर उस सूखे से

खुरदुरे में हल्की खुजली हमेशा बनी रहती है। बहुत दिनों से उसने उस घाव को खुजलाया नहीं था। आज वह खुजलाने दाएँ मुड़ गया।

कुछ दूर चलने पर उस लड़की का घर आ गया। वह तीसरी मंज़िल पर रहती थी। हरी खिड़की पर पीले पर्दे, बाहर सूखा गमला। वह घर को बहुत सुंदर रखती थी, फिर यह गमला कैसे सूख गया? वह बिल्डिंग के भीतर घुसा पर सीढ़ियों पर रुक गया। उसके पास उसके घर जाने का कोई कारण नहीं था। बहुत देर की खोज के बाद वह सीढ़ी चढ़ने लगा। इससे पहले कि उसके विचार उसे वापिस जाने के लिए मजबूर कर दें उसने जल्दी-जल्दी सीढ़ियाँ चढ़कर घंटी बजा दी। दरवाज़ा उसकी बाई ने खोला। बाई शायद खाना बना रही थी, उसके हाथ में कलछी थी।

"रुको, मैं बेबी को पूछती हूँ।"

पहले बाई उसका स्वागत कर देती थी पर अब उसे बाहर ही इंतज़ार करना होगा। दरवाज़ा आधा खुला हुआ था और वह बाहर खड़ा था। उसने सोचा कि जूते उतार दूँ पर उसे यक़ीन नहीं था कि वह क्या कहेगी। वह फिर कारणों को टटोलने लगा। बहुत देर तक न तो बाई दिखी न वह बाहर आई। वह दरवाज़े से टिककर खड़ा हो गया जिससे दरवाज़ा थोड़ा ज़्यादा खुल गया, पर कहीं अटक गया। शायद दरवाज़े के पीछे बहुत से जूते-चप्पल रखे होंगे।

तभी वह बाहर आई।

उसने बालों को पेंसिल से फँसा रखा था, आदमियों की सफ़ेद बुशर्ट पहने हुए थी। नीचे पाजामा जैसा कुछ था लाल रंग का। शर्ट बहुत ही बेतरतीबी से जल्दबाज़ी में पहनी हुई लग रही थी। पैरों में अँगूठीनुमा बिछिया पहना हुआ था। एक पैर में दो और दूसरे पैर में एक और वह एक पैर को दूसरे के ऊपर चढ़ाए हुए खड़ी थी, दाहिने हाथ को पीछे रखे हुए थी जिससे शायद वह अपने पीछे की दीवार पकड़े हुए थी।

वह उसे चूमना चाहता था। उसे इस बेपरवाही-बेतरतीबी से प्रेम था। शायद दाएँ मुड़ जाने का बड़ा कारण यही था।

"क्यों आए हो?"

इसका कोई जवाब नहीं था उसके पास। कारणों की फ़ेहरिस्त इस

बेपरवाही के सामने बचकानी थी। वह चुप ही रहा।

"क्यों आए हो?"

"तुम्हारे साथ एक चाय पीने की इच्छा थी।"

बेपरवाही के अभिनय में उसने जवाब दिया।

"मेरी इच्छा नहीं है।"

कुछ ख़ामोशी के बाद उसने आगे जोड़ा।

"'तुम्हारे' साथ चाय पीने की..."

वह दो टूक बात करके चुप हो गई। अब इसकी बारी थी जो बारी से हमेशा बचता रहा था। ऐसा नहीं था कि 'बारी' से बचना उसने बड़े होने पर सीखा था। ज़िम्मेदारियों से बचना वह बचपन से जानता था। लुका-छिपी के खेल में वह कभी अकेले जगह ढूँढ़कर नहीं छुपता था। वह किसी अच्छे छुपने वाले के पीछे छुप जाता था जिससे कभी वह अच्छा छुपने वाला लड़का पकड़ा भी जाए तो पहले वह पकड़ाए। दाम उस पर न आए। वह बच जाए। उसे बचना पता था। वह अभी तक बचता आया था। बचपन के खेल महज़ खेल नहीं होते हैं। आपकी बचपन के खेलों में भागीदारी, जीवन में आपकी भागीदारी तय करती है।

"अगर कुछ कहने को नहीं है तो तुम जा सकते हो।"

आख़िर लड़की ने ही शांति भंग की।

"मैं कुछ कहने ही आया था।"

पर वह कुछ भी कहने नहीं आया था।

"तो बोलो।"

कुछ शांति के बाद उसे पता नहीं क्या हुआ और उसके मुँह से निकल गया।

"मैं जो हूँ उसकी भूमिका बचपन में है जो मैंने नहीं लिखी। वह जैसी मुझे मिली मैं उसे उसकी पूरी ईमानदारी से जीता गया।"

एक बोझ की तरह उसने इस वाक्य को अपने भीतर से जाने दिया। पर यह किसी अपने की मृत्यु की बात नहीं थी जिसे कह देने से आप हल्का महसूस करें। शायद यह वासना थी जो वह उस लड़की के प्रति अभी

महसूस कर रहा था जिसकी वजह से वह यह कह पाया।

"बहुत देर हो चुकी है। तुम्हें यह सब कहने की अब कोई ज़रूरत नहीं है।"

उसके पास और कुछ भी कहने को नहीं था। उसने कुछ देर बातचीत के सिरे को हवा में पकड़ने की कोशिश की पर वह इतनी ठंडी-सीधी बातों पर थी कि वह एक सिरे से दूसरे सिरे को मिलाने में छिछलापन महसूस करने लगा। उस लड़की का कुछ बोलने का इरादा नहीं दिख रहा था। वह आख़िरी वाक्य कह चुका था, जिस वाक्य के कारण वह ख़ुद आश्चर्य में था। इसके बाद कुछ भी कहने की गुंजाइश नहीं थी। वह पलट गया और सीढ़ियाँ उतरने लगा। दूसरी मंज़िल की सीढ़ियों पर पहुँचते ही उसे दरवाज़ा बंद करने की आवाज़ आई। ठीक इस वक़्त से उसे वह पीड़ा भीतर महसूस होने लगी जिसके लिए वह तीन मंज़िल सीढ़ी चढ़ा था। किसी के हमेशा के लिए छूट जाने की पीड़ा। अब संबंध को न बचाए जा सकने की पीड़ा बहुत तेज़ी से भीतर रिस रही थी।

वह तेज़ कदमों से चलता हुआ उस बिल्डिंग के बाहर निकला। गली के कोने पर, मुड़ने से ठीक पहले उसने पलटकर देखा। वह अपनी खिड़की पर नहीं खड़ी थी। हरी खिड़की से पीला पर्दा बाहर की ओर उड़ रहा था। नीचे सूखा हुआ गमला उसे बहुत सुंदर जान पड़ा और वह मुड़ गया।

'ज़िदा हूँ' के प्रमाण की तरह वह पीड़ा थी। यह नशा था। नशे की पुनरावृत्ति 'जीवित हूँ' के रहस्यों का ताना-बाना बुनती है। जिसमें कुछ भी ठोस टिकता नहीं है। उस ताने-बाने में अकेलेपन का एक जाल बिछा होता है। पीड़ा के छोटे-छोटे कीड़ों को अपने में फँसाए हुए। अकेलेपन का जाल पिंजरे की तरह काम करता, जिसमें पीड़ा के कीड़े पल रहे होते।

उसे मकड़ियों से बहुत डर लगता था। अपने कमरे में घुसने के पहले उसकी सारी सतर्कता मकड़ी से बचने पर होती। अगर मकड़ी दिख जाती तो चीख़ता हुआ अपनी बहन के पास जाता। बहन झाड़ू से मकड़ी को मार देती। उसकी बहन उस मकड़ी की लाश उसे दिखाती तब जाकर वह अपने कमरे में प्रवेश करता।

इस बार उसने मकड़ी के बारे में नहीं सोचा। उसने एक मार्कर पेन

निकाला और स़फ़ेद फ्रिज़ के ऊपर लिख दिया–

"मैं जो हूँ उसकी भूमिका बचपन में है, जो मैंने नहीं लिखी।"

"बस... बस.."

उसने मुझे चुप करा दिया। वह खड़ी हो गई। मैं वहीं बैठा रहा, मंदिर के पास। वह बुधनी के तेंदुपत्ते के जंगलों में कुछ देर अकेली टहलने लगी। मैं उसे यहाँ से देख सकता था। कत्थई रंग पेड़ों के बीच कभी छुपता, कभी दिख जाता। सुरजमुखी के लगभग सारे फूल यहाँ से मुर्झाए हुए लग रहे थे। मैं उससे प्रेम करता था। इतना कि उसे छोड़ना चाहता था। उससे दूर रहकर उससे प्रेम की आँच अपने भीतर महसूस करना चाहता था। अभी सब कुछ बाहर था। वह बाहर थी, मेरा प्रेम सूरजमुखी के फूल की तरह कभी मुर्झाया तो कभी खिला हुआ उससे चिपका दिखता था। मैं इन सबको अपने भीतर कहीं, नाभि के पास बो देना चाहता था।

कुछ देर में वह वापिस आई। मेरे सामने खड़े होकर उसने एक शब्द कहा 'वापसी'।

वह अपनी बालकनी में खड़ी थी। शाम का समय बगुलों के वापिस आने का समय होता था। सामने के पेड़ पर बगुलों का घर था। यह समय शाम होने के ठीक पहले का समय था, जो नीरस था। उसे पता था सामने दिखने वाला पेड़ कुछ ही देर में स़फ़ेद बल्ब जैसे बगुलों से भर जाएगा। यह शायद उसका समय था। समय के इस हिस्से का वह उत्सव मनाती थी जिसमें किसी दूसरे की शिरकत की गुंजाइश नहीं थी। तभी दरवाज़े की घंटी बजी और मैं अपनी पूरी थकान के साथ उसके सामने खड़ा था। उसने मुझे अंदर आने को नहीं कहा, न ही उसने दरवाज़ा बंद किया। वह मुझे देखते ही पलट गई मानो मुझे जानती ही न हो या इतना ज़्यादा जानती हो कि अब कुछ भी फ़र्क़ नहीं पड़ता।

उसके और मेरे बीच एक पूरी व्यवस्था थी। हम दोनों ने संबंध के शुरुआती दौर में कुछ अलिखित नियम से बनाए थे। उन नियमों की वजह से संबंध में रहते हुए भी, हमारी व्यक्तिगत जगह में हम अकेले थे। इस अकेलेपन की वजह के दो टापू उग आए थे। हम दोनों का ज़्यादातर समय

अपने-अपने बनाए हुए टापुओं पर ही गुज़रता था। अब संबंध को सिर्फ़ दूर से ही देखा जा सकता था।

वह बालकनी पर खड़ी थी, अपने टापू पर। मैं पीछे, तैरता हुआ उसके टापू पर पहुँचना चाह रहा था जो हमारे बनाए नियमों के बिल्कुल ख़िलाफ़ था।

''तुम खाना खा लो भीतर रखा है तुम्हारे लिए।''

उसने बिना मेरी तरफ़ देखे यह बात कही। मैं वापिस अपने टापू पर आ चुका था, मेरा सारा तैरना व्यर्थ गया। मैं फिर पानी में कूदा।

''नहीं, मुझे भूख नहीं है।''

कहकर मैं भी बालकनी में उसकी बग़ल में आकर खड़ा हो गया। नहीं यह उसका टापू नहीं था। मैं उससे बहुत दूर था। मुझे लगा मैं तैरते-तैरते उससे दूर ही जाता जा रहा हूँ। वह अपनी शांति में बगुले गिन रही थी। लगभग पेड़ बगुलों से भर चुका था। तभी मेरी निगाह नीचे सड़क पर पड़ी और मैंने ख़ुद को सड़क पर खड़ा पाया। मैं सड़क पर खड़े हुए उसकी तरफ़ बालकनी में देख रहा था। मैं तुरंत भीतर कमरे में आ गया।

कुछ देर में वह भीतर आई और उसने मेरे पास आकर एक शब्द कहा 'अंत'।

और मुझे इस कहानी की शुरुआत दिखाई देने लगी।

त्रासदी

बीमार

बीमारी के सामने जीवन की सारी समस्याएँ कितनी ओछी लगने लगती हैं! सुबह का पाँच बज रहा होगा। वह बिना आवाज़ किए तीसरी बार बाथरूम जा रहा था। मौसी दूसरे कमरे में गहरी नींद में थीं। बाथरूम के दरवाज़े की चटखनी ज़ंग खाने के कारण नहीं लगती थी। बाहर तौलिया टाँगकर अंदर जाना पड़ता था जिससे सबको पता रहे कि कोई अंदर है। इंदर शहरी हो चुका था उसे बिना चटखनी लगाए बाथरूम जाने की आदत नहीं थी। उसने इस बार भी शरीर की बची-कुची ताक़त बटोरकर चिटखनी लगा दी। इस बार पैख़ाना के साथ-साथ उल्टी भी हो गई। कुल्ला करने के बाद वह अपना चेहरा आईने में ताक रहा था। पचास साल इस धरती पर हो चुके हैं। झुर्रियाँ, आँखों के नीचे का स्याहपन और थकान। उसने वापिस कुल्ला किया। आईना अपने कोनों में ज़ंग खाकर ख़त्म हो चुका था। उस

ज़ंग खाए चारों तरफ़ के बीच की जगह ख़ाली थी जिसमें वह अपना चेहरा देख सकता था। ज़ंग को भी अपनी हद कैसे पता थी कि इस सीमा के बाद चेहरा शुरू होता होगा! बाथरूम में कपड़े और नहाने का साबुन साथ रखा था, एक-के-ऊपर एक। कुछ भीगे हुए कपड़े एक छोटी हरे रंग की बाल्टी में रखे हुए थे। उसने एक गहरी साँस भीतर खींची और चटखनी खोल दी, पर इस बार दरवाज़ा नहीं खुला, वह अटक गया था। उसने ज़ोर लगाया पर वह नहीं खुला। कमज़ोरी की वजह से ज़ोर लगाने पर आँखों के सामने अँधेरा छा जाता। उसने मौसी को आवाज़ लगाई पर आवाज़ ने बाथरूम में ही दम तोड़ दिया। वह ज़ोर-ज़ोर से दरवाज़ा पीटने लगा। शरीर में कमज़ोरी इतनी आ गई थी कि मौसी को आवाज़ लगाने और दरवाज़ा पीटने में पेट गुड़गुड़ाने लगा। उल्टी शुरू हुई। रात का, सुबह का पिया हुआ सारा पानी बाहर निकल आया। सिर्फ़ पानी।

तभी बाहर से मौसी की आवाज़ आई,

"इंदर, इंदर!"

मौसी ने बाहर से धक्का मारा। दूसरे ज़ोर पर दरवाज़ा तेज़ी से खुल गया। दरवाज़ा खुलते ही इंदर लड़खड़ा गया, हाथ फिसलकर छोटी हरी बाल्टी में चला गया। मौसी और वॉशबेसिन का सहारा लेकर वह खड़ा हो गया। खड़े होते ही वह हाँफने लगा।

"क्या हुआ इंदर?" मौसी ने पूछा।

इंदर आईने की तरफ़ देख रहा था, फिर उसने मौसी को देखा, मौसी का क़द बहुत छोटा था। मौसी यह ज़ंग खाया आईना कैसे देखती होंगी? उन्हें अपना चेहरा देखने के लिए किसी चीज़ पर चढ़ना पड़ता होगा। किस चीज़ पर? वह अचानक पूरे बाथरूम में वह चीज़ तलाशने लगा।

"क्या हुआ इंदर, कुछ गिर गया क्या? अरे, तेरा तो पूरा शरीर तप रहा है!"

तभी एक झटका अँधेरे का आया और वह जहाँ था वहीं गिर गया।

मौसा जी की मृत्यु छः महीने पहले हृदयगति रुक जाने की वजह से हुई थी। इंदर बंबई से तब महज़ दो दिनों के लिए आ पाया था। जल्द आने को कह गया था पर जल्द नहीं आ पाया। ऑफ़िस, काम, संबंध, व्यस्तता,

आलस, बोरियत, कमीनापन और ख़ुद के साथ रहने की थकान; यह सारे कारण मिलाकर भी पूरा एक कारण नहीं बनते जिसे वह मौसी को कह सके। वह नहीं आना चाहता था। वह अभी भी नहीं आना चाहता था। वह कुछ नहीं जैसी निर्थकता में कहीं चरते रहना चाहता था। ऐसी निर्थकता में आदतन सब कुछ हो रहा होता है। वह आदतन जी रहा था। इस आदत में कहीं हज़ारों लोग अचानक मर जाएँ या घर में चूहा आकर नई शर्ट कुतर डाले। दोनों ही बातें पीड़ा का एक छोटा बुलबुला बनातीं और वह बुलबुला दृश्य होते-होते फूट पड़ता। उसके माथे पर कुछ बल पड़ते, वह अपनी आँखें एक-दो बार ज़ोर से भींच लेता बस फिर सब कुछ वैसा-का-वैसा सामान्य हो जाता, मानो कोई देखी-दिखाई फ़िल्म चल रही हो। जिसके सारे दृश्य पता हों। सारे आश्चर्य अभिनय हों। सब कुछ जिया जा चुका हो। फिर भी रोज़ भूख लगती हो और रोज़ वही, एक ही जैसे स्वाद की स्मृति उसे खाने और सोने के चक्र के बीच में खड़ा कर देती हो।

आँखें खुलीं तो वह बाथरूम के बाहर ज़मीन पर लेटा हुआ था। मौसी ने माथे पर ठंडे पानी की पट्टी लगाई हुई थी। उसने लेटे-लेटे ही कहा,

"मौसी, अस्पताल चलते हैं।"

वह मौसी के साथ अस्पताल की तरफ़ रेंगने लगा। दो गली छोड़कर एक प्राइवेट अस्पताल था। वह कुछ दूर चलता फिर कुछ देर साँस लेने के लिए रुक जाता। मौसी उसके रुकते ही पानी की दो घूँट उसे पिला देती, पानी पीते ही उसके पेट में फिर से मरोड़ उठने लगती।

पौ फटी थी। चौक पर अख़बार वालों की हलचल थी। साइकिलों पर अख़बार लादे जा रहे थे। ताज़ा ख़बरें, सुर्ख़ियाँ, सब ज़मीन पर बिखरी पड़ी थीं। टन.. टन.. टन.. की आवाज़ से उसकी निगाह पीछे चाय की दुकान पर चली गई। ऐसी सुबहों में उसे चाय पीना बहुत पसंद था। उसने वहाँ से निगाह हटा ली। एक काले रंग का कुत्ता बहुत देर से, कुछ दूरी बनाए हुए इंदर के पीछे-पीछे चल रहा था। इंदर ने उसे दो-तीन बार हुश हुश भी किया। हुश सुनकर वह कुछ देर रुकता और फिर वापिस साथ चलने लगता। वह ख़ुद चल नहीं पा रहा था तो कुत्ते को भी उसके कारण बार-

बार रुकना पड़ता था। वह खड़ा होकर जब-जब कुत्ते को देखता तो वह कुत्ता वहीं अगल-बग़ल कुछ तलाशने लगता। मानो वह उसके साथ नहीं हो। इंदर को खीज आने लगी। उसकी इच्छा हुई कि वह कुत्ते को दबोच ले और उससे कहे कि या तो तू मेरे साथ है या नहीं है। बोल, बोल तू मेरे साथ है कि नहीं? इंदर बंबई में अकेला रहता था। उसे हमेशा से पता था कि वह कभी अकेला नहीं रहेगा पर वह अकेला रह गया। वह शादी चाहता था, अपना घर। उसके अपने घर के सपने में हमेशा सुबह की चाय बिस्तर पर किसी के साथ होती।

''मौसी, इस कुत्ते को भगा दो।''

मौसी ने हुश-हुश किया पर कुत्ता वहीं खड़ा रहा।

''अरे, कोई नहीं। ख़ुद चला जाएगा।''

कुछ देर में मौसी और इंदर 'शेखर अस्पताल' के सामने खड़े थे। उस बिल्डिंग में 'शेखर अस्पताल' कई जगह लिखा हुआ था। सामने लोहे का, बड़ी जाली का शटर गिरा, भीतर वीराना था। सिर्फ़ एक ट्यूबलाइट की रोशनी रिसेप्शन से चारों ओर फैली हुई थी। मौसी ने पानी की बोतल को इंदर के हाथों में पकड़ा दिया और ख़ुद ज़ोर लगाकर शटर खोलने की कोशिश करने लगी।

''मौसी, नहीं होगा आपसे। रहने दो।''

उन्होंने हारकर आवाज़ लगाई। एक आदमी हाथ में बड़ी-सी झाडू लिए चला आया। उसने एक झटके में शटर उठा दिया। जैसे ही इंदर ने अंदर प्रवेश किया वही अस्पताल की बू उसके पूरे जिस्म में फैल गई, दवाइयाँ पसीने, ख़ून, पिशाब, मृत, ज़िंदा, बीमार बू। कोमा में अपनी बहन के साथ बिताया समय, हेपेटाइटिस-बी से लड़ते हुए पिताजी के अंतिम कुछ साल, टी.बी., पीलिया की दौड़-धूप, बहुत से दोस्तों के माँ-बाप, ख़ून देना, लाश उठाना, पोस्टमार्टम, बू.. बू.. बू...

इंदर एक बेंच पर पसरा हुआ था। काला कुत्ता शटर के बाहर, एक कोने में बैठा इंदर को ताक रहा था। मौसी सारी काग़ज़ी कार्यवाही ख़त्म करके उसके पास आईं।

''एक सौ चार नंबर कमरा है, पहला माला। इनकी लिफ़्ट काम नहीं

कर रही। चल आराम-आराम से चल देना।''

वह धीरे-धीरे सीढ़ी चढ़ने लगा। मौसी कल तक एकदम सुस्त थीं। उसकी बीमारी ने उनके भीतर एक नई उर्जा भर दी थी। उन्हें एक काम मिल गया था। एक मुहीम। मौसी सीढ़ी चढ़ने में इंदर की मदद करना चाहती थीं अपनी पूरी चिंता से। वह कभी इंदर के आगे चलतीं, कभी उसकी बग़ल में चलते हुई उसका हाथ पकड़ लेतीं तो कभी पीछे-पीछे चलने लगतीं। इंदर रुक गया। उसने मौसी को आगे जाने का इशारा किया। मौसी कुछ झेंप गईं फिर सीधा वह कमरा नंबर एक सौ चार की तरफ़ बढ़ गईं। इंदर रेंगते-रेंगते कमरा नंबर एक सौ चार के दरवाज़े तक जैसे-तैसे पहुँच गया। कुछ साँस-में-साँस आई।

''बस नर्स चद्दर बदल दे।'' मौसी ने रिरियाते हुए कहा।

नर्स अपनी गति में चद्दर और तकिये के कवर बदल रही थी। इंदर की निगाह सामने के कमरे पर पड़ी। कमरा नंबर एक सौ तीन जिसका दरवाज़ा हल्का खुला हुआ था। बिस्तर पर कोई लेटा था और उसके दोनों हाथ आकाश की तरफ़ उठे हुए थे। उसने थोड़ा ध्यान से हाथों को देखा, वह एक लड़की के हाथ थे। दुबले-पतले। एक हाथ में घड़ी थी। वह अपनी उँगलियों से हवा में कुछ बना रही थी। उसकी बहुत इच्छा हुई उस लड़की का चेहरा देखने की पर दरवाज़ा बहुत कम खुला हुआ था। वह हल्का दाईं ओर झुका पर उस लड़की की ठुड्डी ही दिखाई दी बस। तभी उस लड़की ने आकाश में कुछ बनाना रोक दिया, उसने झटके से अपना सिर उठाया और सीधा इंदर की ओर देखने लगी। वह चौंक गया। पकड़ा गया? 'मैं पकड़ा गया!' यह वाक्य उसके दिमाग़ में गूँजने लगा। वह सीधा कमरा नंबर एक सौ चार में घुसा और ख़ुद को बाथरूम में बंद कर लिया।

कितना आश्चर्य होता है जब कभी सपने आते हैं ख़ुद के पकड़े जाने के! ठीक पकड़े जाने के पहले घबराहट, पसीना, बेचैनी और आँख खुल जाती है। मौसी को सब कुछ पता चल जाएगा। आँखें खुलते ही एक राहत मिलती है। ओह! सपना था। पर जब पता है कि यह सपना है तो बड़ी इच्छा होती है कि पता कर लें कि ठीक पकड़ें जाने के बाद क्या होता है। इंदर हमेशा जल्दी से वापिस सोकर देखता। किसी फ़िल्म की तरह, जहाँ छोड़ा

था वहीं से सपना वापिस शुरू करने की बहुत कोशिश करता पर भटक जाता।

अस्पताल। इसका एक कैरेक्टर होता है। सरकारी अस्पताल समझ में आते हैं। वह अपनी पूरी गंदगी में आपके चेहरे पर होते हैं, पर प्राइवेट अस्पताल, अस्पताल जैसा न दिखने की ज़िद लिए रहते हैं और यह उनकी ज़िद आपको हर पल डरा रही होती है। इंदर समर्पण कर चुका था। उसने अपना बटुआ मौसी को दे दिया था। जब वह आँखें खोलता मौसी लोगों में उसे पैसे बाँटती हुई दिखतीं। कई बोतल ड्रिप और कई बार बाथरूम जाने के बाद उसके सामने अंग्रेज़ी से संघर्ष करता हुआ एक डॉक्टर आया। उस डॉक्टर के अगल-बग़ल में बहुत से उसके चमचे जैसे असिस्टेंट थे। डॉक्टर बिल्कुल डॉक्टर के जैसा दिख रहा था जैसे हमारे देश में जो चीज़ जैसी है बिल्कुल वैसी ही दिखती है। उस डॉक्टर की पतली-सी काली मूँछें। साफ़ चमकदार शर्ट। अभी-अभी काले किए हुए बाल। हल्की तोंद। कसकर बाँधी हुई ढीली पैंट। काले चमकदार जूते और शरीर से आती हुई अमृत जैसी ख़ुशबू।

"हाउ आर यू फीलिंग सर?"

डॉक्टर ने बहुत क़रीब आकर पूछा। इंदर कुछ कहने को हुआ उसके पहले ही डॉक्टर ने अपने असिस्टेंट से खुसुर-फुसुर जैसी ध्वनि में तीन बातें कहीं और तेज़ क़दमों से चलता हुआ कमरा नंबर एक सौ तीन की तरफ़ निकल गया।

कितना सस्ता है सब कुछ! इंदर ने सोचा। मेरा अब तक का जिया हुआ। एक क्षण में यह ख़ुशबूदार आदमी कह सकता है कि अब बहुत मुश्किल है और सब कुछ झड़ जाएगा। मेरा सारा बिखरा हुआ। बँटा पड़ा इंदर। एक थड़ की आवाज़ के साथ ख़त्म हो जाएगा। शायद कोई आवाज़ भी न हो। ठीक उस क्षण से मैं अतीत होती किसी गुफा में ज़बर्दस्ती घुसेड़ा जाऊँगा। जहाँ मौसा जी ग़ायब हुए हैं, वह शायद मुझे वहाँ मिलेंगे। क्या मैं वहाँ भी उनसे वही व्यस्तता का अभिनय करूँगा? अपना सस्ता, सुस्त, घटिया अभिनय। अचानक उसको मौसा जी के ख़त याद हो आए। वह अंत-अंत में उसे बहुत खत लिखने लगे थे। उनके ख़त कुछ अधूरे पढ़े और

कुछ अभी तक नहीं खोले हैं।

वह सो चुका था। डॉक्टर के जाते ही उसे गहरी नींद लग गई थी। सपने में उसे मौसा जी दिखे, वह अपने सारे ख़तों को लेकर उसके पास आए थे, 'मैं अभी थोड़ा व्यस्त हूँ' वह कहता रहा पर वह इंतज़ार कर रहे थे। वह अपने ऑफ़िस की खिड़की से देखता। वह बिल्डिंग के नीचे खड़े उसकी राह तक रहे हैं। वह अपने घर के दरवाज़े के की-होल से देखता, वह उसके कॉरीडोर में अपने ख़तों को बिछा रहे हैं। इंदर हड़बड़ाकर उठ गया। वह कुछ देर दीवार को ताकता रहा। क्या वह वापिस सोकर देखना चाहता है कि उसने दरवाज़ा खोला कि नहीं? नहीं। क़तई नहीं। क्या हुआ? कितना बजा है? देखा बग़ल के छोटे बेड पर मौसी नहीं हैं। उस छोटे से गुफा रूपी कमरे में कोई भी नहीं था। उसे साँस लेने में तकलीफ़ होने लगी। उसे लगा कि यह अतीत की गुफा है, अतीत का कमरा। जिसमें उसे ज़बर्दस्ती ठूँसा गया है। तभी उसने देखा दरवाज़े पर वही काला कुत्ता बैठा उसे ताक रहा है। वह चिल्लाने लगा।

"नर्स नर्स! सिस्टर सिस्टर!"

एक वृद्ध महिला आई जिसकी आवाज़ में माँ-सा अधिकार था,

"क्या है? आराम करो। अभी बहुत ड्रिप लगने हैं।"

"नहीं। वह... वह..."

बाहर कुत्ता नहीं था।

"क्या हुआ?"

"बाथरूम।"

उसे जल्दी में यही सूझा। नर्स ने थोड़ा मुँह बनाया। उसके हाथ से सीरिंज निकाली। उस सीरिंज को वापिस बोतल में ठूँसा और एक छोटा-सा ढक्कन उस सीरिंज की जगह लगा दिया।

"जाओ, हो जाए तो आवाज़ लगा देना।"

"जी।"

नर्स तेज़ क़दमताल करती हुई निकल गई। उसे बाथरूम नहीं जाना था। वह इस सपने से बाहर आना चाहता था। वह दौड़ना चाहता था। तेज़, बहुत

तेज़। वह खड़ा हुआ पर लड़खड़ा गया। पसीने के कारण पीठ से टी-शर्ट चिपकी हुई थी, उसने सोचा पंखा चालू कर दूँ। वह घिसटता हुआ पंखे के बटन की तरफ़ बढ़ा तभी उसकी निगाह कमरा नंबर एक सौ तीन के दरवाज़े पर गई। वह दरवाज़ा पिछली बार से कुछ ज़्यादा खुला हुआ था। उसे लगा वहाँ मौसा जी हैं। अपने ख़तों को लेकर उसका इंतज़ार कर रहे हैं। वह धीमे क़दमों से चलता हुआ कमरा नंबर एक सौ तीन के पास पहुँच गया। उसने खुले हुए दरवाज़े से झाँककर देखा तो उसे वह लड़की दिखी। वह सो रही थी। उसने पूरे कमरे में देखा तो उसके बहुत से कपड़े दिखे पर बग़ल वाले पलंग पर कोई नहीं था। नीचे चप्पल रखी हुई थी। उसे चप्पलें बहुत छोटी लगीं। लगा किसी बच्चे की हैं। उसकी इच्छा हुई कि वह उसके पैर देखे, क्या इन्हीं पैरों की यह चप्पल है?

"पानी दे दीजिए।"

वह आवाज़ सुनकर चौंक पड़ा। वह उसे ही देख रही थी। उसकी आँखें बड़ी थीं। सीधी नाक। बिखरे हुए बाल। साँवला रंग। चेहरे से उसकी उम्र का पता नहीं लग रहा था।

"पानी वहाँ है।"

सामने वाले पलंग के नीचे पानी रखा हुआ था। वह गिलास ढूँढ़ने लगा। कुछ देर में हारकर उसने उसकी तरफ़ देखा। उसे लगा वह उसे जानती है, उसके बारे में सबकुछ।

"गिलास नहीं है।"

उस लड़की ने कहा और बोतल के लिए हाथ आगे बढ़ा दिया। पानी पीने के लिए वह कुछ सीधी होकर बैठ गई। इंदर को उसके वक्ष दिखे। उभरे हुए। उसने ब्रा नहीं पहनी थी। पानी पीते हुए उसने चद्दर से अपनी छाती ढँक ली। इंदर ने अपनी आँखें नीची कर लीं। उसकी उम्र क़रीब अट्ठाईस-उनतीस साल की होगी, उसने अनुमान लगाया। फिर वह ख़ुद को कोसने लगा। नहीं ठीक कोसने नहीं कोसने के ठीक पहले की स्थिति। उसकी उम्र पचास की थी पर किसी भी लड़की को बिना कपड़े के देखने की उसकी इच्छा वह कभी दबा नहीं पाता था। उसने उस लड़की के हाथों से बोतल ली पर ज्यों ही वह उसको नीचे रखने के लिए झुका, उसके शरीर ने

जवाब दे दिया। उसे चक्कर आने लगा। वह काँपने लगा। लड़खड़ाता हुआ वह दूसरे बिस्तर पर पसर गया। उसे ठंड लगने लगी। वह सिकुड़ने लगा। वह उसे देख रही थी जैसे कि वह ख़ुद को देखता हो। वह दयनीय नहीं दिखना चाहता था। वह कुछ संभला। उसने लेटे-लेटे ही पानी की बोतल उठाई पर सिर्फ़ दो घूँट पानी पिया। उसे पेट गुड़गुड़ाने का डर था। कमरा नंबर एक सौ तीन का दरवाज़ा खुला हुआ था। इंदर ने अपने कमरे की तरफ़ देखा। उसे लगा वह कमरा नंबर एक सौ चार में अभी भी पड़ा हुआ है। उसे ड्रिप लगी हुई है और वह कमरा नंबर एक सौ चार में पड़े हुए, कमरा नंबर एक सौ तीन में ख़ुद के होने के बारे में सोच रहा है। क्या वह सच में यहाँ है? उसकी इच्छा हुई कि वह कमरा नंबर एक सौ चार में जाए और ख़ुद को देखकर आए कि वह वहाँ है कि नहीं।

''अभी मत जाइए।''

''जी।''

''दोपहर में कोई नहीं आता है यहाँ। मैं बोर हो जाती हूँ। आप कुछ देर और बैठ जाइए।''

''मैं कुछ देर बैठकर ही जाऊँगा। मैं अभी जाने की हालत में भी नहीं हूँ।''

वह यहीं था। कमरा नंबर एक सौ तीन में। कमरा नंबर एक सौ चार ख़ाली था। उसका बंबई का घर भी ख़ाली था। उसके ऑफ़िस की कुर्सी भी ख़ाली थी। वह यहाँ था। उसे कमरा नंबर एक सौ चार यहाँ से गुफा की तरह दिख रहा था। उसने कमरा नंबर एक सौ तीन का, कमरा नंबर एक सौ चार से तुलनात्मक अध्ययन किया। इस कमरे में दो खिड़कियाँ हैं। जबकि उसके कमरे में सिर्फ़ एक खिड़की है। दूसरी खिड़की है पर उसमें एसी लगा हुआ है। सो, वह बंद कर दी गई है। यहाँ एसी नहीं है। उसे एसी की ज़रूरत नहीं है। उसे उजाला चाहिए। उसे धूप चाहिए। उसे गुफा में नहीं जाना। वह थक गया था।

''मैं जल्दी ठीक हो जाऊँगी।''

लड़की ने यह ख़ुद से ही कहा।

''ठीक होने के बाद तुम क्या करोगी? मतलब इस अस्पताल से

निकलने के ठीक बाद तुम पहली चीज़ क्या करना चाहती हो?''

''गोलगप्पे खाऊँगी। नीचे देखो। उस पेड़ के नीचे वह रोज़ शाम को बैठता है। बहुत भीड़ होती है उसके पास। बस वहीं जाऊँगी।''

उस गोलगप्पे वाले के पेड़ को देखने के लिए उसे उसके पलंग के पास आना पड़ा। उसने उस पेड़ को देखा और मुस्कुरा दिया।

''और आप क्या करोगे?''

''मैं पहली फ़्लाइट पकड़कर सीधा बंबई। बहुत काम पड़ा है। मुझे तो अपने ऑफ़िस की डेस्क दिख रही है और कुछ भी नहीं।''

यह बोलते ही उसने अपने दोनों हाथों से पलग के छोर को दबाया। उसके कंधों में खिंचाव आया। उसकी गर्दन दोनों कंधों के बीच झूल गई। फिर झूठ.. झूठ क्यों? सच यह है कि वह इस अस्पताल से छूटते ही उस लड़की के पास जाएगा जिसके साथ वह आजकल सो रहा था। वह सिर्फ़ एक-दो बार ही उसके साथ सोया है। फिर उसे नग्न देखने की चाह रह-रहकर उसने अपने भीतर महसूस की। जलन। तीखी जलन। इस वक़्त कहाँ होगी? किसके साथ? वह अपने सुंदर शरीर को लेकर शायद किसी के बहुत क़रीब, सटी हुई खड़ी होगी। कोई और उसे छुएगा। चिपकेगा। कोई उसके... ऊफ! यह insecurity है। नहीं, यह बस गंदगी है। अपने हर बार हार जाने के डर की गंदगी। तभी उसकी इच्छा हुई कि वह फिर खड़ा होकर बाहर देखे कि कहीं वह काले रंग का कुत्ता अभी भी उसके बाहर आने का इंतज़ार तो नहीं कर रहा?

''आप क्या काम करते हैं?''

कुछ देर के मौन के बाद उसने पूछा। वह थोड़ा ऊपर होकर बैठ गई थी। सिर के पीछे उसने तकिया लगा लिया था। उसने चद्दर सिर्फ़ कमर तक ही रखी थी। उसके वक्ष वह देख सकता था पर उसकी निगाह उसकी आँखों से नहीं हट रही थी। उस लड़की की आँखों में कुछ था। वह उसे जानती थी। उसके बारे में सबकुछ, फिर भी बहाना कर रही थी पूछने का। यह शायद सपना है। सपने में ही आप ऐसे पात्रों से मिलते हो जो कहानी के पात्र जैसे लगते हैं। जिनके सामने समर्पण करने को जी चाहता है।

''मैं सामान बेचने में मदद करता हूँ। एक ऐसी कंपनी में काम करता

हूँ जो इश्तेहार बनाती है। जिससे आप जाकर उसे ख़रीदें। मैं सालों से यह काम कर रहा हूँ। लोग कहते हैं कि मैं अपने काम में बहुत तेज़ हूँ पर मैं वह नहीं हूँ। मैं इंदर नहीं हूँ। मैं ख़ुद एक प्रोडक्ट जैसा हूँ। जिसे रोज़ नए-नए तरीक़े से मैं बेचने की कोशिश करता हूँ। मैंने अपने चारों तरफ़, 'मैं बहुत अलग हूँ। मैं जीवन को उसकी मुक्तता में जीता हूँ। मैं यायावर हूँ।' जैसे वाक्यों का एक औरा बनाया हुआ है। उसे रोज़ चमकाकर रखता हूँ। असल में मैं एक कमीज़ हूँ, जो रंग बदलती है। मैंने बस उस कमीज़ की धुलाई-सफ़ाई की है। उसे चमकाया है। उसे बाज़ार में हर बदलते मौसम में आज़माया है। वह हमेशा काम करती है। मैं हमेशा काम करता हूँ। मेरे लिए सबसे कठिन काम है अपने साथ रहना। अपने ख़ुद के साथ। ख़ुद के पूरे झूठ के साथ लगातार रहना। मेरे भीतर एक ख़ालीपन है। जिसके लिए बस में दूसरों का उपयोग करता हूँ। वह आते हैं और कुछ समय के लिए इसे भर देते हैं पर उनके जाते ही मुझे एक कड़वाहट महसूस होती है अपने से। ख़ुद से। उनके कुछ देर मेरे साथ होने से। सबसे। और मैं बाहर निकल जाता हूँ। फिर किसी को खोजता, ढूँढ़ता हुआ। मैं असल में माफ़ी माँगना चाहता हूँ। कहीं किसी गिरजे में कोई बूढ़ा पादरी होगा जो कह देगा कि जाओ, भगवान ने तुम्हें माफ़ किया।''

वह चुप हो गया और वह कुछ नहीं बोली। इंदर से यह शांति सहन नहीं हो रही थी। उसने अपने माथे पर पसीने की एक बूँद को सरकते हुए महसूस किया। वह बालों से निकलकर उसकी भौं की तरफ़ आ रही थी। वह हल्के से उठा। दो क़दम चलकर उसने कमरा नंबर एक सौ तीन का दरवाज़ा पकड़ लिया। कुछ गहरी साँसें लीं। उस लड़की की आवाज़ आई,

''मेरा नाम रोशनी है।''

''मैं तुम्हें जानता हूँ।''

''आप जानते हैं मुझे ?''

''हाँ, अगर तुम मुझे अपना नाम नहीं बताती तो मैं तुम्हें पारुल कहकर पुकारता।''

''क्यों ?''

इंदर को लगा कि यह वही सपना है जिसमें वह पकड़ा जाता था के डर से उठ जाता पर अभी वह इस सपने में पकड़े जाने के बाद का होना देख रहा है। अब? उसने क्यों का कोई जवाब नहीं दिया। वह धीमे क़दमों से चलता हुआ कमरा नंबर एक सौ चार की तरफ़ बढ़ने लगा, जो बिल्कुल एक गुफा की तरह दिख रहा था। वह जल्दी से उस गुफा में गुम हो जाना चाहता था। वह चाहता था कि वह सो जाए, गहरी नींद और जब उठे तो सब कुछ मिट जाए। उसका कमरा नंबर एक सौ तीन में जाना। उसका इस शहर में आना, मौसा जी की मौत, उनके ख़त, पारुल, उसके ऑफ़िस की डेस्क, उसका नाम, सब कुछ मिट जाए। वह कमरा नंबर एक सौ चार में ऐसे घुस रहा था जैसे कोई अपनी नींद में प्रवेश करता है।

नींद एक धोखा है। बिखरी हुई ज़िंदगी के बीच जब भी एक गहरी नींद मिलती है तो लगता है कि सब सही हो गया है। मानो बिखरा हुआ घर उठते ही वापिस, ख़ुद-ब-ख़ुद सलीक़े से जम गया। हमेशा लगता है कि बस एक बार, एक बार सब सही हो जाए फिर कुछ भी ग़लत नहीं होने देंगे। ग़लत घर में धूल के समान था वह। बार-बार झाड़ू लगाकर उसे बाहर करता और वह सारी धूल घर के चौखट पर इंतज़ार करती रहती। सारा-का-सारा ग़लत मौक़ा मिलते ही वापिस घर में पसर जाता। वह अपने काम में बहुत मेहनत करता। व्यस्त रहता कि भविष्य में एक इंदर है जो कमाल का जिएगा। उस भविष्य के इंदर के प्रेम में सुबह की बिस्तर पर चाय होगी। बालकनी में झूला होगा। देर तक प्रेम के संवादों में सपने होंगे। हमेशा सारा कुछ एक हाथ की दूरी पर होता। उस काले कुत्ते की तरह। परछाईं की तरह साथ चलता पर उसे पकड़ नहीं सकते हैं, उसे कह नहीं सकते कि यह मेरी है। संबंधों की शुरुआत होती और वह उसके भविष्य में होता। वह कल्पना करता कि किस तरह यह संबंध टूटेगा। कौन इस बार जाएगा। कौन किसे छोड़ेगा। भविष्य का इंदर अब उसे धुँधला दिखने लगा था। कभी इच्छा होती कि अपनी आँखों का चेक-अप करवा ले पर डॉक्टर से क्या कहेगा? 'डॉक्टर साहब, भविष्य धुँधला दिख रहा है एक चश्मा बना दो!'

उसकी बहुत ज़ोर से इच्छा हुई कि वह तबला ख़रीदे। वह हमेशा तबला

ठीक से सीखना चाहता था। ज़ाकिर हुसैन! तिरकिट धा तिरकिट धा!

"क्या हुआ?"

मौसी बग़ल के बिस्तर में बैठे हुए सेब काट रही थीं।

"क्या हुआ?"

"अरे, तू कुछ तिरकिट तिरकिट कह रहा था।"

यह सपना नहीं था वह बड़बड़ा रहा था। बीमारी कितना आश्रित कर देती है!

"कुछ नहीं।"

वह मुस्कुरा दिया। उसे अचानक वह दिन याद आ गया जब बचपन में वह बरामदे में कंचे खेल रहा था और मौसी राजमा-चावल लिए उसके पीछे-पीछे घूम रही थीं। हर कुछ देर में एक कौर उसे खिला देतीं। खेलते-खेलते मैं ज़्यादा खाना खा लेता था ऐसा मौसी को लगता था। मौसी के हाथों की नसें दिख रही थीं। उभरी हुईं। हरी नसें। उसे पहली बार एहसास हुआ कि मौसा जी के जाने के बाद वह कितनी अकेली हो गई होंगी। उन्होंने उसे फ़ोन किया था, "बेटा, कुछ दिनों के लिए आ जाता तो अच्छा लगता।" बस एक छोटा आग्रह। विनती जैसा कुछ। वह कोई बहाना नहीं कर सका। वह अभी तक वापिस चला गया होता अगर वह बीमार नहीं पड़ा होता।

"मौसी, आप मेरे साथ बंबई चलो। वहीं रहना मेरे साथ।"

बीमार-भर्राई आवाज़ में बहुत हल्के से उसने कहा। मौसी ने कटे हुए सेब उसकी तरफ़ बढ़ा दिए।

"अभी बीमार है। इसलिए ऐसा कह रहा है।"

"नहीं मौसी। आप सच में मेरे साथ रहो।"

मौसी मुस्कुरा दीं। वह भी चुप हो गया।

"मेरा मोबाइल आप लाई हैं?"

"अरे कहाँ! वह तो मिला ही नहीं! मैं ढूँढ़ रही थी। फ़ोन भी लगाया पर कहीं कोई आवाज़ ही नहीं आई।"

"वह साइलेंट पर रखा है। बैग में है। अंदर की जेब में। अभी जाएँ तो ले आना।"

तभी एक बूढ़ी सिस्टर आई और उसने एक पर्ची मौसी के हाथों में थमा दी।

"यह दवाइयाँ ले आइए।"

यह कहकर वह चल दी।

"पैसे हैं ना आपके पास?"

"हाँ हैं। मैं अभी आई।"

"मौसी मैं सच कह रहा हूँ आप मेरे साथ चलो। वहीं दोनों साथ रहेंगे। शाम को घूमने जाया करेंगे। मेरे घर के बहुत पास समुंदर हैं। आपको समुंदर बहुत पसंद है ना?"

मौसी उसे देखती रहीं।

"मुझे आपकी बहुत ज़रूरत है। मैं.. मुझे अच्छा लगेगा।"

"तू ठीक हो जाएगा तो मुझे भी अच्छा लगेगा।"

आपके अपने आपको बहुत जल्दी माफ़ नहीं करते हैं। और क्यों करें? उन बीते हुए सालों का हिसाब-किताब किए बिना अचानक सबकुछ ठीक नहीं हो सकता। हर बार आँख खुलने पर सुबह नहीं होती।

उसने देखा कमरा नंबर एक सौ तीन का दरवाज़ा बंद था। उसे लगा कि वह कमरा उसके कमरे से थोड़ा दूर हो गया है। जब वह वहाँ नहीं गया था तब वह कमरा उसे पास लगता था। अब कमरा नंबर एक सौ तीन, कमरा नंबर एक सौ चार से थोड़ा दूर हो गया था। जैसे बाक़ी सारे गृह पृथ्वी से दूर होते जा रहे हैं। जैसे धरती भी धीरे-धीरे फैलती जा रही है। जैसे उसका जीवन जीते-जीते बिखरता जा रहा है। जो संबंध पहले एक हाथ की दूरी पर थे अब उन संबंधों को ज़ोर से आवाज़ लगाओ तो अपनी ही आवाज़ वापिस गूँजती हुई सुनाई देती थी। समय क्या हर संबंध को गुफा गें डाल देता है? जहाँ बस अँधियारा है। अपनी ग़लतियाँ, क्या उन्हें कभी सुधारा जा सकता है? एक बार.... बस एक बार सब सही हो जाए। क्या चौखट पर इंतज़ार कर रही धूल से कभी छुटकारा मिल सकता है?

काँपते थे दोनों पाँव बंधु

उसने सोलहवें में क़दम ही रखा था। देर रात चलने वाली कृष्ण लीला उसने कबीट का फल खाकर देखी। घर में आते ही एक थाली उठाकर उसे अपनी उँगली पर घुमाने की प्रेक्टिस करने लगा। कृष्ण उसे भा गए थे। अपने दोस्तों में कृष्ण और गोपियों की लीला के क़िस्से वासना में डूबे हुए होने लगे। फिर क़िस्सों में कृष्ण हट गए और झूठे सेक्स के अनुभव सारे दोस्त एक-दूसरे को सुनाने लगे। वह अपनी जाँघों के बीच हलचल महसूस करने लगा। इन सब बातों का अंत यूँ हुआ कि उसने तय किया कि वह बाँसुरी बजाना सीखेगा। बाँसुरी का ख़्याल आते ही उसे अशुतोष भाई याद आए। उनके यहाँ वह गणित की ट्यूशन पर जाता था। उसे याद था कि उनके कमरे में उसने हार्मोनियम रखा हुआ देखा था। आशुतोष भाई स्वभाव से ग़ुस्से वाले आदमी थे। एक दिन जब उसने आशुतोष भाई का मूड थोड़ा ठीक देखा तो उसने उनसे कहा, ''मैं संगीत सीखना चाहता हूँ। आप मार्गदर्शन करेंगे?'' आशुतोष भाई ने तुरंत अपना हार्मोनियम उठाया और कुछ बिना शब्द के आलाप जैसा चिल्लाने लगे। गणित की ट्यूशन धरी-की-धरी रह गई और उसके कान सुन्न हो गए सो अलग।

एक रविवार की दोपहर अचानक आशुतोष भाई घर आए। अपनी साइकिल पर उन्होंने उसे आवाज़ लगाई, ''बंटी''(उसके घर का नाम बंटी था)। वह भागा हुआ बाहर पहुँचा तो उन्होंने कहा, ''चल तुझे अपने गुरु से मिलवाता हूँ।'' उसने चप्पल पहनी और अपनी एटलस गोल्डलाइन सुपर लेकर आशुतोष भाई के पीछे हो लिया। वह शहर के पीछे की तरफ़ एक मुस्लिम बस्ती में पहुँचे। वहाँ एक गली में आशुतोष भाई आकर रुके। उन्होंने अपनी साइकिल को स्टैंड पर लगाया। उसमें ताला लगाया। बंटी ने भी उनके ठीक पीछे अपनी साइकिल लगाई। उसमें ताला लगाया। आशुतोष भाई ने इशारे से बंटी को घर दिखाया। बाहर बोर्ड लगा हुआ था- 'संगीत', और एक वीणा बनी हुई थी। वह बोर्ड लगता था कि किसी आदिम खुदाई में निकला है। हर तरफ़ से उसका रंग झड़ चुका था। वह बोर्ड ख़ुद बड़ी सहजता से दीवार का हिस्सा लगने लगा था। भीतर छोटे से कमरे में अशुतोष भाई ने एक बहुत बूढ़े आदमी के पैर छुए। उसने भी उस

बूढ़े के पैर पड़े।

"दद, यह बंटी है। तबला सीखना चाहता है।"

धोखा! कृष्ण। गोपियाँ। अचानक बंटी के पैर ढीले पड़ गए। उससे रहा नहीं गया और उसने कहा,

"नहीं ददा, मैं बाँसुरी सीखना चाहता हूँ।"

आशुतोष भाई ने घूरकर बंटी की तरफ़ देखा। बंटी ने अपना सिर नीचे कर लिया। आशुतोष भाई बंटी के पास आए और उसके कान में कहा,

"तू ददा का मज़ाक़ उड़ा रिया है?"

बंटी ने तुरंत ना में सिर हिलाया।

"ददा के मुँह में दाँत नहीं हैं। शरीर में हवा ख़तम है। कैसे सिखाएँगे तेरे को बाँसुरी?"

अंत में बंटी के हाथ तबला लगा। धा.. धिन.. धिन.. धा... से संगीत शुरू हुआ। ददा थोड़ा बताकर सो जाते। वह तबला पीटता रहता। तभी टीवी पर उसने उस्ताद ज़ाकिर हुसैन का 'वाह! ताज' वाला एडवरटिज़मेंट देखा। उसे लगा- यह हैं आज के कृष्ण, ज़ाकिर हुसैन। और आज के कृष्ण बाँसुरी नहीं तबला बजाते हैं। उसके कृष्ण का बुख़ार काफ़ूर हो गया और वह धा.. धिन.. धिन.. धा.. के बजाय सीधा तिरकिट धा.. तिरकिट धा.. बजाने लगा। ददा तिरकिट पर नाराज़ हो जाते। "यह क्या कुटुर-कुटुर करता है! पहले सीधा तो बजा।" इस बात पर पारुल को बड़ी हँसी आ जाती। पारुल! बात असल में पारुल की ही है। वह ग़ज़ब गाती थी। उसकी हँसी में भी संगीत होता। वह उसे सुनता और तुरंत तिरकिट धा.. तिरकित धा.. कर देता। पारुल गाती और वह उसकी संगत में तबला बजाता। पारुल सुंदर सलवार-कमीज़ पहनती थी। एक दिन बंटी संगत करने उसके सामने बैठा था तभी ददा को खाँसी आ गई। आई (ददा की पत्नी) बाहर सब्ज़ी लेने गई हुई थीं। पारुल भीतर जाकर पानी ले आई। वह भी खड़ा हो गया और ददा की पीठ पर हाथ फेरने लगा। पारुल ददा को झुककर पानी पिला रही थी। तभी पारुल की कमीज़ से उसने उसके वक्ष की एक झलक देखी। कहीं से अचानक बंटी को मंद-मंद राग भोपाली सुनाई देने लगा। तभी उसे उस्ताद ज़ाकिर हुसैन दिखे। वह कृष्ण बनकर बाँसुरी पर राग भोपाली बजा रहे थे। सब

कुछ थम गया। उसकी पलकें भारी होने लगीं। वह पूरा ज़ोर लगाकर अपनी आँखें खुली रखना चाहता था पर पलके थीं कि बंद होना चाहती थीं। आँखें इस दृश्य को भीतर गहरे में कहीं सँजो लेना चाहती थीं पर मन इस दृश्य को चखना चाहता था। खाना चाहता था। चबाना चाहता था। तभी अचानक पारुल ने अपना हाथ छाती पर रखकर अपने वक्ष को ढाँप लिया। बाँसुरी बेसुरी हो गई। ज़ाकिर हुसैन ग़ायब हो गए। वह जहाँ था वहीं बैठ गया। इस घटना के बाद कुछ भी सामान्य नहीं रहा। उसकी निगाह पूरे वक़्त पारुल के वक्ष ही टटोलती रहती। वह उस दृश्य के परे पहुँचने की कल्पना करने लगा। जब-जब उसकी निगाह पारुल से मिलती एक टीस उठती। असहनीय टीस। मानो किसी ने हृदय पर एक घूँसा जड़ दिया हो।

मन साइकिल की घंटी हो गया था। जब पारुल के बारे में सोचता बज उठता। कोई किसी का भी नाम पुकारे उसे पारुल की ध्वनि सुनाई देती। हर कुछ देर में टन घंटी की आवाज़ आती और मन बैठ जाता। कृष्ण लीला अब उसे बहुत पसंद नहीं आती। कृष्ण के आस-पास बहुत-सी गोपियाँ होती थीं। ''ना, यह ठीक नहीं है।'' वह अपने दोस्तों से कहता। राधा और कृष्ण वाली बात उसे अच्छी लगती। जब भी वह पारुल के बारे में ज़्यादा सोचता तो कुछ घंटियों के बाद वह अपनी जांघों के बीच हलचल महसूस करने लगता।

एक दिन संगीत क्लास के बाद उसने अपनी एटलस गोल्डलाइन सुपर साइकिल उठाई और घर की तरफ़ जाने लगा। पीछे से पारुल की आवाज़ आई,

''बंटी।''

''आह! यह सुर। इसका संगीत। वह स्तब्ध रह गया।''

''सुनो, साथ चलते है। तुम रोज़ भाग क्यों जाते हो?''

''मैं कहीं नहीं... मैं.. तो.. असल... हम्म।''

काश! जीभ तबला होती तो वह तिरकिट धा तिरकिट धा कर-करके सारी बातें कह देता। अभी जीभ पलटने का नाम नहीं ले रही थी।

''कहाँ रहते हो तुम?''

"बाज़ार में?"

"बाज़ार में कहाँ?"

"बाज़ार में।" उसने सहजता से जवाब दिया।

"मैं भी आज उसी तरफ़ जा रही हूँ। मुझे महिला वस्तु भंडार जाना है।"

दोनों साथ चलने लगे। कुछ ही देर में बंटी को साथ चलने की त्रासदी समझ में आने लगी और तब पहली बार उसके पैर काँपे। लड़की के साथ चलते हुए सब लोग उसे देखेंगे। वह महिला वस्तु भंडार की बग़ल में रहता था। बंटी, छोटी, रग्घू, ठोंठा, बिक्की सारे दोस्तों के चेहरे उसके सामने घूमने लगे। उसके पैरों की कँपकँपी और बढ़ गई। उन दोनों के बीच में साइकिल थी। वह कैसे पारुल को मना करे! उसका घर बीच बाज़ार में है।

"मेरा घर महिला वस्तु भंडार के पास ही है। मतलब बग़ल में है।"

"अरे वाह! तो चलो तुम्हारा घर भी देख लेंगे।"

एटलस गोल्डलाइन सुपर साइकिल अमीर बच्चों के पास होती थी। उसने लड़कर-रोकर वह साइकिल जैसे-तैसे मौसा से ज़िद कर ख़रीदवाई थी। वह बहुत जर्जर हालत वाले घर में रहता था।

"तुम बहुत अच्छा तबला बजाते हो।"

"अच्छा?"

वह संवाद को कम-से-कम रखना चाहता था। उन दोनों ने अभी-अभी बाज़ार में प्रवेश किया था। वह जितना हो सकता था उतना पारुल से दूर चल रहा था। उसने साइकिल को भी बहुत अजीब ढंग से पकड़ा हुआ था। कंधे कड़क थे। चेहरे पर हवाइयाँ उड़ी हुई थीं। लगभग हर आदमी उसे पहचान रहा था। घूर रहा था। उसने अपना सिर नीचे कर लिया। बस वे महिला वस्तु भंडार के पास पहुँच ही गए थे कि तभी बंटी, छोटी, रग्घू, ठोंठा, बिक्की, नहीं उनसे भी ख़तरनाक चोटी सामने से आता हुआ दिखा। चोटी को मोहल्ले में 'चोटी पेपर' कहते थे। वह पूरे गाँव की ख़बर रखता था और सारी ख़बरें मसाला मारकर सबमें बाँटता था।

“ठीक है तो फिर कल मिलते हैं। मेरा घर आ गया।”

बंटी ने अचानक रुककर कहा। पारुल कुछ आगे निकल गई थी। चोटी सामने वाली पान की दुकान से उन्हें देख रहा था।

“अरे! कौन-सा घर है?” पारुल ने पूछा।

वह अपने घर के सामने खड़ा था पर उसने इशारा मुल्ला जी के घर की तरफ़ किया, जो उसके घर के ठीक सामने बना था। तीन मंज़िला। मुल्ला जी ने यह घर अभी-अभी बनवाया था। वह महिला वस्तु भंडार की तरफ़ बढ़ गई। पर भीतर नहीं घुसी। उसने पलटकर बंटी को देखा। बंटी की एक निगाह चोटी पर थी। बंटी धीरे-धीरे मुल्ला जी के घर की तरफ़ बढ़ने लगा। उसने मुल्ला जी की घर के सामने अपनी साइकिल खड़ी की। कुछ देर रुका। देखा पारुल अभी भी महिला वस्तु भंडार के बाहर ही खड़ी है। चोटी पान की टपरी से निकलकर थोड़ा बाहर की तरफ़ खड़ा हो गया। वह एक नज़र पारुल पर डालता और एक बंटी पर। बंटी, मुल्ला जी के घर की सीढ़ी चढ़ने लगा। तभी उसके घर से उसकी मौसी बाहर निकल आईं और वह चिल्लाईं,

“बंटी, बेटा कहाँ जा रहा है? चल बेटा खाना लगा देती हूँ।”

“मौसी... वह.. 100”

बंटी ने एक बार पारुल की तरफ़ देखा और एक बार चोटी की। सब खेल बिगड़ गया। वह अपनी शर्मिंदगी छुपा नहीं पाया और भागता हुआ अपने घर की तरफ़ बढ़ गया। मौसी की कुछ समझ में नहीं आया।

“अरे, साइकिल वहाँ क्यों खड़ी कर दी?”

मौसी ने कहा, पर तब तक बंटी दौड़ लगाता हुआ सीधा घर में घुस गया। चोटी हँसने लगा। पारुल महिला वस्तु भंडार नहीं गई। वह वापिस अपने घर की तरफ़ चल दी। चोटी पारुल को गली के अंत तक घूरता रहा।

बंटी पहली बार बाहर से दूर रहना चाह रहा था। वह भीतर की ऊहापोह में व्यस्त रहने लगा। उसे लगा उसे कोई नहीं समझता। वह हर वाक्य में पारुल कहना चाहता था, पर पारुल कौन थी, इसका जवाब उसके पास नहीं

था। वह कई दिनों तक संगीत क्लास नहीं गया, दोस्तों से नहीं मिला। पारुल के वक्ष की तस्वीर उसके दिमाग़ में छप गई थी। जब-जब वह उनके बारे में सोचता उसके पैर काँपने लगते। एक दोपहर उसके कमरे का दरवाज़ा उसकी मौसी ने खटखटाया। आवाज़ आई कि कोई लड़की तुमसे मिलने आई है। बंटी घबराहट के मारे सीधा बाथरूम में घुस गया। उसने जल्दी-जल्दी अपने बालों में पानी मारा, कंगी से बाल चिपकाए और बाहर आ गया। पारुल बाहर के कमरे में सोफ़े पर बैठी थी। बग़ल में मौसा जी एटलस लिए बैठे थे। मौसा जी को बड़ी आदत थी यह बताने की कि वह दुनिया के किस-किस देश में रहे हैं। बंटी उनकी बग़ल में आकर बैठ गया। पारुल ने उसकी तरफ़ यूँ देखा मानो वह असल में मौसा जी से ही मिलने आई हो। मौसा जी ने अपनी विदेश यात्राओं में बंटी को भी शामिल कर लिया। बंटी यह बातें बचपन से सुनता आ रहा था सो, वह कुछ खीजने लगा। उसके चेहरे पर उस दिन के झूठ की शर्मिंदगी अभी भी थी। तभी भीतर से मौसी आईं और उन्होंने मौसाजी को किसी काम से बाज़ार भेज दिया। कुछ देर में मौसी भी चिल्लाती हुई चली गईं कि मैं वर्षा की माँ से मिलकर आती हूँ। अचानक वह दोनों अकेले हो गए। तब लगा कि असल में उनके पास कहने के लिए कुछ भी नहीं है। बंटी पारुल को देखकर एक-दो बार मुस्कुराया पर पारुल गंभीर बनी रही। फिर अंत में पारुल ने कहा,

"तुम इतने दिनों से संगीत की क्लास में क्यों नहीं आए?"

"मैं कल से आऊँगा।"

फिर चुप्पी।

"अच्छा घर है तुम्हारा।"

और वह चुप हो गया। बंटी को रोना आने लगा, अपनी ग़लती पर। वह उठा और अपने कमरे में चला गया। पारुल कुछ देर बाहर बैठी रही। उसने बंटी को आवाज़ भी दी। तीसरी आवाज़ पर बंटी का, रुँधे हुए स्वर में जवाब आया,

"आ रहा हूँ।"

पारुल उठकर उसके कमरे में गई। वह बाथरूम में था।

"बंटी, क्या हुआ?"

"मुझे माफ़ कर दो, उस दिन मैंने झूठ कहा था घर के बारे में।"

"अरे जाने दो, तुम बाहर तो आओ।"

"मुझे माफ़ कर दो, बस।"

"अरे कर दिया माफ़। मुझे तो लगा शायद तुम्हारी तबीयत ख़राब है। इसलिए पूछने आई। ददा भी परेशान थे कि तुम अचानक नहीं आ रहे हो?"

उसने बाथरूम का दरवाज़ा खोल दिया। बाहर आया तो वह पसीने-पसीने था। पारुल ने अपनी चुनरी से उसका चेहरा पोंछा।

"बच्चे हो तुम बिलकुल।"

अचानक बंटी ने उसके वक्ष को अपने बहुत क़रीब पाया। उसके पैर बुरी तरह काँपने लगे। पैर उसके शरीर का बोझ उठाने में असमर्थ थे। वह लड़खड़ाने लगा। पारुल ने उसे पकड़ लिया। जैसे-तैसे पारुल उसे पंलग तक ले गई। बैठते ही उसने अपने दोनों हाथ घुटनों पर रख दिए पर घुटनों का कंपन बंद होने का नाम नहीं ले रहा था। पारुल को यह बहुत अजीब लगा। उसने उसके घुटनों को छुआ। छूते ही उसे गुदगुदी महसूस हुई, वह हँसने लगी। उसने अपने दोनों हाथों से उसके घुटनों को रोकने की कोशिश की पर वह काँपे ही जा रहे थे। उसकी हँसी से बंटी भी थोड़ा सहज हुआ। वह भी अपने घुटनों के इस तरह काँपने पर हँसने लगा। पारुल अचानक नीचे बैठ गई और उसने अपने दोनों हाथों से कसकर घुटने को जकड़ लिया। काँपना अब रह-रहकर हो रहा था। पारुल की हँसी अचानक रुक गई। वह धीरे से उसकी बग़ल में बैठ गई। बंटी ने काँपते हाथों से उसकी कलाई को पकड़ा। वह चुप रही। वह कलाई से अपने हाथ को धीरे-धीरे खिसका कर उसके चेहरे की तरफ़ ले गया।

"यह क्या कर रहे हो बंटी?"

'यह क्या कर रहे हो बंटी' सुनते ही उसके घुटनों का कंपन बंद हो गया और उसने अपनी जाँघों के बीच हलचल महसूस की। पारुल के दोनों हाथ मृत पड़े थे।

"बंटी यह ठीक नहीं है।"

यह सुनते ही अजीब-सा ज्वर बंटी ने महसूस किया। उसने पारुल को

अपने बिस्तर पर लिटा दिया और उसके ऊपर चढ़ गया। पारुल ने अपनी आँखें बंद कर लीं। बंटी उसे बुरी तरह चूमने लगा। कुछ देर बाद उसे पारुल के वक्ष याद आए। उसने चुनरी को खींचकर अलग कर दिया। चुनरी हटते ही वह क्या करे उसकी समझ में नहीं आया। तभी पारुल की साँसें रुकने लगीं। वह असहज हो गई। वह अपने हाथों के ज़ोर से बंटी को अलग कर देना चाहती थी पर बंटी पर पागलपन सवार था। तभी उसे ध्यान आया कि घर के सारे दरवाज़े खुले हुए हैं। वह दरवाज़ा बंद करने के लिए उठा तभी उसे मौसा जी भीतर आते हुए दिखाई दिए और सब ख़त्म हो गया। वह भागता हुआ, डर के मारे कमरे से बाहर निकल आया। उसने पारुल को वहीं, वैसा-का-वैसा छोड़ दिया। मौसा जी उसे सामने दिखे। उसे समझ में नहीं आया कि वह क्या करे तो वह सीधा किचन में चला गया। मौसा जी वहीं खड़े रहे। पारुल उसके कमरे से निकली और सीधे घर के बाहर चली गई। मौसा जी सन्न खड़े रहे। उनकी कुछ समझ में नहीं आया कि क्या हुआ।

बहुत दिनों के बाद एक शाम मौसा जी ने बंटी से माफ़ी माँगी थी।

बंटी को पहली बार एक दूसरी दुनिया दिखी थी, एक संसार जो बाहर है और दूसरा संसार जो भीतर हरकत करता है। उसका भीतरी संसार नदी की तरह है। जब गोता लगाओ तो पता लगता है बहुत गहरे सब कुछ हरा है और उस हरेपन के भी परे सब अँधेरा है। वह भीतर जाता जा रहा था। भीतर अँधेरे के क़रीब उसे अपनी ही दो आँखें दिखती थीं, ख़ुद उसको देखती हुई। वह डर जाता पर उसे रहस्य में सुख दिखने लगा था। उसे दो आँखों के अगल-बग़ल पारुल के वक्ष भी दिखाई देते पर उनके दिखने से उसके पैर नहीं काँपते। पारुल का सामना करना ख़ुद अंधेरे में अपनी आँखों का सामना करने जैसा था। वह डरता था सो, बहुत दिनों तक वह संगीत क्लास नहीं गया।

एक दोपहर वह संगीत क्लास के सामने खड़ा था। भीतर से पारुल के गाने की आवाज़ आ रही थी। तीन-ताल। वह उसकी इस राग पर तीन ताल बजाता था। कोई तीन ताल बज रहा था। उसे आश्चर्य हुआ कि उसकी जगह किसने ले ली। वह भीतर पहुँचा तो आशुतोष भाई तीन ताल बजा रहे थे।

वह एक कोने में जाकर बैठ गया। पारुल ने गाते हुए उसको कुछ यूँ देखा जैसे जानती ही न हो। आशुतोष भाई ने उसकी उपस्थिति भी दर्ज नहीं की। बंटी को लगा कि उसका आना किसी को ठीक नहीं लगा। राग ख़त्म होने पर आशुतोष भाई ने पारुल की तारीफ़ की। ददा ने उसका हाल पूछा। पारुल चुप रही। कुछ देर में पारुल उठी, उसने ददा के पैर छुए और बाहर निकल गई। वह भी उठा। उसने ददा के पैर छुए और जाने को हुआ।

"सुनो बंटी, तुम रुको। तुमसे बात करनी है।" आशुतोष भाई ने कड़क स्वर में कहा।

पारुल बाहर उसके चलने का इंतज़ार कर रही थी। वह दहलीज़ पर खड़ा रहा। उसने पारुल को देखा। पारुल समझ गई। वह मुस्कुराई और अकेली जाने लगी। बंटी की इच्छा हुई कि वह तबला उठाकर आशुतोष भाई के सिर पर मार दे और पारुल के साथ चला जाए पर नहीं, अच्छे लड़के ऐसा नहीं करते। वह डरते हैं। वह डरपोक होते हैं। वह भी अच्छे लड़के होने की लाइन में था। पूरा बचपन इसी संघर्ष में बीता था। वह एक अच्छे लड़के की तरह दहलीज़ के इस तरफ़ ही रहा। उसने दहलीज़ पार नहीं की। आशुतोष भाई ने ददा के पैर छुए और बंटी को अपने साथ चलने का इशारा किया। बंटी आदेशानुसार उनके पीछे हो लिया।

गली में उनकी बातचीत हुई।

"तो कैसा चल रहा है संगीत?" आशुतोष भाई बोले।

"सही। ठीक। अच्छा।" हकलाते हुए उसने कहा।

"पारुल अच्छी लड़की है।"

"हें!"

"क्यों, तुम्हें अच्छी नहीं लगती?"

"हाँ। मेरा मतलब है कि अच्छा गाती है।"

"अच्छा, तुम्हें उसका गाना अच्छा लगता है?"

"ठीक गाती है आशुतोष भाई।"

"क्यों, तुम अच्छा बजा लेते हो?"

"हें!"

"उसे संगत देते हो ना! ददा बोल रहे थे ख़ुद को ज़ाकिर हुसैन समझते हो तुम।"

"मैं? नहीं भइया।"

"पारुल के बाप के बारे में जानते हो? डॉक्टर है वह। अंग्रेज़ी कुत्ते हैं उनके घर में। पारुल अपने कुत्तों से भी अंग्रेज़ी में बात करती है। तुम्हें माय नेम इज बंटी के अलावा कुछ और कहना आता है?"

बंटी समझ गया था कि यह बात कहाँ जा रही है। वह अपनी शर्ट के तीसरे बटन को देखने लगा और मौन हो गया। वह अब पश्चाताप कर रहा था। काश! वह पहले ही तबला उठाकर आशुतोष भाई के सिर पर दे मारता तो अभी इन सारे सवालों का उसे सामना नहीं करना पड़ता।

"हें! क्या हुआ, जवाब दो। कितनी अंग्रेज़ी आती है तुम्हें? कहीं पारुल के कुत्तों को घुमाना पड़ा तो माय नेम इज बंटी से काम नहीं चलेगा। क्या। पारुल के कुत्ते घुमाना चाहते हो?"

"मैं क्यों घुमाऊँगा उसके कुत्तों को भइया?"

"अच्छा, तो उसे घुमाना चाहते हो। हें! क्या कह रहा हूँ? सुन रहे हो?"

आशुतोष भाई की आवाज़ में ग़ुस्सा भर गया था। बंटी की ठुड्डी काँपने लगी थी। आँखें पानी फेंकने लगी थीं।

"उस बेचारे बूढ़े आदमी के सामने जिसे दिखता भी कम है। तुम यह सब घटिया काम कर रहे हो। हें! क्या उम्र है तुम्हारी! तबला सीखने निकले थे जनाब पर सीख कुछ और ही गए। क्या करें?"

बस इस बात पर बंटी आपने आँसुओं को रोक नहीं पाया। वह ज़ार-ज़ार रोने लगा। आशुतोष भाई अब चुप हो गए थे। उन्होंने बंटी को उसके घर तक छोड़ा। घर के सामने रुककर उन्होंने बंटी के सिर पर हाथ फेरा और कहा,

"वह सामने मुल्ला जी का घर है। तुम्हारा घर यह है। पता है न तुम्हें? कल से सुबह का समय करा लो और तबला बजाने पे ध्यान दो।"

बंटी अच्छे लड़के की तरह चुपचाप आशुतोष भाई की बातें सुनता

रहा। आशुतोष भाई सामने पान की दुकान पर चोटी से मिलने चल दिए। कुछ देर में सिर नीचा करके वह घर में घुस गया। उसे लगा कि इस पूरे गाँव में वह सबसे पापी लड़का है। वह इस बात का पश्चाताप करना चाहता था। उसने मौसा जी से पाप के प्रायश्चित के संबंध में बातें की। मौसा जी ने के कहा कि काले महादेव पर जाओ और सच्चे मन से यदि माफ़ी माँगो तो वह माफ़ कर देंगे। मौसा जी के कहने पर वह हर दोपहर काले महादेव पर जाकर बैठ जाता। घंटों माफ़ी माँगता पर पारुल के वक्ष हर कुछ देर में उसे अपनी आँखों से सामने दिखने लगते। वह ख़ुद का सिर पीटता फिर काले महादेव से माफ़ी माँगता कि देखो, आपके पास भी मैं वही सब सोच रहा हूँ। कितना बड़ा पापी हूँ मैं! उसे लगा कि इस पाप से शायद छुटकारा नहीं है। उसे कुछ और करना पड़ेगा। उसका खाना-पीना सब गड्डमड्ड हो गया था। आँखों के नीचे गहरे काले गड्ढे उभर आए थे पर वह रोज़ सुबह संगीत क्लास में जाता था। ददा जो कहें वह उसे आँखें नीची करके स्वीकार कर लेता था। उसे ज़ाकिर हुसैन या कृष्ण कुछ भी नहीं बनना था। वह ग़ायब हो जाना चाहता था। अदृश्य। बहुत अधिक ग़ुस्से में वह कल्पना करता कि वह अशुतोष भाई के सिर पर तबले फोड़ रहा है पर यह भी उसे बहुत गहरे पाप से भर देता। वह फिर इस पाप का प्रायश्चित करने काले महादेव पर जाकर बैठ जाता।

एक सुबह वह बेमन तबला पीट रहा था कि उसे दरवाज़े पर पारुल खड़ी दिखी। एक टीस उठी। मानो किसी ने एक कील उसके हृदय में गाड़ दी हो। बंटी का चेहरा बिगड़ गया। पारुल उसके सामने नहीं बल्कि बग़ल में आकर बैठ गई। ददा उसे देखकर ख़ुश हो गए। वह काले महादेव को भूल गया। अपने सारे दिनों के प्रायश्चित भूल गया। उस दिन जो उसके घर के कमरे में घटा था वह अब बंटी और पारुल का राज़ बन गया था पर वह राज़ भी रहस्य था दोनों के लिए। वह रहस्य एक तार की तरह दोनों को एक-दूसरे की तरफ़ खींच रहा था। बंटी के पास पारुल को सीधे देखने का साहस नहीं था पर वह वापिस साँस ले सकता था। उसे भूख लगने लगी थी। उसे लगा कि पता नहीं कितने दिनों से उसने खाना नहीं खाया है। पारुल ने गाना शुरू किया और वह तबले पर वापिस तिरकिट धा तिरकिट धा करने

लगा। वह वापिस ज़ाकिर हुसैन बन चुका था।

संगीत क्लास के बाद दोनों गली के छोर तक चुपचाप पहुँच गए। बंटी दाएँ मुड़ गया और पारुल बाएँ। दाएँ मुड़ते ही बंटी ने एक गहरी साँस बाहर छोड़ी। जैसे वह अभी तक साँस रोके चल रहा था तभी पारुल ने आवाज़ लगाई।

''बंटी, मुझे महिला वस्तु भंडार पर कुछ काम है। मैं तुम्हारे साथ चलूँ?''

बंटी 'ना' कहना चाहता था पर उसका सिर 'हाँ' में हिल गया। पारुल उसके साथ हो ली। इस बार बंटी को डर नहीं था। उसके दिमाग़ में उसका एक भी दोस्त नहीं आया। वह मुस्कुरा रहा था। इसी बीच पारुल ने अपने संगीत की पुस्तक से निकालकर उसे एक मोर का पंख दिया।

''यह मैं अगले दिन तुम्हारे लिए लाई थी पर तुमने तो आना ही बंद कर दिया था तो...''

''बहुत सुंदर है यह।''

बंटी ने बात काट दी और मोरपंख को निहारता रहा।

''एक चीज़ और है।''

उसने अपने बैग से एक छोटी-सी डायरी दी। यह भी तुम्हारे लिए है। बंटी ने देखा उस डायरी के पहले पन्ने पर कुछ लिखा है जिसे पढ़ने की उसकी हिम्मत नहीं हुई। उसने सीधा उस डायरी को जेब में रख लिया।

''एक चीज़ और है!''

उसने बैग से एक पेन निकाला।

''बस, मैं इतनी सारी चीज़ें नहीं ले सकता।''

''रख लो। तुम्हारे ही लिए हैं।''

बंटी ने पेन भी रख लिया। उस पेन पर किसी दवाई की कंपनी का नाम लिखा था। फिर उसे याद आया कि उसके पिताजी डॉक्टर हैं और उसे अचानक आशुतोष भाई की बातें याद हो आईं।

''तुम्हें पता है ना कि मुझे अंग्रेज़ी नहीं आती है?''

''क्या?''

"और मुझे कुत्ते भी बहुत पसंद नहीं हैं।"

पारुल की कुछ समझ में नहीं आया। बंटी घोषणा कर चुका था। सो, हल्का होकर मुस्कुरा रहा था। पारुल हँसने लगी। वह भी उसके साथ हँसने लगा।

महिला वस्तु भंडार पर पारुल कुछ देर चूड़ियों के दाम पूछती रही। फिर बिंदी का एक पत्ता लेकर वह वापिस हो ली। बंटी नए कपड़े बदलकर अपने घर के दरवाज़े पर खड़ा था। पारुल बंटी को देखकर हँस दी।

बंटी ने भीतर जाते ही पॉकेट डायरी खोली। खोलते ही उसे डर लगा सो, उसने अपने कमरे का दरवाज़ा बंद कर दिया। पहला पन्ना पलटाया। उसपर लिखा था, 'तबलची बंटी के लिए' और नीचे एक हँसता हुआ चेहरा था। उसी पन्ने के आख़िरी कोने पर उसने अपना नाम लिखा था, पारुल। बंटी रात भर मोरपंख को अपने सिरहाने रखकर निहारता रहा।

उसके दिनों में जैसे किसी ने शक्कर घोल दी हो। हर चीज़ मीठी थी। हर उपस्थिति पूर्ण थी।

अगली सुबह वह पारुल के सामने बैठा था। पारुल ने देखा कि उसका दिया हुआ पेन बंटी ने अपनी शर्ट की जेब में खोसा हुआ है। ददा उसे नई ताल सिखा रहे थे पर उसका ध्यान पारुल पर था। तभी आशुतोष भाई दरवाज़े पर प्रकट हुए।

कभी-कभी सपने बड़ी बेरहमी से टूटते हैं। उनके टूटने की आवाज़ सालों तक कान में गूँजती रहती है।

आशुतोष भाई पारुल के जाने का इंतज़ार करते रहे। पारुल अपने समय अनुसार उठी, ददा के पैर छुए और बाहर चली गई। बंटी की हिलने की भी हिम्मत नहीं थी। कुछ देर में आशुतोष भाई उठे उन्होंने ददा के पैर छुए और बाहर हो लिए। बंटी भीतर बैठा रहा। बाहर अपनी साइकिल का लॉक खोलकर आशुतोष भाई उसे देख रहे थे।

"चलो, क्या अकेले भजन गाओगे?"

बंटी ददा के पैर पड़ना भूल गया और बाहर निकल आया।

"सुबह मौसम तो बहुत अच्छा होता है?" आशुतोष भाई ने बात

शुरू की।

"हाँ।"

"वॉट यू वांट टु डू इन लाइफ़?"

"हें भइया!"

"क्या हुआ?"

"आई वांट... तबला.. एंड.. वांट... वांट।"

"अभी मैं मौसी से मिलकर आ रहा हूँ। कितने सुशील परिवार से हो तुम!"

"मौसी से आपने क्या कहाँ?"

"अभी तो कुछ नहीं कहा है। यह चेहरे पर क्या हुआ है?"

तभी बंटी ने चेहरे पर हाथ लगाया।

"भइया, मुँहासा है।"

"गर्मी चढ़ रही है तुम्हें।"

"हें!"

"तुम और हम एक ही गुरु से संगीत सीख रहे हैं तो हम दोनों क्या हुए?"

बंटी कुछ समझ नहीं पाया।

"तो हम दोनों गुरुभाई हुए। इस हिसाब से पारुल तुम्हारी क्या हुई?"

बंटी चुप हो गया। आशुतोष भाई रास्ते पर ही रुक गए।

"क्या हुई पारुल तुम्हारी?"

"गुरुबहन भइया।"

"बहन, वह तुम्हारी बहन है। फिर से बोलो एक बार।"

"वह मेरी बहन है।"

बंटी की आँखों में आँसू डर के मारे आ रहे थे। वह रो नहीं रहा था। इस बार वह आशुतोष भाई के सिर पर तबले के साथ-साथ हारमोनियम भी फोड़ देना चाहता था।

"पारुल बहन है मेरी आशुतोष भाई। माफ़ी।"

तब जाकर आशुतोष भाई शांत हुए। बात काले महादेव के हाथों से छूट चुकी थी। बंटी को लगा कि वह माफ़ी माँगने लायक़ नहीं है। इन सब बातों का सिला यह हुआ कि उसने पहली फ़ुर्सत में संगीत को जीवन से अलविदा कहा और उस वक़्त के फैशन के हिसाब से वह बाज़ार से सल्फास की गोलियाँ ख़रीदकर ले आया। कई रात वह उन गोलियों को अपने तकिये के नीचे रखकर सोया। गहन उदासी के लम्हों में वह उन्हें निकालकर देखता और वापिस रख देता।

एक शाम मौसा जी उसके कमरे में आए। बंटी अपने पलंग पर चित्त पड़ा था। मौसा जी ने उसके कंधे पर हाथ रखा, वह हड़बड़ाकर उठा।

"मैं घाट घूमने जा रहा हूँ। तबियत कुछ नासाज़ लग रही है। तुम चलोगे?"

बंटी बिना कुछ कहे उनके साथ चल दिया। वह दोनों नदी किनारे बैठे थे। आरती का समय हो गया था। पीछे मंदिर में आरती और घंटों की आवाज़ सुनाई दे रही थी। बंटी बहुत शांत था। मौसा जी को रज्जू की दुकान के पेड़े बहुत पसंद थे, आते वक़्त वह पाव भर ख़रीद लाए थे। अपने हिस्से के पेड़े वह खा चुके थे। बंटी के हिस्से के पेड़े अभी भी वैसे ही पड़े थे। बंटी उन्हें चखकर भूल गया था।

"अरे बंटी, पारुल मिली थी बाज़ार में। मुझे लगा उसने मुझे पहचाना नहीं या शायद भूल गई हो।"

मौसा जी ने ज्यों ही पारुल का नाम लिया बंटी भभककर रोने लगा। बंटी शर्म के मारे नदी पर चला गया और अपना मुँह धोने लगा। मौसा जी अपनी जगह पर ही बैठे रहे। बंटी के हिस्से के पेड़े उन्होंने उठाकर अपने पास रख लिए। कुछ देर में बंटी वापिस आया। मौसा जी चुप रहे। बहुत देर तक कोई कुछ नहीं बोला। असहजता मौसा जी से बर्दाश्त नहीं हुई सो, वह पेड़े खाने लगे।

"मैं बहुत परेशान हूँ मौसा जी।" अंत में बंटी बोला।

"क्या बात है?"

"जाने दो..."

"बड़ी ज़ालिम उम्र में हो। इस वक़्त बहुत कुछ कर गुज़रने का मन करता है। प्रेम से लेकर रेवेल्यूशन तक सब कुछ। सब कुछ लगता है कि मुट्ठी में है। तुम मुट्ठी खोलोगे और वह सब वहाँ पड़ा मिलेगा जो भी तुमने सोचा था। और मज़े की बात है कि मिलता भी है पर हर चीज़ जो मिलती है उसकी एक क़ीमत होती है। वह क़ीमत चुकानी पड़ती है। उसका कोई पार नहीं है। सच कहता हूँ यह ज़िंदग़ी बहुत लंबी है। हद से ज़्यादा लंबी। बहुत टाइम है तुम्हारे पास। इतनी जल्दी मुट्ठी मत खोलो।"

बंटी को पहली बार किसी की बात समझ में आई थी।

"तो बंद मुट्ठी से कब तक संवाद करूँ?"

"मुट्ठी संवाद के लिए थोड़ी होती है। वह वजह है जिसके सहारे हम जी सकते हैं सारा कठिन।"

"कभी लगता है कि सब कुछ ख़त्म कर दूँ।"

"यह तो बहुत आसान है। यह तो कोई भी कर सकता है। अभी तुम्हारे पास बहुत समय है। बस समस्या यही है। तुम एक बार अपनी राह में व्यस्त हुए तो इन सारी कठिनाइयों की याद भी नहीं आएगी।"

"तो क्या मैं पारुल को भूल जाऊँगा?"

"तुम यह सबकुछ भूल जाओगे पर पारुल को कभी भी नहीं भुला पाओगे। पर यह टीस बाद में सुखद टीस में बदल जाएगी पर टीस बनी रहेगी।"

बंटी को लगा कि मौसा जी उसके भीतर के संसार में आकर उससे यह बात कर रहे हैं।

इसके बाद बंटी ख़ुद को मौसा जी के बहुत क़रीब महसूस करने लगा। संगीत, कृष्ण, उस्ताद ज़ाकिर हुसैन, वह सब भूल चुका था पर पारुल उसे याद थी। टीस। उसका दिया हुआ पेन, मोरपंख और डायरी सब वह अपने पास रखता था संभालकर।

एक दिन पारुल महिला वस्तु भंडार के बहाने बंटी के घर आई। मौसी वर्षा की माँ से मिलने गई हुई थीं, मौसा जी अकेले थे। उन्होंने उसे अंदर

बुलाया।

''बंटी है?''

''नहीं बेटा, वह तो नहीं है।'' मौसा जी ने पानी का गिलास पारुल की तरफ़ बढ़ाया।

''संगीत क्लास भी छोड़ दी सो पूछा। एक बार..''

उसके वाक्य आधे टूट गए।

''वह शहर जा चुका है। हमने उसका एडमिशन बोर्डिंग स्कूल में करा दिया है। अब तो वह वहीं करेगा जो भी होगा।''

पारुल ने पानी नहीं पिया, वह पीछे मुड़कर बंटी का कमरा देखने लगी। मौसा जी ने कहा मैं चाय बनाकर लाता हूँ। जब तक वह चाय और बिस्किट लेकर आए तब तक पारुल जा चुकी थी। मौसा जी बंटी को ख़त लिखा करते थे कभी-कभी उसके हालचाल और अपनी बात के बीच में उन्होंने बंटी को कभी भी पारुल के आने की बात नहीं बताई।

रोशनी

उसने आँखें खोली तो देखा उसकी बग़ल में रोशनी बैठी हुई है। कमरा नंबर एक सौ तीन की लड़की। उसे कुछ देर विश्वास नहीं हुआ। उसने अपने बिखरे हुए बालों में हाथ फेरा। तकिये को सीधा करके वह बैठ गया।

''मैं अपने फेलो पेशेंट को देखने आई हूँ।''

''सॉरी मैं सो रहा था। आप क्या बहुत देर से इंतज़ार कर रही हैं?''

''मुझे अच्छा लग रहा था आपको सोता हुआ देखकर। आपने क्या सपना देखा?''

''मैंने.. पता नहीं।''

''बिना सोचे बताइए। मैं आपका चेहरा देख रही थी हर कुछ देर में आपके माथे पर बल पड़ रहे थे। जल्दी बताइए।''

"मैं... पता नहीं कुछ बचपन के पागलपन। मौसा जी। घर। और पता नहीं क्या-क्या। वैसे मुझे सपने नहीं आते पर शायद यह इतनी दवाइयों का असर है।"

"बस! सपना ठीक-ठीक किसके बारे में था। क्या देखा?"

"मैंने देखा कि मैं मौसा जी के साथ नदी किनारे बैठा हूँ। हम पेड़े खा रहे हैं और वह मुझसे अपने ख़तों के बारे में पूछ रहे हैं। उनके ख़त.. बस और मुझे याद नहीं।"

कितनी आसानी से सब गड्डमड्ड हो जाता है! उसका देखा हुआ। उसका जिया हुआ। सब। वह पूरा सच कहने का हुनर भूल चुका था। हर बात को एक प्रेजेंटेबल फॉर्मेट में कहना। इसकी इतनी आदत उसे पड़ गई थी कि वह कभी भी सीधा बासी सच कह ही नहीं सकता था।

"आपको मैं अपने सपनों के बारे में बताऊँ?"

रोशनी को अचानक अपने बहुत से सपने याद हो आए।

"तुम क्या एक बार में बहुत सारे सपने देख लेती हो?"

"नहीं। मैं यहाँ बहुत दिनों से हूँ और मुझे अपने सारे सपने याद रहते हैं। सारे-के-सारे।"

"अच्छा, तो रुको मैं दो मिनट बाथरूम से आता हूँ।"

नर्स को बुलाया गया। सीरिंज निकाली गई। वह बाथरूम गया। इस बीच रोशनी शांत बैठी रही। वह अपने दाएँ पैर से स्टूल की टाँग बजा रही थी। कोई धीमे संगीत की थाप जैसा कुछ। कुछ देर में वह भीतर से निकला। चेहरा धुला हुआ। बाल क़ायदे से जमे हुए। फिर नर्स को बुलाया गया सीरिंज वापिस लगाई गई। नर्स के जाते ही दोनों एक-दूसरे की तरफ़ मुख़ातिब हुए। मानो नर्स के रहते हुए वह एक-दूसरे को नहीं जानते थे और नर्स के जाते ही दोनों की आँखों में छोटी-सी पहचान के तारे चमने लगे।

"सुनाओ।" इंदर ने कहा।

"पहले कल रात मुझे जो सपना आया था वह सुनाती हूँ। सपने में मुझे कोई उड़ा रहा है जबकि मैं चल रही थी किसी एक गहरी रात में, पर मेरा चलना उड़ना था। पर मैं ख़ुद नहीं उड़ रही थी कोई मुझे उड़ा रहा था। उस

गहरी रात की गली थी। मोड़ आते ही समुद्र आ गया। वहाँ सुबह थी। दूर पानी में कोई खड़ा था। मैंने पीछे पलटकर देखा तो वहाँ अभी भी रात थी। मैं उस आदमी की तरफ़ बढ़ने लगी। समुद्र की लहरें उसके पैरों को छू रही थीं। उसके हाथ में एक धागा था जिसे वह खींच रहा था। उसके पैरों के पास धागे का ढेर बन गया था। मुझे लगा उसने कोई मछली पकड़ी है। वह उस धागे को तेज़ी से खींचने लगा। मैं उसकी तरफ़ तेज़ी से भागने लगी। जब मैं उसकी बग़ल में पहुँची तो उस आदमी का धागा टूट गया। उसने मेरी तरफ़ पलटकर देखा। वह आप थे।''

''मैं?''

''हाँ।''

''अजीब है। मैं तुम्हारे सपने में था!''

''आप एक बार फिर आए थे सपने में। मैंने देखा था कि आप किसी पुराने घर में जा रहे थे। वह घर आपको अपनी तरफ़ खींच रहा था। घर के बाहर किसी दूसरे व्यक्ति का नाम लिखा था। आपको लग रहा था कि बहुत से लोग आपको उस घर में जाने से मना कर रहे हैं पर अगल-बग़ल कोई भी नहीं था। आप उस घर का दरवाज़ा खोलते ही भटक जाते हैं। वापिस पलटने पर वह दरवाज़ा ग़ायब हो जाता है जहाँ से आप अंदर आए थे। बस मैंने आपको भटकते हुए ही देखा।''

''और?''

''आपके ये ही दो सपने थे। सोचा आपको सुना दूँ।''

''उस दिन दवाइयों का शायद ज़्यादा असर था। मैं बहक गया था, तुमने सोचा होगा अजीब आदमी है। शायद उसी दिन की वजह से तुम्हें इस तरह के सपने आए हैं।''

''मैं सपनों को निजी जीवन से अलग रखती हूँ। उन्हें निजी जीवन से इंटरप्रेट नहीं करती।''

''जब मैं उस घर में भटक रहा था तो तुम उस वक़्त कहाँ थी?''

''मैं सो रही थी।''

इस बात पर वह ज़ोर से हँसने लगी। इंदर को भी हँसी आ गई।

"मुझे नहीं पता। मैं वह सपना देख रही थी। मैं उसमें नहीं थी।"

"तुम कब से यहाँ हो?"

"कहा था ना काफ़ी समय से। ठीक-ठीक याद नहीं।"

"क्या करती हो तुम?"

"मैं यहाँ हॉस्टल में रहती हूँ। घर वालों को नहीं पता है कि मैं अस्पताल में हूँ वर्ना वह बवाल मचा देंगे। मुझे पीलिया हो गया था। झाड़-फूँक से ठीक हो गया था पर फिर पलटकर आया तो एडमिट होना पड़ा। अब मैं बहुत ठीक हूँ। बस कुछ दिन और..."

"कुछ दिन बाद गोलगप्पे।"

"पता नहीं।"

"पता नहीं। मतलब तुमने तो कहा था कि उठते ही सबसे पहले गोलगप्पे खाओगी?"

"उस वक़्त मैं करना चाह रही थी, अभी नहीं। अभी तो मैं सीधे अपने हॉस्टल के कमरे में जाऊँगी। मुझे अपने हॉस्टल का कमरा बहुत याद आता है। मेरे पास एक बिल्ली है जिसका नाम सर्दी है। पता नहीं वह कैसी होगी? बिल्लियाँ मुझे अच्छी लगती हैं। वह जल्दी से किसी को अपनाती नहीं हैं और अगर अपना भी लें तो उन्हें कोई फ़र्क़ नहीं पड़ता है। वह अपने मालिक होने का हक़ किसी को नहीं देतीं।"

"मुझे कोई भी जानवर पसंद नहीं।"

"और इंसान?"

"यह क्या सवाल है?"

"सीधा सवाल है।"

"पता नहीं। गतलब मुझे पसंद है और नहीं भी। नहीं ज़्यादा... बहुत देर के बाद शायद मैं किसी को भी बर्दाश्त नहीं कर सकता।"

"और ख़ुद को?"

"तुम यह सवाल मुझसे क्यों पूछ रही हो। तुम जानती कितना हो मेरे बारे में और क्या हक़ है तुम्हें कि.."

इंदर चुप हो गया। उसने अपने तकिये को पलटा और लेट गया। रोशनी

असहज हो गई थी। वह खड़ी हो गई।

''मुझे चलना चाहिए।''

''रुको। सॉरी, बैठो कुछ देर। मौसी आती होंगी। उनसे भी मिल लेना। उनको लगता है कि मैं यहाँ फँस गया हूँ। वह बेकार ही बहुत ज़्यादा चिंता करती हैं।''

''फँसे हुए तो आप लगते ही हैं। तभी मैं भी यहाँ आई हूँ।''

''दया दिखाने।''

''दया दिखाना मुझे नहीं आता।''

''ठीक है। बैठ तो सकती हो तुम।''

रोशनी मुस्कुराने लगी। इंदर भी उठकर वापिस बैठ गया।

''आपको एक बात कहूँ जो असल में मैं कहने आई थी।''

''कहो।''

''मैं कुछ बारह दिन पहले तक बहुत ख़राब हालत में थी। लगने लगा था कि शरीर धीरे-धीरे ख़त्म होता जा रहा है। तभी कुछ हुआ था। मैंने यह किसी को नहीं बताया। मुझे लगने लगा कि बस यहाँ से मैं ठीक होने लगूँगी। और ठीक उस वक़्त से मैं ठीक होने लगी। इसी बीच मुझे लगने लगा कि मैं बड़ी हो गई हूँ। मैं उस दूसरी रोशनी को जानती हूँ जो इस अस्पताल में आई थी। मुझे लगने लगा कि वह दूसरी रोशनी मेरी कोई दोस्त थी जिसे मैं अच्छे से जानती हूँ अब। पर वह मैं नहीं हूँ। मैं बड़ी हो गई हूँ। जब आप मेरे कमरे से अचानक चले गए तो मैं आपके बारे में सोचती रही। आपकी एक कहानी भी मैंने बना ली थी।''

''क्या कहानी है मेरी?''

''वह छोड़िए, बचकानी है।''

''फिर भी। मैं सुनूँ तो।''

''वह सिर्फ़ मेरे लिए थी। मैं उसे कुछ भूल भी गई हूँ। चलिए अब मुझे चलना चाहिए। गगन आता होगा।''

''यह गगन कौन है?''

''दोस्त है। बहुत ख़्याल रखता है।''

"और कौन-कौन आता है तुम्हें देखने?"

"मेरे बहुत से दोस्त हैं। पहले बहुत आते थे। उन्हें लगता था कि कुछ भी हो सकता है फिर जब से मैं ठीक होने लगी तो सिर्फ़ गगन रह गया। इसके अलावा मेरे मामा आते हैं जो मुझे बिल्कुल पसंद नहीं है। पर उन्होंने वादा किया है कि वह मेरे घर पर कुछ नहीं बताएँगे। अगर आप भी बंबई में एडमिट होते तो बहुत से लोग आपको देखने आते?"

"आशा तो मैं भी ऐसी ही करता हूँ पर यक़ीन से नहीं कह सकता।"

"क्यों आपकी... मेरा मतलब है..?"

"मैं सिंगल हूँ। रिश्तेदारों में मौसी बची हैं और कुछ दोस्त हैं जिनके साथ मिलकर मैं व्यस्त रहता हूँ।"

टूटे-फूटे शब्दों में इंदर ने सब सच कहा। वह पारुल के बारे में भी बताना चाहता था। सबकुछ, पर वह चुप हो गया। रोशनी कुछ देर की चुप्पी में अपने कमरे की तरफ़ बढ़ गई।

रोशनी ने अपने कमरे में जाते ही दरवाज़ा बंद कर दिया।

जब वह बारह साल की थी उसके पिताजी की मृत्यु हो गई थी। वह, उसकी छोटी बहन और उसकी माँ रह गए थे। नींद में अपने पिताजी का मुस्कुराता हुआ चेहरा उसने आख़िरी बार देखा था उसके बाद वह कभी घर नहीं आए। वह चेहरा आज भी रोशनी अपने साथ लेकर चलती है। अपने पिता की मृत्यु के कुछ समय बाद से ही उसे घर में एक ख़ाली जगह दिखने लगी। पिताजी के जाने के बाद की छूटी हुई जगह। रोशनी को जितना दुख पिताजी की मृत्यु का था उससे कहीं ज़्यादा उसे यह ख़ाली जगह परेशान करने लगी थी। उसकी माँ की आँखें उसे कुछ खोजती हुई दिखतीं लगातार। उसने तय किया कि वह यह जगह भरेगी। किसी को तो वह जगह भरनी ही पड़ेगी सो, वह ठीक अपने पिता की तरह व्यवहार करने लगी। उसने पैंट-शर्ट पहनना शुरू कर दिया। वह अपनी छोटी बहन को स्कूल के लिए तैयार करती। उसका लंच बनाती। स्कूल के ताँगे में उसे बिठाने के ठीक पहले उसके गालों को चूम लेती। अपनी माँ के साथ बाज़ार जाती। पैसों का पूरा हिसाब रखती। एक दिन उसने अपनी माँ को डाँट दिया ठीक वैसे ही जैसे कभी-कभी उसके पिताजी ख़राब खाना बनने पर डाँटा करते थे। उसकी माँ

उसे आश्चर्य से देखने लगी। उसे लगा कि वह पकड़ी गई है। उसका नाटक, जो अब उसके लिए नाटक नहीं था वह उसे जीने लगी थी, ख़त्म होने को है। इस घटना के बाद से रोशनी अपने बाप की भूमिका में कुछ नरम पड़ गई। पर जहाँ उसे जगह दिखती वह अपने पिता की तरह हो जाती। अपने पिताजी की बची हुई सिगरेट वह अपने स्कूल बैग में रखती। अकेले कमरे में वह एक सिगरेट निकालती और अपनी उँगलियों में नचाने लगती। उसने महसूस किया था कि उसकी आवाज़ थोड़ी भारी होती जा रही है। वह भारी आवाज़ में अपने पिता की तस्वीर से बातें करती। उन्हें सारे-के-सारे राज़ बताती। घर को अच्छे से संभालने की क़सम खाती। वह अपने पिता की तस्वीर को अपने तकिये के नीचे छुपाकर रखती। घर में उसके भीतर हो रहे परिवर्तनों को महसूस करने की जगह किसी के पास नहीं थी। बहन बहुत छोटी थी, माँ बहुत चुप रहती थी।

तभी घर में सिन्हा अंकल का आना-जाना बढ़ने लगा। पहले रोशनी को यह बहुत अच्छा लगता था। सिन्हा अंकल उसके पापा के पुराने दोस्तों में से एक थे। ऐसा वह ख़ुद कहते पर रोशनी को याद नहीं था कि उसने उन्हें पहले कभी अपने पापा के साथ देखा था। वह अच्छे थे पर कुछ खटकता था। ख़ासकर माँ के प्रति उनके व्यवहार में अजीब-सा बनावटीपन था। रोशनी को यह ठीक नहीं लगता। माँ उनके आने से ख़ुश हो जाती थी सो, वह अपनी बढ़ती हुई नापसंदगी कभी किसी को बता नहीं पाई। सिन्हा अंकल हर बार उसकी छोटी बहन के लिए चॉकलेट लाते। उसके गालों पर ज़बर्दस्ती चूटी काटते। माँ उनके साथ कभी-कभी घूमने चली जाती और देर रात वापिस आती। उसने एक रात अपनी माँ से इस बारे में बात की। उसके भीतर बहुत कड़वाहट थी जिसे वह रोक नहीं पाई। माँ ने कहा, "अच्छे से बात करो उनके बारे में। वह तुम्हारे पिता जैसे हैं।"

इसके बाद उसे ख़ुद का अभिनय झूठ लगने लगा। वह अपने पिता होने का झूठा अभिनय कर रही थी। देर रात वह तकिये के नीचे से अपने पिता की तस्वीर निकालती पर कुछ कह नहीं पाती। उसे रोना आ जाता। वह इतनी बड़ी हो चुकी थी कि सिन्हा और उसकी माँ के बीच के संबंध को सूँघ सके। एक पुरुष घर में दाख़िल हो रहा था जो क़तई उसके पिता जैसा नहीं

था। वह बहुत फूहड़ तरीक़े से हँसता था। उसके हाथ बहुत रूखे थे। शरीर का पसीना बहुत दूर तक बसाता था। खाना मुँह खोलकर खाता था। पेट शरीर का बड़ा हिस्सा था। बार-बार उसे गोदी में बिठा लेता। उसकी दाढ़ी उसे बहुत चुभती थी और वह सिगरेट भी नहीं पीता था।

वह एक सुबह अपनी जीप में आया और पूरे घर को दो दिन के लिए एक हिल स्टेशन पर ले गया। बहुत बनावटीपन से उसने सारा इंतज़ाम किया हुआ था। दिन भर की यात्रा के बाद जब वह होटल पहुँचे तो एक कमरे में वह और उसकी बहन रुके और दूसरे कमरे में उसकी माँ और वह (आदमी)।

रोशनी ने अब अपने पिता की तस्वीर को अपने तकिये के नीचे से निकालकर अपने कमरे की दीवार पर टाँग दिया था। सिन्हा अंकल और उसकी माँ ने शादी कर ली। रोशनी को माँ ने कहा कि वह सिन्हा अंकल को अब से पापा कहकर बुलाया करे। वह कहना चाहती थी कि इस घर में वह पापा थी। उसने पापा के जाने के बाद पापा होना तय किया था और वह कोशिश कर रही है पापा होने की।

घर रोशनी के लिए अब घर नहीं रहा था। सिन्हा अंकल पापा होते ही बदल गए थे। वह एक ऐसा ख़ूँख़ार आदमी हो गए थे जिसके अगल-बग़ल किसी का भी जीना मुश्किल था। वह जब भी घर में अकेले रोशनी को देखते तो 'बेटा बेटा' करके उसे गले लगाते। रोशनी अपने नए बाप की इस हरकत से डरने लगी थी। रोशनी ने अपनी माँ से बात करने की कोशिश की पर माँ अपने नए पति को पति मान चुकी थी। 'वह सुधर जाएँगे' जैसे वाक्य उनके मुँह से भजन की तरह निकलने लगे। कभी वह अपने नए पिता से बच जाती तो कभी नहीं बच पाती थी। रोशनी वह घर छोड़ना चाहती थी। तभी उसे गगन दिखा जो उसके नए पिता के दोस्त का बेटा था। घर आने-जाने में उसे रोशनी से लगाव हो गया। उसे पढ़ने का बहुत शौक़ था। रोशनी उसकी दी हुई किताबें पढ़ा करती थी। एक दिन वह ज्ञानरंजन का कहानी संग्रह 'यात्रा' पढ़ रही थी। उस किताब के बयालीसवें पन्ने पर बहुत छोटे-छोटे अक्षरों में गगन ने कुछ लिख रखा था। किताब वापिस देते वक़्त रोशनी ने कुछ शब्द उसमें जोड़ दिए। इस तरह बयालीसवें पन्ने का सिलसिला शुरू हुआ। यह सिलसिला गगन को रोशनी के बहुत पास ले आया। रोशनी ने

एक दिन बयालीसवें पन्ने पर अपना घर छोड़ने की इच्छा ज़ाहिर की। संबंध पन्नों पर ही था पर लिखित था। गगन बहुत पढ़ता था इसलिए लिखे हुए से उसका संबंध गहरा बनता था। गगन ने शहर में एक नौकरी जुगाड़ ली। कुछ ही महीनों में पढ़ाई का बहाना करके रोशनी गगन के पीछे शहर रवाना हो गई। जब वह अपना घर छोड़ रही थी तो उसे लगा कि वह पूरे घर से पल्ला झाड़कर जा रही है। अपनी माँ को गले लगाते वक़्त उसने बहुत धीरे से कहा था, "मुझे माफ़ कर देना"। माँ ने मानो यह सुना ही नहीं। छोटी बहन ख़ुश थी। उसे पता था कि रोशनी उसे जल्द ही शहर बुला लेगी, जो रोशनी ने नहीं किया। वह अपने साथ एक पुरानी फ़ैमली की तस्वीर ले आई जिसमें वह चारों थे और ख़ुश थे।

गगन अभी भी दोस्त ही था। अभी भी उससे बयालीसवें पन्ने का संबंध क़ायम था। अब रोशनी हॉस्टल में रहने लगी थी। गगन आदतन नौकरी करते-करते सच में नौकरी करने लगा था।

वह अपने अस्पताल के कमरे में लेटी हुई थी, उसके हाथ हवा में कुछ तलाश रहे थे। वह एक उँगली से हवा में कुछ चित्र बना रही थी। एक खट के साथ उसके कमरे का दरवाज़ा खुला। गगन सामने खड़ा था। वह नीली शर्ट में बहुत सुंदर दिखता था। आज उसने शेव भी किया था। रोशनी ने उसे अपने पास आने को कहा। गगन उसके पलंग पर बैठ गया। रोशनी ने उसे पास खींचा और उसे चूम लिया। वह हमेशा अपनी आँखें बंद कर लेता था। रोशनी आँखें खुली रखती थी, उसे गगन को चूमते हुए देखना बहुत पसंद था। गगन अपनी आँखें कुछ इस तरह मींचता था मानो कहीं बहुत हल्का दर्द हो रहा हो और वह बहुत तन्मयता से उस जगह को खोज रहा हो।

"तुम फिर मुस्कुरा रही हो?"

गगन धीरे से अलग हो गया। रोशनी को हँसी आ गई।

"सॉरी.. सॉरी।"

"मैंने कहा था ना!"

"सॉरी कहा ना। तुम्हें पता है मुझे तुम्हारी आँखों को देखकर हँसी आ जाती है। इट्स वैरी क्यूट।"

"मैं क्यूट नहीं हूँ!"

"आज तुम कितने सुंदर लग रहे हो!"

"थैंक्स। तुम्हें मैं अपनी गिफ़्ट की हुई चीज़ों में हमेशा सुंदर ही लगता हूँ।"

"अरे, क्या हो गया? बहुत चिढ़े पड़े हो!"

गगन चुप हो गया। रोशनी जानती थी गगन को कभी-कभी इस क़िस्म का दौरा पड़ता है। वे दोस्त हैं, कभी-कभी लाइन क्रॉस कर लेते हैं पर चूँकि वह लाइन हमेशा रोशनी ही तय करती है इसलिए इस बात पर गगन हमेशा नाराज़ रहता है। इस बहस में रोशनी हमेशा कहती है कि मैं इन सबमें अपनी दोस्ती बचाना चाहती हूँ सो, हमेशा एक हद में प्रेम रखती हूँ। गगन ने रोशनी को उसकी किताबों में पढ़ा था और वह पढ़ी हुई चीज़ों के प्रति बहुत ईमानदार रहता था सो, वह जो कहती थी मान लेता था।

"सामने के कमरे में एक आदमी आया है, इंदर नाम है उसका। वह अचानक ही मेरे कमरे में चला आया। बीमार था। लड़खड़ा रहा था। बड़ी अजीब-सी बातें की उसने। फिर मैं उसके कमरे में गई। मैंने उसे अपने सपने सुनाए जिन्हें मैं देखना चाहती थी।"

रोशनी ने गगन की चुप्पी में बात बदल दी। गगन खाने की कुछ चीज़ें लाया था जिसे झोले से निकालने में व्यस्त हो गया था। वह नहीं सुन रहा है ऐसे अभिनय में वह रोशनी की बात सुन रहा था। रोशनी चुप नहीं हुई।

"पता नहीं क्यों मैं इस उम्र के लोगों से बहुत आकर्षित होती हूँ जबकि मेरे भीतर इनसे बदला लेने की चाह होती है। पर जब मैं उनके निकट पहुँचती हूँ तो लगता है कि वह मुझे मारे। मुझे डाँटें। मुझे बेइज़्ज़त करें। मेरे साथ..."

गगन अपना काम रोककर अब सुनने लगा था।

"कौन है वह?"

"मिड लाइफ़ क्राईसिस से गुज़रता हुआ... नहीं मिड लाइफ़ नहीं। वह अकेला है.. भटका हुआ.. नहीं पता, नहीं"।

"क्या कहा उसने?"

"सच कहना चाह रहा था पर डरी हुई कहानी उसके मुँह से निकल

रही थी।''

गगन और नहीं जानना चाह रहा था।

''कल छुट्टी है।''

''क्या?''

''हाँ, मैं रिपोर्ट्स देखकर आ रहा हूँ रिसेप्शन पर। बस कमज़ोरी बची है और खाने-पीने का ध्यान रखने को कहा है।''

''यह तो बहुत सही है। मैं कुछ दिन तुम्हारे साथ रह लूँगी।''

''नहीं। तुम हॉस्टल में ही रहना। मैं आता रहूँगा।''

''अच्छा! कोई तुम्हारे साथ रहने लगा है?''

''हाँ। दीप्ति आती है। उसे यूँ भी तुमसे बहुत तकलीफ़ है।''

''ग़लत तो नहीं है वह। उसे मुझसे तकलीफ़ होनी चाहिए?''

''नहीं, उसे तकलीफ़ होनी चाहिए उस लड़की से जो बयालीसवें पन्ने पर लिखा करती थी। तुमसे नहीं।''

''अरे, मैं ही तो हूँ वह।''

''यक़ीन मानो तुम वह नहीं हो।''

गगन सीधी बात की तरह सारी बातें रख रहा था। उसने झोले में कुछ सामान रखा और जाने लगा।

''कल सुबह तुम्हारे मामा आएँगे क्या?''

''नहीं, वह बाहर गए हुए हैं।''

''ठीक है तो मैं आ जाऊँगा तुम्हें लेने। नौ बजे तैयार रहना।''

''कहाँ जा रहे हो?''

''दीप्ति नीचे इंतज़ार कर रही है।''

रोशनी गगन को बहुत पसंद करती थी। साँवला-सा मृदुभाषी। उसे उसके होंठ बहुत पसंद थे। जब भी उसके जीवन में दूसरा कोई प्रवेश करता वह उसकी तरफ़ बुरी तरह आकर्षण महसूस करती। यहाँ तक कि वह इंतज़ार करती कि उसके जीवन में कोई दूसरी लड़की आए। दीप्ति को लेकर वह कुछ ज़्यादा ही संजीदा हो गया था पर रोशनी ख़ुद को रोक नहीं

पाती। आज उसे गगन को चूमना नहीं था पर उसने दीप्ति को सूँघ लिया था। दूसरी लड़की की ख़ुशबू गगन के शरीर में थी जो बहुत ही उत्तेजक थी।

देर रात वह गगन का इंतज़ार करती रही पर वह नहीं आया। अचानक वह उस रात के बारे में सोचने लगी थी जिस रात उसका नया बाप अचानक उसके बिस्तर में घुस आया था। वह सोने का अभिनय करती रही। वह उससे चिपक गया था। वह चाहती तो चिल्ला सकती थी, सबकुछ वहीं रुक जाता पर नहीं वह चुप रही। तभी उसे इस प्रताड़णा में मज़ा आने लगा। वह चाहती थी कि वह उसके साथ और बुरा बर्ताव करे। उसे नोचे, मारे, उसके आँसू भी निकल रहे थे पर वह आँसू डर के नहीं थे। वह अजीब-सा अनुभव था। वह डर गई क्योंकि उसे इन सबमें अजीब-सा सुख मिल रहा था। रोशनी ने अपना घर उस सुख के डर से छोड़ा था।

वह अपने बिस्तर से उठी और पूरे कमरे में तेज़-तेज़ चलने लगी। उसे कुछ हो रहा था।

कुछ देर में रोशनी ने ख़ुद को इंदर के कमरे में पाया। पता नहीं क्या था वह एक तरफ़ किसी से बदला लेना चाहती थी तो दूसरी तरफ़ वह हारना भी चाहती थी। उसने इंदर के पैरों को छुआ हल्के से। इंदर ने आँखें खोली और वह झटके से उठकर बैठ गया।

"अरे क्या हुआ। सब ठीक है?"

उसने इसका कोई जवाब नहीं दिया। वह उसकी बग़ल में बैठ गई। उसने उसके हाथों से उसकी सीरिंज निकाल दी। उसने उसकी छाती पर धीरे से अपना हाथ रखा। इंदर बस उसकी आँखों में देखे जा रहा था। उसने अपने हाथों से धीरे से इंदर को धक्का दिया। इंदर लेट गया था। रोशनी ने अपनी चप्पल उतारी। इंदर के दाहिने हाथ को फैलाया और उसपर अपना सिर टिकाकर लेट गई।

"तुम्हें पता है तुम क्या कर रही हो?"

इंदर ने बहुत हिचकिचाते हुए कहा। रोशनी ने अपना हाथ उसके होंठों पर रख दिया। इंदर की तरफ़ करवट लेकर वह उससे चिपक गई।

"क्या तुम मेरे सपने में आई हो?"

कुछ देर की शांति के बाद इंदर ने कहा।

"तुम्हें दवाइयों के कारण बहुत सपने आते हैं आजकल।"

"यह सपना कौन देख रहा है?"

"यह सपना नहीं है।"

"क्या मैं तुम्हें छू सकता हूँ? क्या तुम हो यहाँ?"

रोशनी चुप थी।

"मैं कुछ नहीं कर सकता।"

"ऐसा तुम्हें लगता है पर तुम कर सकते हो।"

"क्या सुबह होने पर यह याद रहेगा?"

"तुम सुबह के बारे में क्यों सोच रहे हो?"

"मैं इसे जीना चाहता हूँ।"

"तुम जी रहे हो।"

"मैं नहीं जी रहा हूँ। मैं इसे होता हुआ नहीं देख पा रहा हूँ। क्या मैं लाइट ऑन कर सकता हूँ?"

"ना। मुझे नींद आ रही है।"

"मैं सोना नहीं चाहता हूँ।"

"मैं यहाँ सोने नहीं आई हूँ।"

"क्या तुम सुबह चली जाओगी?"

"पता नहीं।"

"क्या यह सबकुछ रुक नहीं सकता? यहीं.. बस ऐसे-का-ऐसा?"

"नहीं।"

"क्यों?"

"अगर तुम इसे रोकना चाहते हो तो मुझे जाना पड़ेगा।"

"यह ख़त्म हो जाएगा।"

"यह ख़त्म हो रहा है।"

"मुझे खाँसी आ रही है पर मैं खाँसना नहीं चाहता। मुझे डर लग रहा है कि मेरे खाँसने से कहीं मैं जाग न जाऊँ।"

"तुम खाँसकर देख सकते हो।"

"नहीं, मैं यह रिस्क नहीं ले सकता।"

इंदर ने रोशनी की तरफ़ करवट बदली। रोशनी का सिर इंदर की छाती से चिपक गया। इंदर की छाती गर्म थी। दोनों की साँसें कुछ तेज़ हो गई थीं। रोशनी का सिर लटक गया था। इंदर सबकुछ देख रहा था। सूँघ रहा था। महसूस कर रहा था। इंदर ने अपनी आँखों को कई बार तेज़ी से भींचा। उसे पता नहीं कि वह सो रहा था कि जागा हुआ था। उसने हल्के से रोशनी की आँखों को छुआ। धीरे से उसकी उँगली उसके होंठों को छूने लगी थी। रोशनी ने अपना मुँह खोला। इंदर ने अपनी उँगली उसके मुँह में डाली। रोशनी ने उसे काट लिया।

"आह!"

"देखा, यह सपना नहीं है।" रोशनी खुसफुसाई।

दोनों एक-दूसरे को चूमने लगे। कुछ देर में रोशनी की आँखों से पानी आने लगा और इंदर ने अपनी गहरी साँसों के बीच उसे 'पारुल' कहा।